人間処刑台

大石 圭

角川ホラー文庫
15488

かつて、この地上に『暴力』は存在しなかった。ただ、そこに、『力』が存在しただけだった。

『力』の優れた者――その者は、自分より『力』の劣る者たちを『力』によってねじ伏せ、『力』によって服従させ、『力』によって支配した。

『力』は正義であり、法律であった。『力』の優れた者は善であり、群れの長であり、部族の王であり、時には神でさえあった。

『力』が『力』を制する。

それが何万年にもわたって続いて来た、自然界の法則だった。ねじ伏せられ、服従させられた者でさえ、その法則に疑問を差し挟むことはなかった。

『力』の優れた者はほかの者より、より多くの獲物を仕留め、より多くの食料を得、より良い場所に住居を構え、より多くの女と交わり、より多くの家族を養い、より多くの遺伝子を後世に残した。だが、『力』の優れた者もいずれは老いぼれ、衰え、より『力』の優れた者に取って代わられた。

野生動物たちの世界には、今も『暴力』は存在しない。ただ、『力』の優れた個体と、劣った個体とが存在するだけだ。

けれど、いつの頃からか、人間社会においては、その美しき法則が崩れ始めた。たとえ『力』の劣った者であったとしても、富を所有し、社会的地位を持つことが可能になったのだ。

文明。今になって思えば、おそらくそれが諸悪の根源だった。

そう。文明の発祥とともに、われわれ人間の共同体においては、『力』の優れた者の優位は急激に失われていったのだ。

いつの頃からか、『力』は『知恵』に取って代わられた。もしくは、『富』や『権力』に取って代わられた。

そして……かつて、敵をねじ伏せ、敵を服従させ、敵を支配した『力』は——人々から恐れられ、敬われ、崇《あが》められた美しき『力』は——いつの頃からか『暴力』と呼ばれ、厭《いと》われ、疎まれ、蔑《さげす》まれるようにさえなってしまったのだ。

プロローグ

とても強く、とても硬質な光が——いくつもいくつもの光の筋が、真上から僕の全身を照らしている。

熱い。それに、とても眩《まぶ》しい。

熱帯の太陽のような光が、ワセリンを塗り込めた皮膚をヒリヒリと焼く。

そんな光にさらされて……いつものように、僕は四角いリングの隅っこに立っている。

裸の肉体にショーツだけをまとい、リングの周りに張り巡らされたロープに寄りかかり、戦いの始まりを告げるゴングを、いつものように待っている。

光、光、光——。

リングの上があまりに明るいために、ロープの外側の世界は夕暮れのように薄暗く感じられる。

そうなのだ。ここここそが光の世界であり、その外側は闇の世界なのだ。

その闇の世界のあちらこちらで、断続的にカメラのフラッシュが光る。人々の眼鏡が光り、女たちが身につけたアクセサリーが光る。

光の世界から、僕はそれらの人々を見る。

いや……リングの外に見るべき人々などいない。そこにいるのは誰もが、『力』の劣った、取るに足らない者たちなのだから。

両腕をだらりと下げてロープにもたれたまま、僕は裸足《はだし》の足元に視線を落とす。白いリングに立つ僕の周りには、いつものようにたくさんの影が放射状に刻まれている。

ゴングはまだ鳴らない。だが、もう、見るべきものは、何もない。聞かなければならない言葉もない。

僕は目を閉じる。そして、瞼《まぶた》の裏側を見つめながら、静かに呼吸を繰り返す。

聞こえる。

いつものように……自分の呼吸音が聞こえる。敵のセコンドがファイターに、大声で何かを繰り返しているのが聞こえる。それに答えるファイターの声がする。

いつものように……リングを囲んだ人々が話している声も聞こえる。それらの言葉のほとんどは、僕が理解できない外国の言葉だ。

けれど、聞こえて来るのはそれだけ。

地中深くに作られたこの格闘場までは、地上の騒音は届かない。ここでは地上の正義も法律も通用しないし、地上の善も悪も意味をなさない。

そう。このリングの中には、このリングの中だけのルールがあるのだ。『力』の優れた者こそが善であり、『力』の劣った者は悪であるという、とてもシンプルで、とてもナチュラルで、とても美しく、とても確かなルールが。

光、光、光——。

目を閉じていても、それがはっきりと感じられる。まるで光合成をする植物のように、僕の皮膚はその光を夢中で吸収している。

僕にはこの光が必要なのだ。この光こそが、僕のエネルギーなのだ。

やがて、審判席に座ったひとりが、大きな声でその時が来たことを伝える。敵のセコンドの声が止む。リングを囲む人々がしんと静まる。

「始まるわ……勝ってね」

僕のすぐ背後、光の届かないリングの下で、エージェントの女が祈るように言う。その声はいつものように、少し震えている。

目を閉じたまま、僕は彼女の言葉に頷《うなず》く。

だが、もちろん、勝つか負けるかは、僕にもわからない。1時間後に、あるいは30分後に、いや……1分後に、僕が生きていられるかどうかさえ、定かではない。

それでいいのだ。ここはそういうところなのだから。

やがて……鈍い音でゴングが鳴る。

今夜の僕の敵であるファイターが吠《ほ》えるような雄叫《おたけ》びを上げる。

僕はゆっくりと顔を上げる。閉じていた目を、静かに開く。

光、光、光──。

僕は今も光の中にいる。そして、僕の敵もまた、そこにいる。

『力』の優れた者だけが善とされる、とてもシンプルで、とてもナチュラルで、とても美しく、とても確かな世界──僕たちふたりは今、間違いなく、そこにいる。

僕の立つコーナーの対角線、数メートル前に男が立っている。純白のショーツだけを身に着けた、褐色の肌をした大男──その男が今夜の僕の相手だ。

両腕を下げてロープにもたれたまま、瞬きもせずに僕は男を見つめる。男もその大きな目で僕を見つめ返す。

地球の裏側からやって来たというその男は、とても体が大きい。身長は僕より15センチ以上も高く、体重は40キロ以上重いと聞いている。鍛え上げられたその肉体には余分な脂肪がほとんどなく、まるで皮膚と骨と筋肉だけで造られているかのようだ。ワセリンを塗り込めた褐色の腕が、照りつける照明灯に鮮やかに輝いている。

ああっ、なんて美しい男なのだろう。なんて美しい肉体なのだろう。

『力』を持つ者は誰もが美しい。ここに立ち、自分の対戦相手を目にするたびに、僕はそれを感じる。

けれど、それほど大きく逞《たくま》しい体をしているというのに、その男は脅《おび》えている。その男の皮膚や筋肉が体臭のように発する脅えを、僕ははっきりと感じ取る。

　そうだ。男は僕に脅えているのだ。まるで虎の檻《おり》に投げ込まれた兎のように、僕の存在を怖がっているのだ。

　6対1という賭《か》け率が示すように、このファイトは僕が圧倒的に有利だとされている。リングを囲む観客のほとんどは僕が相手を叩《たた》きのめすと信じているし、世界中でインターネットを通して見ている何百万人という人々も、その多くが僕の勝利を予想している。

　僕が勝つ？

　そんなことはわからない。

　この世界には絶対などあり得ない。ここではほんの少しの隙や、ほんの小さな油断や、ほんのわずかな慢心が、その者に敗北をもたらすのだ。そして敗北は、敗者にしばしば死をもたらすのだ。

　勝てるだろうか？

　いや、そんなことは考えない。僕が考えていることはただひとつ、『戦う』ということだけだ。

　敵のファイターは拳《こぶし》を胸の前で構え、褐色の巨体を窮屈に屈《かが》めるようなファイティングポーズを取っている。その低い姿勢で、僕のほうに向かってそっと足を踏み出す。

　さあ、戦いの始まりだ。

　僕はロープに寄りかかるのをやめる。そして、真っすぐに背筋を伸ばし、腕を両脇に垂らしたまま、敵と同じように前方に足を踏み出す。

光、光、光――。

今、男と僕は世界の中心にいる。

そうだ。この四角いリングの中こそが、全世界の中心なのだ。ここここそが、全世界の首都なのだ。

僕は男を見つめる。瞬きの瞬間さえ惜しんで、男のすべてを――その眼球の動きを、握り締めた拳の位置を、腕や腿《もも》やふくら脛《はぎ》や脇腹の筋肉の震えを、マットを踏み締める裸足の指先の一本一本を、そのマットの沈み具合を、じっと見つめる。

敵がどうしたいのかは、わかっている。今までに僕が戦って来たファイターの多くと同じように、この男もまた、僕を捕まえたがっているのだ。隙を見て僕の懐に飛び込み、あるいは僕の下半身にタックルをして、僕をマットに組み伏せようとしているのだ。

寝技に持ち込むことができれば、自分にも勝機がある。男は間違いなく、そう考えているはずだ。

確かにその通りだろう。グラウンドでの勝負になれば、40キロの体重差は男に有利に働くだろう。僕のエージェントによれば、男はブラジリアン柔術の達人らしい。おまけに僕は、寝技があまり得意ではない。もし寝技に持ち込まれたら、敵のファイターは僕の腕や足を易々《やすやす》とねじり上げ、その骨をへし折ることに成功するかもしれない。

だからもちろん、そんな体勢に持ち込ませるわけにはいかない。

男が足を止め、僕もまた足を止める。そして、だらりと垂らしていた腕を静かに持ち上げる。両の拳を軽く握り、それを顎《あご》の少し下の辺りでゆったりと構える。

今、ふたりの距離は1メートル50センチほど。この距離では、まだ僕の拳は男の顔面には届かない。だが、男の蹴《け》りもまた、この距離では有効打とはなり得ないはずだ。

国境を挟んで向き合った軍隊のように、男と僕は1メートル50センチの距離を保ったまま見つめ合う。男の目も僕の目も、相手のすべてを見るために見開かれている。

この距離ではまだ戦えない。敵との距離を縮めるために、僕は右足を1歩踏み出す。

瞬間的に男が左後方に1歩退《ひ》く。

僕がまた1歩右足を踏み出す。男がまた素早く、左後方にまわり込むように退く。

男は左側にまわっている。左へ、左へ、左へ――。

そう。地球の裏側からやって来た褐色のファイターは、明らかに僕の拳を、特に左の拳を恐れている。脚も腕も自分のほうが遥《はる》かに長いにもかかわらず、僕の拳の射程距離に入るまいとしている。

僕が右足を踏み出し、男がまた、僕の左拳から遠ざかろうとして左後方に退く。僕が右足を踏み出し、男がさらに左にまわり込むように退く。

すでに戦いの開始から1分以上が過ぎている。それにもかかわらず、相手も僕もまだひとつの技も出していない。

苛々《いらいら》した観客の何人かが大きな声で叫んでいる。どこの国の言葉なのかわからない。たぶん、早く戦えと言っているのだろう。

だが、僕は苛立ちはしない。焦りもしない。

光、光、光――。

ああっ、ここはなんて明るいんだろう。なんて華やかなんだろう。

僕が右足を踏み出し、男がまた左にまわり込むように退く。僕が右足を踏み出し、男がさらに左にまわり込むように退く。それが執拗《しつよう》に繰り返される。

だが、そろそろ男の我慢も限度だろう。膨れ上がる恐怖に耐え切れず、破れかぶれで飛び込んで来るに違いない。

その時――男が舌を出し、唇をチロリとなめた。肩と腿の筋肉が、ほんの一瞬、痙攣《けいれん》するかのように震えた。

そして、次の瞬間、男はさらに身を低くして僕の腰を目がけて突入して来た。

猛牛の突進をかわす闘牛士のように、反射的に僕は左足を引き、右足を軸に体を半身にした。目標物を失った男の巨体が微《かす》かに流れた。

その瞬間、僕は褐色の腕によってガードされた男の右のこめかみに――そのガードのわずかな隙間を狙って、左の拳を強く叩き入れた。

ばちん。

その左フックはあまりに早く、あまりに鋭かったから、男には見えなかったかもしれない。男だけではなく、リングを囲む人々にも、インターネットを通して見ている人々にも、見えなかったかもしれない。

だが、僕の左拳は、間違いなく男の右のこめかみを捕らえた。

とても確かで、絶対的な手応《てごた》えがあった。

僕を捕まえそこねた男は、次の瞬間には姿勢を立て直し、再び僕のほうにその巨体を向けた。そして、1秒前までと同じように低いファイティングポーズを取った。

1秒前までと同じように？

いや、そうではない。

確かに、男の外見は1秒前までとまったく同じに見える。けれど今、男の内部では劇的なまでの変化が起こっているはずだ。

骨の薄いこめかみを強打されたことによって男は脳震盪《しんとう》を起こし、立ちくらみをした時のように朦朧《もうろう》としているに違いない。こうして立っているのがやっとで、今は何も考えられず、ただ本能的にファイティングポーズを続けているというだけのことだ。

この瞬間を逃すわけにはいかない。

素早く男に向き直ると、僕は短い右のジャブを突き出した。フィニッシュパンチのつもりではない。ただの、囮《おとり》のジャブだ。

朦朧となりながらも、男が反射的にその囮のジャブに反応する。ガードが乱れ、顎にわずかな隙ができる。

次の瞬間、僕はその顎の先に、渾身《こんしん》の力を込めて左のストレートを突き入れた。

今度も男には僕のパンチは見えなかっただろう。だが、グローブを嵌《は》めない僕の左拳は、その瞬間、がっちりとした男の顎をまともに捕らえた。

ぐちゃっ。

男の顎の骨が砕け、その頭蓋《ずがい》骨の中で脳が前後に激しく揺さぶられた。

僕の拳はいつものように、その感触をはっきりと知った。

顎の骨を砕かれた男は、わずかに腰を落としながらも1歩だけ後ずさった。相変わらずファイティングポーズを続けながら、焦点の定まらない目で僕を見た。

けれど、男にできたのはそれだけだった。

直後に男が白目を剝《む》いた。そして、力尽きた巨象が倒れるかのようにゆっくりと――スローモーションで再生された映像でも見ているかのようにゆっくりと――男は背中からマットに崩れ落ちた。

どしん。

大きな音が響いた。

ほぼ同時に、人々の大歓声がリングを包み込んだ。

光、光、光――。

ああっ、ここはなんて賑《にぎ》やかなんだろう。なんてシンプルで、なんて美しい世界なんだろう。

強い光を全身に浴び、響き渡る歓声を聞きながら、僕は倒れた男の足元に立った。敗者となった男は白目を剝いて失神し、褐色の腕や脚を断続的に痙攣させていた。

「コロセっ！　コロセっ！」

リングの外——闇の中から男が叫んでいる。日本語だが、日本人の発音ではない。

「コロセっ！　コロセっ！」

最初の男を真似て、別の誰かが叫んでいる。その発音も日本人のものではない。

殺す？

もちろん、それもいい。失神した男の腹部に馬乗りになり、さらにその顔を殴ることはルール違反ではない。徹底的に殴りつけ、嫌と言うほど蹴飛ばし、殺してしまうことも禁止されているわけではない。実際に多くの勝者が敗者に対してそうしているし、リングを囲む人々や、インターネットを通して見ている人々の多くも、僕がそうすることを期待している。

そして、僕の中に潜む暴力衝動も、僕にそれをさせたがっている。無抵抗な男をさらに殴りつけ、さらに蹴りつけ、すべての肋骨《ろっこつ》をへし折り、頭蓋骨を陥没させ、腹を踏み付けて内臓を破裂させ、筋肉の鎧《よろい》に包まれた男の肉体から、その命を永久に奪い取りたがっている。

殺せ！　殺せ！　殺せ！

僕の中の暴力衝動が僕に命じる。

男の腹を踏み付けろ！　脇腹を蹴り上げろ！　髪を鷲摑《わしづか》みにして、その頭をコーナーポストに叩《たた》き付けろ！

けれど……けれど、僕はそうしない。その代わり、ロープのすぐ向こうの審判席に向かって両手を上げ、もう戦う意志がないことを示す。

戦いの終わりを告げるゴングが鳴る。

「お疲れ様……やったわね」

リングの下で、エージェントの女が言う。僕を見上げる女の目は、潤んだように光っている。

僕は小さく頷《うなず》きながら、女が差し入れた乾いたタオルを掴む。それで軽く額を拭《ぬぐ》う。

ああっ、できることなら、いつまでもここにいたい。ずっとずっと、この光の中にいたい。

けれど、それはできることではない。誰ひとりとして、ここに止まり続けることはできないのだから。

僕はその愛すべき世界に無言で別れを告げる。そして、ゆっくりとリングから下り、不確かで、曖昧《あいまい》で、ルールもシステムもはっきりとしない外の世界に戻る。

第一章

1.

初めて人を殴った時のことを覚えている。

あれは僕が小学校の5年生の時のことだった。

あの頃、僕はクラスメイトたちから女の子のようなやつだと思われていた。

僕がとてもおとなしくて、無口で、内気で、引っ込み思案だったから……もちろん、それもある。

だが、いちばんの理由は、僕がよく女の子の服を着ていたからだ。

そう。当時の僕はしばしば姉たちのお下がりのセーターやブラウスを着せられ、しばしば姉たちのお下がりのジーパンを穿《は》かされていた。姉たちのお下がりの運動靴を履くのは当たり前のことで、時には姉たちのお下がりの下着をあてがわれることさえあった。

僕がいつも姉たちのお下がりを使わされていたのは、家が貧乏だったからというわけではない。

それが父の方針だったからだ。

使える物は使わなければ罰が当たる。それが父の考え方だった。

母や姉たちは、僕を不憫《ふびん》に思っていたらしい。けれど、誰ひとり父には逆らえなかった。我が家では父は絶対的な権力者だった。

姉たちはお下がりを身に着ける僕のことを考え、自分たちの衣類を買う時は少女趣味のものやパステルカラーのものは避け、なるべくユニセックスなデザインのものを選んでくれていたようだった。それでも、それらのデザインは同じクラスの男の子たちのものとは明らかに違っていた。

女物の衣類をしばしば身に着けていたことで、クラスの男の子たちは毎日のように僕をからかった。

『女男』。『おかま』。それらが、僕に付けられたあだ名だった。

そんなふうに言われて楽しいはずがない。けれど、僕は黙っていた。

僕は昔から本当におとなしかったし、僕が怒ったり、わめいたりすれば、みんなをよほど喜ばせるだけだとわかっていたから。

それでも、自分より小さくて、見るからに弱そうなやつにからかわれると、さしもの僕も腹が立った。けれど、手は出さなかった。暴力を振るう人間は最低だと、父にいつも言われていたからだ。

そう。僕はそれまで、ただの一度も暴力を振るったことはなかった。姉たちと喧嘩《けんか》をしたことさえなかった。

そんな僕が、あの日に限ってどうして手を出したのか、それは今でもわからない。

あれは確か、冬の午後だったと思う。

あの日、ひとりの少年がいきなり背後から僕のセーターをまくり上げ、それを僕から剝《は》ぎ取った。

それはクラスでいちばん体が大きく、クラスでいちばん威張っている、番長のような少年だった。誰もがその少年のことを、学年でいちばん喧嘩が強いと考えていて、誰ひとり彼には逆らわなかった。

あの日、僕はセーターの下にランニングシャツのような形をした女物の下着をまとっていた。それは上の姉のお下がりの薄いピンク色の下着で、縁にはフリルが付いていた（下の姉は極端に小柄だったから、その頃はもう下の姉のお下がりを僕が譲り受けることはなかった）。

姉のお下がりの下着を見て、教室にいたみんなが笑った。僕のセーターをまくり上げた少年も笑ったし、女の子たちさえ笑っていた。

「返してくれよ」

僕は反射的にセーターを奪い返そうとした。

その時、伸ばした僕の手の先が、少年の頬に当たった。

殴られた。

きっと彼はそう思ったのだろう。その少年はとても短気で、とても乱暴だった。

「なんだ、この野郎っ！」

少年は大声で叫ぶと、握り締めた右の拳《こぶし》で女物の下着に覆われた僕の左胸を──その心臓の辺りを強く殴った。

ずんっ。

強い衝撃が背中に突き抜け、僕は何歩か後ずさった。

その瞬間だった。

その瞬間、僕の中に眠っていた何かが目を覚ました。

眠っていた猛獣が尻尾《しっぽ》を踏まれて跳び起きるように……あるいは、長いあいだ休眠していた火山が、ある日、突然、大噴火を起こすように……僕の中に眠っていた何かが──とてつもなく凶暴で、とてつもなく暴力的な生き物が──突如として目を覚ましたのだ。

次の瞬間、僕は握り締めた左の拳を、少年の鼻に向かって無言で突き出した。

ふいを突かれた少年に、それをかわす余地はなかった。

ぐちゃっ。

直後に、少年の鼻が潰《つぶ》れた感触が僕の拳に生々しく伝わった。

鼻を殴りつけられた少年は喉《のど》を見せてのけ反った。そのあとで、両手で顔を押さえるかのようにして身を屈《かが》めた。

そんな少年の後頭部の髪を、僕は右手で鷲摑《わしづか》みにした。そして、前屈みになった少年の腹部に、自分の左の膝《ひざ》を深々と突き入れた。

「ぐえっ」

僕の膝が腹部にめり込んだ瞬間、少年の口から奇妙な声が漏れた。その声が、僕の中にいた凶暴で暴力的な生き物を喜ばせた。

僕は鷲摑みにした少年の頭を強く下に押し付けた。そして今度は、少年の肩甲骨のあいだに両方の肘《ひじ》を力任せに振り下ろした。

「ぐっ」

少年の口から再び奇妙な声が漏れた。その声がまた、僕の中の凶暴で暴力的な生き物を喜ばせた。

時間にすれば、それは1秒か2秒のことだったと思う。

気が付いた時には、少年は神に祈りを捧《ささ》げるような姿勢で床に跪《ひざまず》き、両手で顔を押さえて呻《うめ》いていた。いつの間にか、少年の指のあいだから鼻血が流れ、それが教室の床の上に広がっていった。

それで勝負はついたはずだった。僕は暴力は嫌いなはずだった。

けれど、僕の中で目を覚ました生き物はそうではなかった。

『叩きのめせ』

そいつは僕に、そう命じたのだ。

僕はその命令に従った。そして、体をふたつ折りにして苦しみに呻く少年の顔面を、まるでサッカーのペナルティキックのように、渾身《こんしん》の力を込めて蹴り上げた。

鈍い音とともに少年の顔が真上を向いた。白い喉が見え、辺りに鼻血が飛び散った。

女の子たちの悲鳴が教室に響いた。

顔面を蹴り上げられて、少年は背後に勢いよく引っ繰り返った。床に後頭部を強く打ち付け、両手で顔を覆って悶絶《もんぜつ》した。顔を覆った手は今では鼻血で真っ赤だった。

やり過ぎだった。それ以上やったら危険だった。

けれど、僕の中の猛獣は満足しなかった。

仰向けに横たわった少年の体を、僕は力の限り蹴り付けた。床の上で苦しみに悶《もだ》える少年の頭を、腕を、背中を、胸を、腹を、腰を、太腿《ふともも》を、ふくら脛《はぎ》を、僕は渾身の力を込めて蹴り上げ、力の限りに踏み付け続けたのだ。

僕の上靴の先が、あるいはその踵《かかと》が、体に深く沈み込むたびに、少年の口から「うぐっ」「げっ」という苦しげな声が漏れた。その声が、僕に強い喜びをもたらした。

それは間違いなく喜びだった。解き放たれた暴力衝動がもたらした、かつて経験したことのないほど巨大な喜びだった。

その強い喜びに身を任せるかのように、僕は少年の体を執拗《しつよう》に蹴り続け、執拗に踏み付け続けた。何度も何度も、繰り返し繰り返し、力の限りにそれを続けた。

「やめろっ！」「やめろよっ！」

やがて、クラスメイトたちが数人がかりで、僕を少年から引き離した。

いつの間にか、僕は汗まみれになっていた。僕が履いた左右の上靴の先は真っ赤な血に染まっていた。

僕は呆然《ぼうぜん》となって足元を見下ろした。

そこには、僕に叩《たた》きのめされた少年が、死んでしまったかのようにぐったりと横たわっていた。

何人かの女子生徒が泣いていた。何人かは教師を呼ぶために廊下に走りだしていた。

教室にいた誰もがとても驚いていた。駆けつけた教師も驚いていた。

そう。僕と暴力とは、もっとも遠い存在だと誰もが思っていたからだ。

けれど……あの日、いちばん驚いていたのは、たぶん僕自身だった。

たぶん、あれが始まりだった。あの時、僕は自分の中に潜む暴力衝動を知り、同時に、その衝動を解き放つ喜びを知ったのだ。

2.

僕の家は東京郊外の閑静な住宅街の一角にあった。住民のほとんどが30年以上も前からそこに住んでいて、住民のほとんどが資産家かその子息で、住民が運転する車以外はほとんど通らず、住民以外の人間はほとんど見かけないような、そんな住宅街だ。

初めての男の子である僕が生まれた時、父は43歳、母は28歳だった。父は大学の経済学部の助教授で、数年後に教授になった。母は主婦だったが、午後には自宅の庭の片隅に建てられたプレハブの小屋で、近所の子供たちにピアノを教えていた。

僕には4歳上と3歳上のふたりの姉がいた。姉たちは幼い頃から母にピアノを習っていた。僕も4歳の誕生日を迎えた直後から、姉たちと同じように母からピアノを習った。

午後にはいつも庭のプレハブ小屋から、子供たちの弾く下手くそなピアノの音が響いていた。時には子供たちの甲高い笑い声も聞こえた。

けれど、家の中はとても静かだった。

父の方針から、僕たちの家にはテレビがなかった。ビデオゲームの類《たぐ》いもなかった。家にいる時、父はしばしば音楽を聴いていたが、それらはすべてクラシックだった。

子供は厳しく育てなければならない。それが親たる者の義務だ。

父はそういう考え方の持ち主だった。

当時、姉たちと僕は、毎朝6時に起床した。冬の6時はまだ真っ暗で、ものすごく寒かったが、そんなことは関係がなかった。

着替えが済むと姉たちと僕はすぐに庭に出て、父と4人で体操をした。それが絶対の義務で、風邪をひいた時などのほかは休むことは許されなかった。体操のあとでは、姉たちは朝食や弁当を作る母の手伝いをし、僕は庭の掃除をした。

父は母に子供たちの帰宅時間をチェックさせ、それを自分に報告させていた。学校の帰りに寄り道をすることは許されなかった。いったん帰宅したあと、ピアノのレッスンがない日は遊びに出かけることが許された。だが、夏でも冬でも5時には自宅に戻らなくてはならなかった。帰宅後は、姉たちは母の夕食作りを手伝い、僕はトイレと浴室の掃除をし、風呂を焚《た》いた。

食事の時、物を口に入れたまま喋《しゃべ》ることは禁止されていた。だから、たいていはみんなが沈黙していた。食卓に父がいない時でさえ、僕たちはみんな押し黙っていた。夕食後は子供たちはそれぞれの自室で、きょうの授業の復習や、明日の予習をしなければならなかった。消灯時間は午後10時だった。

自宅にマンガを持ち込むことは禁止されていた。その代わり、子供部屋の本棚には子供向けの世界名作全集のような書物が並んでいた。家の中で走ることや、大声を出すことも禁止されていた。

我が家では、父と母に対しては敬語を使うように義務づけられていた。両親に口答えをしたり、その言い付けに背くことは絶対に許されなかった。

ふたりの姉と僕は、そんな家で育った。自分たちの家がよその家と違うということは誰もが知っていた。だが、姉たちも僕も文句は言わなかった。

父は気難しくて、物音を極端に嫌う人だった。だから、父が書斎にいる時には、僕たちは囁《ささや》くように話をし、泥棒のように足音を忍ばせて歩いた。その癖がついてしまって、父がいない時でさえ、小声でヒソヒソと話し、足音をさせないようにそっと歩いた。

家の中はいつも本当に静かだった。けれど、時折、凄《すさ》まじい怒鳴り声が、その静けさを打ち破った。

大声で怒鳴っていたのは、いつも父だった。

父は子供たちにしばしば体罰を与えた。上の姉が友人から借りた少女マンガを机の引き出しに隠していたのを見つけた時……下の姉のテストの成績が芳しくなかった時……食事中に僕が誤って味噌《みそ》汁のお椀《わん》を引っ繰り返した時……上の姉にクラスメイトの男の子が電話をして来た時……下の姉が「テレビを買って」と父にせがんだ時……姉たちがささいなことで言い争っているのを父が耳にした時……僕が相変わらず左手で文字を書いていることが判明した時……父は大声で怒鳴りながら、子供たちに容赦ない体罰を与えた。

父は大柄で、とても力が強かった。そして、その体罰はとても厳しいものだった。体罰が与えられるたびに、姉たちや僕は口の中のあちらこちらを切り、顔をひどく腫《は》らしたものだった。ただひとりの男の子である僕には、父は特に厳しい体罰を与えた。大量の鼻血を流し、着ているものを赤く染めたことも一度や二度ではなかった。

父はそれらの体罰を『しつけ』だと言っていた。

確かに子供たちへの暴力は『しつけ』だったのかもしれない。けれど、母へのそれは何だったのだろう？

姉たちや僕はしばしば、父が母の顔を平手で叩くのを目にしていた。時には、それ以上父とは対照的に、母は極端に小柄で、とても華奢《きゃしゃ》な体つきをしていた。そんな母が、父に暴力を受けるのを見るのは嫌なことだった。

家庭では暴力的だったにもかかわらず、大学教授としての父は、すべての暴力に強く反対するという立場を取っていた。たったひとりの男の子供である僕にも、たとえ何があろうと暴力を振るってはならないと強く言い聞かせていた。

だから、僕が教室でクラスメイトを叩きのめしたのを耳にした時には、烈火のごとく怒り狂った。そして、僕が相手にしたと同じくらい徹底的に、息子を叩きのめした。

その後、父は母を伴って僕の被害者となった少年の家に謝罪に行った。少年は大変な怪我をしていたが、幸いなことに入院するほどではなかった。

父は僕に1週間の自宅待機処分を命じた。学校ではなく、父がそれを命じたのだ。

その1週間、僕は食事とトイレと入浴の時以外は自室から出ることを禁じられた。そして、父が用意した算数と国語と理科と社会科の問題集をすべて終わらせることを義務づけられた。

1週間が過ぎて僕が教室に戻った時、僕を見るクラスメイトたちの目は、今までとはまったく違うものになっていた。

暗いくせに、すぐにキレる凶暴なやつ――。

そういうことなのだろう。そして、それは小学校を卒業するまで変わらなかった。

教室でクラスメイトを叩きのめしたあの冬の日から、長い長い時間が過ぎた。

僕は今でもしばしば、あの時のことを思い出す。

あの日、少年の鼻を捕らえた左拳《こぶし》の感触を……少年の体に深々とめり込んだ上靴の感触を……少年の口から漏れていた苦しげな呻《うめ》きを……そして、あの時、僕の全身を覆っていた、快楽にさえ近い喜びを……20年が過ぎた今もはっきりと思い出す。

3.

ビルの壁面を這《は》うように風が吹き付けている。冷たくて、乾いた真冬の風だ。

風は絶えずその向きと強さを変える。右から弱い風が吹いているかと思えば、直後には左から強く吹く……あるいは真上から吹きおろし、時には真下から猛烈に吹き上げる。だから、ほんの一瞬たりともぼんやりとしていることはできない。

冬用の分厚い防寒作業ジャケットのわずかな隙間から吹き込んだその風が、体を凍えさせ、軍手の上にゴム手袋を嵌《は》めた指先をかじかませる。

この季節には時折、突風のような風が強く抜けていく瞬間があって、そんな時には、バランスを崩してよろけてしまうこともある。時には、風で体が浮き上がり、ゴンドラから転落してしまうのではないかと思うことさえある。

怖い——。

この仕事を始めて2年が過ぎた今も、地上百数十メートルの場所で突風に煽《あお》られると恐怖を感じる。特に、こんなふうにゴンドラを使っての作業ではなく、ロープ1本でビルの側壁に張り付いての作業の時は、しばしば強い恐怖に見舞われる。

確かに怖い。でも、だからと言って、その怖さが嫌だというわけではない。

いや、それどころか今では、僕はその恐怖が気に入っている。ゴンドラが低い階まで下がり、もう誤って地上に転落しても死なないほどになると、何だかつまらなく感じてしまうほどだ。

「うわっ、畜生っ、寒いなっ」

また強い風が吹きつけ、僕の右隣で作業をしている近藤《こんどう》さんが叫ぶように言う。

「そうですね。きょうは特に風が冷たいですね」

そう言って僕は笑う。「でも、雪山よりはマシなんでしょう?」

「まあ、確かに雪山よりはマシだけど、ここの空気は汚いからな。それを考えると、差し引きゼロかもな」

近藤さんが笑顔で、やはり叫ぶように言う。

僕たちふたりが乗ったゴンドラは今、高層ビルの33階の窓の外側に張り付くように停止している。僕たちの少し右側には佐久間《さくま》さんと土谷《つちや》さんの乗ったゴンドラが、やはり33階の窓の外側に停止していて、そのまた右側には飯田《いいだ》さんと吉川《よしかわ》さんのゴンドラが、やはり同じ高さに停止している。

ここはたぶん、地上からだと百数十メートルの高さだろう。地上を走っている車はどれもミニカーのようだし、歩いている人はみんな虫けらのようだ。普通の人なら、ここに立つだけで足がすくんでしまうに違いない。

もちろん、もう僕はすくんだりはしない。今では高さにはすっかり慣れっこだ。それでも、この寒さにはどうしても慣れることができない。下着に使い捨てカイロを4つも張り付けているにもかかわらず、この季節には体が常に凍えている。けれど、8000メートル級の山々に挑み続けている山男たちにすれば、こんな寒さは何でもないのだろう。

アルパインスタイルでの登山の第一人者である近藤さんは、ほぼ垂直に切り立った8000メートル付近の岩壁に宙づりになって、猛烈な吹雪と高山病に耐えながら二昼夜を過ごした経験があるらしい。凍傷で左右の手の指を5本もなくした佐久間さんだって、手足の指を8本失っている土谷さんだって、これまでに何度も想像を絶するような寒さを乗り越えて来たらしかった。

手にした清掃器具をゴンドラの中に戻し、僕は目の前のガラスを見つめる。たった今、僕が磨き上げたばかりの巨大な窓ガラスには、見渡す限りの大都会と、その上に広がる冬の空とが映っている。それは本当に、はっとするほどの美しさだ。

東京タワーがすぐそこに見える。そのすぐ隣には六本木ヒルズも見える。きょうは空気が澄んでいるから、少し先には東京都庁も見えるし、新宿の高層ビル群も見える。遥《はる》かなたには三浦半島や相模《さがみ》湾も見えるし、雪を被《かぶ》った富士山も見える。

大都会の喧噪《けんそう》は、地上百数十メートルのこんなところまで僕たちを追って来る。たくさんの音が混じり合い、一塊になったブーンという騒音が、絶えず僕の耳に届く。けれど、うるさいとは思わない。僕はここが好きだ。

光、光、光――。

ここにはいつも、眩《まぶ》しいほどの光が満ちている。そして、光の中は僕の世界だ。

きょうは本当に天気がいい。果てしなく続くビル群の窓ガラスや、道路を走る車のフロントガラスが、冬の午後の太陽を受けて宝石のように光っている。小さな雲が地上に丸い影を落としながら、ゆっくりと南東に流されて行く。

こんな素敵な景色を日常的に見られるのは、この仕事の特権だ。だから、多少の寒さは我慢しなければならない。

「よーし、小鹿《こじか》くん、それじゃあ、下がるぞ。いいかい？」

ほかの二台のゴンドラとトランシーバーでやり取りをしていた近藤さんが、隣にいる僕に大きな声で訊《き》いた。耳元を吹き抜ける風の音がうるさいから、ここでは誰もが大声になってしまうのだ。

ほかの登山家たちと同じように、近藤さんはとても引き締まった体をしている。体重は僕よりいくらか重たそうだが、僕と同じように、その肉体には余分な脂肪はほとんどなく、薄い皮膚の下には鍛え上げられた筋肉がぎっしりと詰まっている。分厚い防寒作業着の上からでも、はっきりとそれがわかる。

「はい。下がってください。お願いします」

作業用具をゴンドラ内に戻した僕が答え、近藤さんがコントローラーを操作した。直後に、僕たちを乗せたゴンドラがわずかに震えながら、ゆっくりと1階分だけ降下した。磨き上げられた33階の窓ガラスが頭上に消え、その代わりに、埃《ほこり》にまみれた32階の窓ガラスがすぐ目の前に現れた。

ガラスの向こう側は広々としたリビングルームのような部屋になっていて、そこに置かれたゆったりとしたソファに、若い女とその息子らしい幼い男の子がいるのが見えた。

ソファに座った母親は僕よりいくつか年下だろう。モデルのようにほっそりとした若くて美しい女だ。男の子は3歳か4歳ぐらいだろうか？　ソファにもたれてテレビのアニメ番組を眺めていたふたりは、窓の外に突如として出現した僕たちを見て目を丸くした。

この時間に僕たちが窓の清掃作業をすることは居住者には通知してある。けれど、実際に僕たちの姿を窓の外に見つけると、たいていの人はとても驚いた顔をする。

窓の外側で作業をする僕たちを、窓の内側の人々の多くは興味深そうに眺める。その中の何人かは、少し尊敬したかのような目で僕たちを見つめる。

男の子が僕のほうを指さし、興奮した様子で母親に何か言っている。母親がこちらに目をやりながら、男の子の言葉に頷《うなず》いている。

やがて男の子が、少しためらいがちに僕に手を振った。

「おーい」

ガラスの向こうにいる男の子に、そう呼びかけながら僕は手を振り返した。

次の瞬間、男の子がソファから飛び降り、嬉《うれ》しそうに窓辺に駆け寄って来た。

男の子の背後からは若く美しい母親が、僕に頭を下げながら笑顔で近づいて来る。室内はそうとう暖かいのだろう。こんな真冬だというのに、男の子は長袖《そで》のTシャツに半ズボンという恰好《かっこう》だ。母親のほうも、色褪《あ》せて擦り切れたジーパンの上に薄っぺらなブラウスを1枚まとっているだけだ。

都会の中心部に聳《そび》えるこのビルの部屋の賃貸料がいくらなのかは知らない。だが、とても高額に違いない。ということは、その女はきっと金持ちの奥様なのだろう。

僕が頭を下げ、若く美しい母親がまた笑顔で頭を下げ返す。つややかな髪が肩を流れ、髪のあいだで大きなピアスが揺れる。ルージュに彩られた魅力的な唇が動く。

女が何を言っているのかは聞こえない。だが、口の動きから推測すると、『ごくろうさまです』と言っているのだろう。自宅でくつろいでいるというのに、長く伸ばした女の髪は綺麗《きれい》にセットされ、その顔には美しく化粧が施されている。

「小鹿くん、俺、小便したくなっちゃったよ」

僕のすぐ隣に立った近藤さんが、突然、そんなことを言い出した。

「ええっ、本当ですか？　いい加減にしてくださいよ。子供じゃないんだから」

真っ黒に日焼けした近藤さんの顔を見つめて僕は笑った。「どうして上がって来る前にトイレに行って来なかったんですか？」

「いや、さっきちゃんと行って来たんだよ。でも、すごく寒いからさあ……温まろうと思って缶コーヒーを二本も飲んだのがいけなかったのかなあ？」

確かに、近藤さんだけを責めるわけにはいかない。吹きさらしのゴンドラの上は本当に冷えるから、特に冬場はみんなトイレが近くなるのだ。

「どうします？　いったん下りますか？」

「いや、我慢するよ」

「大丈夫ですか？」

「わからん。ダメだったら、この缶の中にやっちまうよ」

深い皺《しわ》が刻み込まれた顔をくちゃくちゃにして笑いながら、近藤さんがゴンドラの中に置かれた洗剤の空き缶のひとつを指さした。

もちろん、ゴンドラ内で排尿をすることは禁止されている。だが、近藤さんや佐久間さんや土谷さんは、しばしばそうしていると聞いている。班長を務める飯田さんまでそうしているらしい。山男はつわもの揃いなのだ。

「まずいですよ。ほらっ、あんな綺麗な女の人も見てるし」

「あっ、本当だ。すごく綺麗な人だなあ。芸能人みたいだ」

近藤さんがガラスの向こうの女に目をやり、慌てたように頭を下げる。女がそっと微笑み、近藤さんに頭を下げ返す。女の口がまた『ごくろうさまです』という形に動く。

「どうします？　地上に下りますか？」

僕はまた同じ質問をする。いったん地上に下り、トイレを終わらせてまたこの階まで上がって来るとなると、15分近くはロスしてしまうだろう。だが、それもしかたがない。近藤さんほどの偉大な登山家を、こんなところで膀胱破裂《ぼうこうはれつ》で死なせるわけにはいかない。

「いや、大丈夫。我慢できると思う」

窓の向こうの美しい母親にしつこく頭を下げながら近藤さんが言う。

「本当ですか？　本当に大丈夫なんですか？　もし、漏らしたら、ものすごくかっこ悪いし、ものすごく冷たいですよ」

「うん。でも、大丈夫だ。たぶん我慢できる」

「そうですか？　それじゃあ、急いで終わらせて、さっさと下りましょうよ」

そう言うと僕はたっぷりと洗剤を染み込ませたローラーの柄を握り、それで窓ガラスを擦《こす》り始めた。

大きな窓ガラス全体に液体洗剤をまんべんなく塗る。そこが終わると、すぐ左隣の窓に同じ作業を繰り返す。3枚の窓ガラスに洗剤を塗り終えると、いつものように長い柄の付いた車のワイパーのような器具を使って、窓ガラスに塗ったばかりの液体洗剤を上から下へ丁寧にこそぎ取って行く。たったそれだけのことで、埃にまみれていたガラスが驚くほど透き通る。

僕が慣れた手つきで作業をする様子を、幼い男の子はガラスに顔を押し付けるようにして見つめている。その背後では若く美しい母親が、息子と同じように興味深そうに僕の手の動きを見つめている。そんなふたりを、僕はビルの外側から、まるで水族館の水槽の魚を見るように見る。

「小鹿くん、どうだ？ 3枚終わったな？」

やはりトイレに行きたくてしかたがないのだろう。いつもはのんびりしている近藤さんが、珍しく急いでいる。

「はい。こっちは3枚ともOKです」

僕はそう答えながら、窓の向こうの男の子に『バイバイ』と手を振る。男の子がモミジの葉のような可愛らしい手を振り返す。男の子の口が『バイバイ』という形に動く。

「よし、それじゃあ、下がるよ」

もう一度、美しい母親に頭を下げながら近藤さんが言う。

「はい。下りてください。お願いします」

さっきと同じように僕が答え、さっきと同じように近藤さんがコントローラーを操作する。窓ガラスの向こうにいる男の子と母親が、ゆっくりと僕たちの頭上に消えて行く。僕たちのゴンドラの右側では佐久間さんと土谷さんを乗せたゴンドラが、その右側では飯田さんと吉川さんを乗せたゴンドラが、僕たちと同じように31階へと下りて行く。

ゴンドラが止まる前に、僕は柄付きのローラーを取るために身を屈《かが》めた。

「おいっ、小鹿くん、あれ見ろ。窓の向こう」

ゴンドラ内にしゃがみ込んでいた僕に、近藤さんが声を殺して言った。

僕は立ち上がると、ガラスの向こうの室内に目をやった。

「あっ」

思わず声が出た。

薄汚れた窓ガラスの向こう、明るくて広々とした室内に、下着姿の女が背中をこちらに向けて立っていたのだ。

年は20歳前後だろうか？　女は白い華奢《きゃしゃ》なブラジャーと、小さな白いショーツだけの恰《かっ》好《こう》で、部屋の壁に取り付けられた大きな鏡に向かってポーズを取っている。ショーツの生地がとても薄いため、その向こうに尻《しり》の割れ目がくっきりと見える。ウェストが驚くほど細くくびれ、鏡に映った臍《へそ》ではダイヤモンドみたいなピアスが光っている。

痩《や》せて肩甲骨の浮き出た女の背中では、栗色に染められた長く癖のない髪が滝のように流れ、そこで美しく輝いている。鏡に映った顔はあどけなく、眉《まゆ》の上で真っすぐに切り揃えた前髪がとても可愛らしい。

ゴンドラが窓の外に出現した瞬間に、女は僕たちに気づいた。鏡の中で僕の目と、マスカラやアイシャドウに彩られた女の目が出会った。

次の瞬間、女は凄《すさ》まじい悲鳴を上げ、両腕で胸を抱きかかえるようにしてその場から走り去った。

いや、その悲鳴が聞こえたわけではない。だが、きっとそうだったのだろう。

繰り返すようだが、僕たちがこの時間に窓の清掃作業をすることは、すべての居住者に文書で通知してある。だから、こんなアクシデントが起きてしまったのは、僕たちの責任ではない。

「いやあ、儲《もう》けた、儲けた！　目の保養になったよ！　女子大生かなあ？　それともモデルかなあ？　びっくりするぐらい可愛らしい子だったなあ」

近藤さんが、興奮を抑え切れないといった口調で言った。

「そうですね。可愛らしい女の子でしたね」

「佐久間や土谷にも見せてやりたかったな」

そう言いながら近藤さんは、誰もいなくなった室内をしつこく見つめている。あまりに嬉しくて、トイレに行きたいということを忘れてしまったらしい。

「さっ、近藤さん、さっさと始めましょう。ぐずぐずしてると、おしっこが漏れちゃいますよ」

そう言って笑いながら、僕は清掃用具を取るために再びゴンドラの中に身を屈めた。

4.

ハンドルを握った班長の飯田さんの隣に副班長の佐久間さんが座り、2列目には吉川さんと土谷さんが座っている。僕は近藤さんと並んで、ワゴン車の3列目にいる。きょうの作業を終え、これからみんなで事務所に戻るところだ。

いつものように、都内の道路はどこもひどく渋滞している。そして、いつものように、清掃用具を詰め込んだワゴン車の中には煙草の煙が霧のように充満している。

ほかの登山家たちのことは知らないが、僕たちの会社に所属している登山家たちの多くはヘビースモーカーだ。だから、仕事への行き帰りの車の中は、いつもこんなふうに煙で真っ白になってしまうのだ。

喫煙をしない僕としては迷惑な話だ。こうしているだけで、頭がクラクラするし、目もチカチカする。喉《のど》はいがらっぽいし、体には煙草のにおいが染み込んでしまって、帰宅したあともなかなか消えない。だが、みんながおいしそうに煙草を吸っているのを見ていると、文句を言う気にはなれない。

仕事帰りの車の中は、いつものようにとても賑《にぎ》やかだ。一日の辛《つら》い労働を終えて、誰もがリラックスしているのだ。

今、僕の隣では近藤さんが、31階の窓の向こうに目撃した下着姿の若い女のことを、みんなに大声で話している。

「それが、すごくセクシーで、モデルかタレントみたいに可愛い子だったんだ。背が高くて、ほっそりとしていて……ウェストなんて、こんなに細いんだぜ」

そう言って近藤さんが、自分の両手の親指と中指を合わせてみせる。「いやあ、みんなにも見せてやりたかったよ。なあ、小鹿くん、綺麗《きれい》でセクシーな子だったよな?」

「はい。そうでしたね。あの……確かに色っぽい下着姿でしたね」

僕が同意し、佐久間さんと土谷さんが口々に、「畜生、俺たちも見たかったな」「そうですよね。見たかったですよね」と言って笑う。

班長の飯田さんは、近藤さん同様、アルパインスタイルの登山家としては世界的に有名な人だ。副班長の佐久間さんと吉川さんは、大学の山岳部出身の有名な登山家だし、土谷さんだってみんなに負けないくらい有名な登山家だ。つまり、今このワゴン車に乗っている僕以外の5人の男は、全員が山登りの専門家なのだ。

この車の中にいる人たちだけではない。僕が勤務している高層ビル専門の窓清掃会社に所属している作業員は、数人の女性も含め、ほぼ全員が登山家だ。

僕たちの会社に登山家ばかりが働いている理由はただひとつ。それは、この会社が登山家たちによって、登山家たちのために設立され、登山家たちによって管理・運営されているからなのだ。社長の山岸《やまぎし》さんは世界に名の知れた登山家だし、専務の遠山《とおやま》さんもかつては有名な登山家だったらしい。

その名声とは裏腹に、登山家たちの多くは貧乏で、とても質素な暮らしをしている。山登りには莫大《ばくだい》な費用がかかる上、山に挑む時には長期の休暇を取らざるを得ないから、定職に就くことが難しいのだ。

けれど、この会社があるお陰で、登山家たちは飢えずに済む。もちろん、裕福には暮らせないが、それでも、何とか生きていくことはできる。

彼らは登山によって培われた技術と経験を活かし、誰もが尻込みするような高層ビルの窓ガラスの清掃作業に従事する。そうやって日々の生活費を稼ぎながら、次の山にアタックする機会を待つ。そして、いよいよその日が来た時には、会社は彼らに好きなだけの休暇を与え、ささやかながらその冒険を支援するのだ。

きょうのようなゴンドラを使っての作業なら、登山家でなくてもできるかもしれない。けれど、最近の高層ビルは壁面が複雑なカーブを描く建物が多く、そういうビルではゴンドラを使うことはできない。

そんな時、彼ら登山家は屋上の縁に取り付けたたった1本のロープを頼りに、ビルの側面に宙づりになって窓ガラスを拭《ふ》く。高層ビルの側面では風が舞って複雑な吹き方をするから、予想外の方向に煽《あお》られたり、振りまわされたりすることもある。時には、窓ガラスに叩《たた》きつけられそうになることもある。

けれど、地上百数十メートルの場所で、登山家たちは鼻歌を口ずさみながら、その危険な作業を簡単にやってのける。山で死ぬことはあっても、彼らが清掃作業中に死ぬことは絶対にない。

彼らはそれほどの者たちなのだ。山登りと言っても、彼らがやっているのは趣味のレベルではないのだ。

この会社に所属する者のほとんどが、自らの命を懸けて、かつて地上で誰ひとりなし得ていない危険な冒険に挑んでいる。

かつて誰も成し遂げていない――。

彼らにとっては、そのことが非常に重要な意味を持つ。チョモランマ北壁の新ルートでの冬季単独登頂、カンチェンジュンガ北西壁の新ルートの開拓、アルパインスタイルでのマカルーIへの冬季登頂……再び帰って来られるという保証はない。だが、だからこそ、彼らにとっては価値があることなのだ。

彼らの冒険は本当に命懸けだ。僕がこの会社に勤務を始めてから、まだたった2年にしかならないが、そのあいだにふたりが山で命を落とし、ふたりが今も行方不明になっている。凍傷のために手足の指を失った人は数知れない。

それでも彼らは困難な登山に挑む。

理由？

登山家ではない僕には、はっきりとした理由はわからない。でも、推測はできる。

それは、おそらくそこが光の世界だからなのだろう。

おそらくそこには、ヒリヒリするような非日常の世界があるのだろう。

光、光、光――。

この複雑で、何が何だかわからない世界とは別の、とてもシンプルで、とてもナチュラルで、とても美しくて確かな世界が、きっと彼らの向かう先にはあるのだろう。

そう。僕が大好きな、あのリングの上と同じように……。

5.

中学校に入学すると、僕は音楽部に所属した。そして、そこでピアノを担当した。

ピアノが好きだったわけではないし、音楽に興味があったというわけでもなかった。ただ、ふたりの姉が中学ではそうしていたからというだけの理由で、僕もまた音楽部に所属し、音楽室に置いてあった古い安物のピアノを弾いた。

本当のことを言えば、卓球部かサッカー部に入りたいと思っていた。その頃は、特に卓球に興味を持っていた。

少し前、家族で行った温泉の旅館で、僕は生まれて初めて卓球のラケットに触れた。たまたまその時、家族と一緒に温泉に来ていた卓球部員だという男子高校生が、小学生だった僕に卓球のルールや基礎を教えてくれたのだ。

最初はボールをラケットに当てるのがやっとだった。たとえラケットに当てることができたとしても、あの小さくて軽いピンポン玉を、思った場所に打ち返すのは容易なことではなかった。けれど、30分もしないうちに、僕はボールのコントロールができるようになった。1時間後には高校生と軽いラリーが続けられるようになり、2時間後には強い打球にも反応できるようになった。翌日には試合形式で打ち合えるようになり、時々ではあったけれど、その高校生に勝てるようになった。

もちろん、相手の高校生は手加減してくれていたに違いない。それでも、彼は僕の上達の早さに驚いていた。

「お前、すごいな。たぶん、動体視力と反射神経が抜群なんだろうな。中学になったら卓球部に入るといいよ。お前みたいなサウスポーはみんなやりにくいはずだし、きっと、すごい選手になれるぜ」

高校生は確かに驚いていた。けれど、僕は驚いてはいなかった。実はもう随分と前から、自分の中に何か、とてつもない運動能力が眠っているのに気づいていたのだ。

体育の授業以外での運動の経験はないというのに、僕は走るのがクラスでいちばん早かった。運動会ではいつもリレーのアンカーをまかされたほどだった。体育の授業でサッカーをすると、僕はしばしばドリブルでディフェンダーをかわしながら独走し、敵のゴールにボールを蹴《け》り込んだ。ソフトボールの授業でも、担任の教師はいつも僕を4番バッターに指名した。夏の終わりの水泳大会では僕が50メートル自由形の優勝者になったし、冬に行われたマラソン大会でも僕が2位を大きく引き離して優勝した。

そうだ。僕は体育がよくできたのだ。

けれど、父はそれをあまり喜ばなかった。

父は体を鍛えることには反対はしなかった。だが、肉体を健全に保つのは精神のためであり、大切なのは勉学に励むことなのだと考えていた。

我が家では相変わらず父が絶対権力者であり、すべての事は父に相談して決めなければならなかった。そんな父に、卓球部やサッカー部に入りたいとは言い出せなかった。


小学校を卒業する頃、従兄《いとこ》にあたる年上の少年に連れられて、僕は生まれて初めてゲームセンターに行った。そして、その後はひとりで、しばしばゲームセンターに出入りするようになった。

もちろん、家族には内緒だった。姉たちはそれに気づいていて、母には報告していたようだったが、父に告げ口をしたりはしなかった。それどころか母は、僕がゲームセンターで使うための小遣いをこっそりと手渡してくれたほどだった。

母は僕を普通の男の子のように育てたいと考えていたらしかった。

僕がゲームセンターにのめり込んだ理由はひとつ——それは、そこでは僕はヒーローになれたからだった。

と言っても、シミュレーションゲームみたいな、頭脳や経験を必要とするようなものは苦手だった。僕が得意だったのは、動体視力や反射神経を駆使してやるような、何のストーリーもない単純なゲームだった。

自分に向かって来る無数の弾丸を避《よ》けながら敵を撃ち落とすようなシューティングゲームでは、僕は誰もが行ったことのないステージまで行けた。オートバイやレーシングカーでタイムを競うタイプのゲームは特に得意で、そういうゲームの歴代トップ10を表示した画面にはいつも、僕が刻んだイニシャルがずらりと並んだものだった。

ゲームをしている僕の周りを、いつもたくさんの子供たちが取り囲んだ。時には中学生や高校生までが僕を取り囲んだ。そして、レーシングカーを操作した僕がコースレコードを更新するたびに、「おおっ」とか「すげえっ」といった歓声を上げた。

「おい、お前、どうして撃墜されないんだ？」

ある時、ゲーム機に向かっていた僕に、ひとりの高校生が訊《き》いた。

そのゲームは、戦闘機を操縦して敵と空中戦を繰り広げるというもので、その時、僕は太平洋上で、アメリカの航空母艦から発進して来た十数機の敵機をたった1機で迎え撃っていた。最初は1対1の空中戦だったのだが、ゲームのステージが進むにつれて航空母艦から飛び立って来る敵機の数がどんどん増え、今では十数機にまで達してしまったのだ。僕の知る限りでは、このステージまでゲームを続けた子供はいなかった。

「教えてくれよ。お前、どうして撃ち落とされないんだよ？」

僕の背後に立った高校生が同じ質問を繰り返した。

「どうしてって……あの……敵の弾を避けてるからです」

コントローラーの操作を続けながら、画面を見つめたまま僕は答えた。十数機にまで増殖した敵機はいたるところから攻撃を仕掛けて来るから、ほんの一瞬たりとも画面から目を離すことができなかったのだ。

「避けるって……お前、敵の弾が全部見えてるのか？」

高校生が驚いたように訊いた。

「はい。見えてます」

「本当かよ？　本当にこれが全部見えてるのかよ？」

「はい。あの……見えなければ、避けられませんから」

自分に向かって来るすべての弾丸をかわし続け、逆に敵機に銃弾を浴びせて撃墜しながら僕は答えた。

「信じられない。俺にはほとんど見えないよ」

僕の背後で高校生が呻《うめ》くように言った。「でも、もし、見えてるんだとしたら……お前、普通じゃないよ」

普通じゃない？

そう。彼が言ったことは正しい。

僕は普通ではないのだ。僕の目には、ほかの人には見えないものが見えるのだ。僕の腕は、ほかの人より遥《はる》かに早く、遥かに正確に動くのだ。

それはすでにわかっていた。

飛んでいるハエを鉛筆一本で叩《たた》き落とす。

まだ幼い頃から、僕にはそんなことができた。

僕が鉛筆でハエを叩き落とすところを見た大人たちは、誰もみんな目を丸くして驚いた。ふだんはめったに驚かない僕の父でさえ驚いていた。

けれど、僕にはみんながなぜ驚いているのかがわからなかった。僕にしてみればそれはとても簡単なことで、みんなにはなぜできないのかというほうが不思議だった。

僕には捕虫網を使って、高速で飛んでいるオニヤンマやギンヤンマを簡単に捕ることができた。飛んでいるコウモリを捕虫網で捕獲したこともあるし、飛んでいるスズメを捕ったこともあった。蚊を叩きそこねたりすることは、絶対になかった。

そうだ。僕は普通ではないのだ。僕の目は、まるで猫の目のように、普通の人間には見えないものを見切ることができるのだ。僕の腕は、獲物を狩る猫のように早く、正確に動くのだ。

小学生だった頃、友達のいなかった僕はいつもひとりきりで学校から帰宅していた。

寂しいとは思わなかった。誰かと一緒に帰りたいとも思わなかった。昔から僕は、大勢でいるのが好きではなかったから。

それに……ひとりきりの帰り道には、僕だけの密《ひそ》かな楽しみがあった。

小学校から自宅に戻るには国道を横切る必要があった。それは交通量の多い2車線の国道だった。

国道を渡る時には必ず歩道橋か、信号機のある横断歩道を使うように――。

僕たちは教師たちにそう言い聞かせられていた。だから、子供たちはみんなそうしていた。登下校時刻には、通学路に当たる横断歩道には黄色い旗を持った児童の保護者が立って、子供たちが横断するのを見守っていた。

朝は僕もその通学路を使った。けれど、帰りには別の道を行った。

学校からの帰り道、僕はいつもひとりきりで、みんなが使っている通学路から離れたところまで歩いて行った。そこは横断歩道のない場所で、車が特に激しく行き交っているところだった。

僕はそんな道路の路肩に佇《たたず》み、密かな楽しみを実行に移すために、行き交う車をじっと見つめた。

僕だけの密かな楽しみ――。

それは猛スピードで走って来る車を、ぶつかる寸前でかわすということだった。

楽しみ？

いや、それは楽しみというより、麻薬のようなものだった。

車は何でもよかったが、大型トラックやトレーラーや、土を山のように積んだダンプカーだとさらによかった。道があまり混んでいなくて、そういう大きな車がスピードを出して走って来るともっとよかった。

僕は路肩のガードレールの切れ目のようなところに佇んで、そういう大きな車がスピードを出してやって来るのを待った。そして、目指す車がすぐそこまで来たところで、急に道路に飛び出した。

突如として路上に出現した子供に驚き、激しくクラクションを鳴らす車もあった。急ブレーキの音を響かせる車もあったし、急ハンドルを切る車もあった。

子供を轢《ひ》き殺してしまう──トラックやトレーラーやダンプカーの運転手たちは、ぞっとするような危険を覚えたことだろう。

けれど僕は、彼ら以上に怖がっていた。道路に飛び出す前にはいつも震え、脅《おび》えていた。極度の緊張のために尿が漏れそうだったし、口の中はカラカラだった。

もしかしたら、今度こそ死ぬことになるかもしれない。今度こそかわしきれず、車に跳ね飛ばされ、死んでしまうかもしれない。5秒後には僕の命はこの地上から消えてなくなっているかもしれない。

それをやる前にはいつもそう思った。

そんな危険なことはしたくなかった。けれど、やらずに済ますことはできなかった。

麻薬中毒の患者が、たとえその先に破滅が待っているとわかっていてもそれを断つことができないように、僕もそれをやめることはできなかった。

やりたくない。やりたくない。やりたくない。でも……やらずにはいられない。

何度かためらい、何台かの車をやり過ごしたあとで、僕はようやく意を決した。そして、もう何も考えず、猛スピードで近づいて来る車の前に飛び出した。

その瞬間、いつも時間の流れが変わった。

そうだ。いつもその瞬間には時間がゆっくりと流れ、すべてのものの動きがゆっくりとなった。走り寄って来る車はスローモーションの映像を見ているかのようだった。

たいていの時、僕は走って来た車のフロントバンパーが体にぶつかる直前のところでそれをかわした。牛の角をすれすれでかわす闘牛士のように、ほんの数センチというギリギリのところでかわした。

時には車体の一部が、僕の服をかすめることもあった。何度かは手や腕に車体が触れたこともあった。

失敗した。今度こそ轢かれた。

そう思ったことも一度や二度ではなかった。けれど、結果として、僕は一度も轢かれなかった。

行き交う車をかわし切って道路を横断し終えた時には、僕はいつも全身にびっしょりと汗をかいていた。体はいつも激しく震えていた。

けれど、その時、僕の全身を満たしていたのは恐怖ではなかった。

やり遂げた——。

そういうことだった。僕はいつも、強い満足感に打ち震えていたのだ。

ある日、僕は職員室に呼び出された。そして、その危険なゲームについて激しく咎《とが》められた。

たまたまそれを目撃した児童の誰かが、教師に告げ口をしたようだった。

教師は僕を強く叱り付けたあとで、もう二度としないように約束させられた。もし、今度やったら、両親に報告する、と。

もうやりません。そう教師に約束し、少しふて腐れて僕は職員室を出た。

けれど、叱られたことでいじけていたわけではなかった。告げ口した誰かのことを恨んでいたわけでもなかった。

助かった。これで死なずに済んだ。

僕はそんなふうにさえ感じていた。

6.

のろのろとしか進まないワゴン車の中で、山男たちは相変わらず煙草をふかしながら賑《にぎ》やかに話を続けている。

近藤さんが下着姿の若い女を見た話をしたせいで、みんなも今までに自分たちが清掃中に窓の向こうに見た光景を夢中になって話している。

班長の飯田さんは、オフィスビルの窓の清掃をしている時に、重役室のような個室でスーツ姿の中年男と、ミニスカート姿の秘書のような若い女が抱き合ってキスしているのを見たことがあると報告した。副班長の佐久間さんは、住居ビルの清掃作業中にソファに座った高校生みたいな男女が半裸でペッティングをしているのを目撃した時のことを話した。土谷さんは、飼い犬同士が交尾しているのを見たと言って、みんなを笑わせた。

傑作だったのは吉川さんの話だった。吉川さんはロープにぶら下がって地上百数十メートルの場所にある窓を清掃中に、風呂から上がったばかりらしい全裸の老女を目撃したらしいのだ。

「あのばあさん、80はいってたな。いやあ、あの時は本当にびっくりしたよ。一糸まとわぬ本当の全裸なんだぜ。あんまりびっくりしたんでロープから手が離れかけて、あやうく落ちるところだったよ」

吉川さんが言うと、みんなが爆笑した。

「ところで、小鹿くんは明日から休暇だったよな？」

みんなの話が途切れたところで、くわえ煙草でハンドルを握っている飯田さんがミラーの中の僕を見つめて言った。

「はい。明日から休ませていただきます」

立ち込める煙に目をしょぼつかせながら僕は答えた。

僕の本職について、会社にいる全員が知っているわけではない。けれど、今、この車に乗っている5人の男たちは全員、僕がファイターだということを知っている。

「今回はどこに行くんだい?」

今度は佐久間さんが僕に訊《き》く。佐久間さんも煙草をくわえている。

「はい。マカオに行きます」

「そうか……マカオではどんなやつと戦うんだい?」

「まだ聞いていないんですよ。でも、たぶん、僕と同じミドル級のやつだとは思うんですが……」

自分の対戦相手については、出国の前夜に知らされるのが常だった。

「あの……俺には何て言ったらいいかわからないが、小鹿くん、頑張れよ」

佐久間さんが言い、僕は「はい。ありがとうございます」と言って頭を下げた。

やがて車が止まった。僕たちの会社の事務所の前に着いたのだ。これから事務所できょうの分の報酬を受け取り、それで解散だ。

みんなに続いて車を降りようとした僕の背中に、近藤さんが「小鹿くん」と小さく声をかけた。

中腰のまま、僕は笑顔で近藤さんを振り向いた。いつものように、きっとまた何か、くだらない冗談を言うのだと思ったのだ。

けれど、近藤さんは笑ってはいなかった。

「無事に戻って来いよ」

少し充血した目で僕を見つめて近藤さんが言った。それは、登山家仲間を山に送り出す時のセリフと同じだった。

「はい。きっと戻って来ます」

そう答え、僕は近藤さんに頭を下げた。

7.

中学校に入学した頃、僕にもようやく友人と呼べるような人間ができた。

彼の名字は……スドウといったと思う。

スドウとは教室で席がたまたま隣り合わせになって、僕とたまたま自宅の方角が同じで、それでたまたま一緒に帰るようになったのだと記憶している。

音楽部の練習がない日には、僕はたいてい彼とどうでもいいことを喋《しゃべ》りながら自宅近くまで並んでそぞろ歩いたものだった。スドウはひょうきんでお喋りで、無口な僕とは妙に気が合った。

中学校に通い始めて2ヵ月ほどが過ぎた頃、僕たちの家からそれほど遠くないところにボクシングジムができた。スドウはそのジムに通いたいと言い出した。『喧嘩《けんか》が強くなりたい』という子供っぽい動機からだった。

ボクシングについては、僕は何も知らなかった。興味もなかった。我が家には相変わらずテレビがなかったから、テレビでボクシングの試合中継を見たことさえなかった。それでも、スドウに頼まれ、しかたなく彼に付き合ってジムに出かけて行った。

朝から小雨が降り続く、じめじめとした蒸し暑い日だった。放課後、スドウと僕は中学校の制服を着たままそのジムに向かった。

目指すボクシングジムはすぐに見つかった。それは住宅街の外れの空き地に建てられたプレハブ小屋で、建設工事の現場事務所みたいに見えた。

『大友ボクシングジム』

プレハブ小屋のガラスの引き戸には、下手くそな字でそう書かれた紙が張り付けられていた。

スドウがその引き戸を恐る恐る開けた瞬間、とても熱くて、とても湿った空気がむわっと溢《あふ》れ出て来た。同時に、思わず顔を背けたくなるような、男たちの体臭と汗のにおいが鼻孔を刺激した。

さほど広くない小屋の中にはたくさんの男たちがいた。それぞれが汗まみれになって、サンドバッグを殴ったり、頭上にぶら下がったボールを叩《たた》いたり、縄跳びをしたり、腹筋運動をしたり、シャドーボクシングをしたりしていた。

柔軟体操をしていた男のひとりが、引き戸を開けた僕たちに気づいて手招きした。それで僕たちふたりは、怖《お》ず怖ずと小屋の中に足を踏み入れた。

小屋の中はとても暑かった。すべての窓を閉め切ってあるため、空気がひどくじめじめとしていた。外も蒸し暑いというのに、窓ガラスはどれも内側が曇っていた。

小屋の中央には青いロープを張り巡らせた四角いリングが作られ、その上でふたりの男が向かい合っていた。ひとりの男は赤いグローブを嵌《は》め、もうひとりは青いグローブを嵌めていた。

リングの上の男たちはふたりとも上半身裸で、どちらも頭にオレンジ色のヘッドギアを着けていた。下半身は木綿のショートパンツで、ふたりともリングシューズではなく、ランニングシューズのような靴を履いていた。噴き出した汗のために、男たちの皮膚はてらてらと光っていた。

ちょうどその時は1分間のインターバルに当たっていたのだろう。リングの上のふたりは激しく息を切らせていたが、殴り合ってはいなかった。ふたりの男のあいだにはがっちりとした体つきの中年の男がいて、向かい合って立つ男たちに何かを指示していた。

その時、インターバルの終わりを告げるゴングが鈍い音で鳴った。小屋の中にいたすべての男たちの目がリングの上に向けられた。

戸口に突っ立っていたスドウと僕も、リングに目をやった。そして、殴り合いを始めたふたりの男をぼんやりと見つめた。

たいした興味があったわけではなかった。みんなが見ているから僕も見たという、ただそれだけのことだった。

けれど、その瞬間、僕は見てしまった。

赤いグローブを嵌めた男の右拳《こぶし》が、相手の左脇腹を強く打ちすえたのを見てしまった。

その瞬間、男の脇腹の肉がよじれ、汗が飛び散ったのを見てしまった。

そして、僕は聞いてしまった。

てらてらと光る赤いグローブが、肉体を捕らえた瞬間の鈍い音を聞いてしまった。殴られた男の口から漏れた、「うっ」という微《かす》かな声を聞いてしまった。

そうだ。僕は見てしまったのだ。聞いてしまったのだ。

そして、その瞬間、僕はリングに降り注ぐ光を見た。

そう。光だ。

光、光、光――。

特に強い照明が当たっていたわけではない。だが、その時、間違いなく、そのみすぼらしい小屋の中に作られた、そのみすぼらしいリングには光が降り注いでいた。

その光を僕は見てしまった。

今になって思えば、あれは僕の人生において、決定的な瞬間だった。脇腹を強打された青いグローブの男は顔を苦しげに歪《ゆが》め、足をもつれさせるようにしてロープ際まで後ずさった。その直後に、パンチを決めたほうの赤いグローブの男が一気に攻勢に出た。

体を屈《かが》め、両腕で頭をガードする相手を、赤いグローブの男は続けざまに殴りつけた。腕を目茶苦茶に振りまわし、ガードを固めた相手の腕の上から、ただ力任せに、盲滅法、闇雲に殴りつけたのだ。

グローブが肉を打ちすえる鈍い音が、続けざまに僕の耳に届いた。その音が、僕の血を沸騰させた。

光、光、光——。

そこには光が満ちていた。戦う男たちはその光を全身にまとい、神々しいほどに輝いていた。

僕もあそこに立ちたい。あの光の中に立って、思う存分に戦いたい。誰にも邪魔されず、徹底的に殴り合いをしたい。

僕はそれを熱望した。そここそが自分のいるべき場所なのだと確信した。

そのラウンドのあいだずっと、赤いグローブの男は攻撃を続けた。防御一辺倒となった青いグローブの男を一方的に殴り続けたのだ。だが、決定打を見舞うことはできず、やがて息切れし、パンチのスピードが極端に遅くなった。最後は振りまわした腕が空振りした瞬間にバランスを崩し、大きくよろけて尻餅《しりもち》を突く始末だった。

そうするうちにゴングが鳴り、トレーナーらしい中年の男がふたりのあいだに割って入った。ふたりはそれぞれのコーナーに別れ、どちらも疲れ切って小さな椅子にへたり込んだ。打たれ続けた青いグローブの男は鼻血を流していた。

今になって思えば、あれは素人同士の稚拙な殴り合いに近いもので、とてもボクシングと呼べるようなレベルのものではなかった。あの頃、できたばかりのあのジムにいたのは、そんな選手ばかりだったのだ。

けれど、あの殴り合いを見た瞬間——叩かれた肉が軋《きし》む、あの音を聞いた瞬間——そして、リングに降り注ぐ目映《まばゆ》いほどの光を見た瞬間——僕の中に眠っていた凶暴な生き物が再び目を覚ましてしまった。

8.

ボクシングをやりたい。

僕が言うと、父は露骨に顔をしかめた。

けれど、あの時は珍しく母が口添えをしてくれた。

「いいじゃない。やらせてあげたら？　嘉則《よしのり》が自分から何かをやりたいと言い出すなんて初めてのことなんだから」

ふたりの姉たちも「そうよ。やらせてあげてよ」と父に言ってくれた。

父は我が家の専制君主ではあったが、この時ばかりは珍しく母や姉たちの言うことを聞き入れた。もしかしたら父も、僕が自発的に何かをやりたいと言うの聞いて嬉《うれ》しく思っていたのかもしれない。

そんなふうにして僕は『大友ボクシングジム』に通うようになった。

自分から言い出したくせに、スドウはすぐに辞めてしまった。理由は覚えていないが、たぶんボクシングが性に合わなかったのだろう。

だが、僕は辞めなかった。

あの四角いリングの上には、僕が求めていたもののすべてがあったのだから……。

スドウと僕が初めてジムを訪れた時、リング上で男たちの指導をしていた中年の男がジムの会長の大友さんだった。

大友会長は、かつてミドル級の東洋太平洋チャンピオンだった。全盛期には無敵を誇り、東洋太平洋ミドル級のタイトルを8回連続で防衛したが、ついに一度も世界タイトルマッチのチャンスに恵まれないままに引退した。

それほど強いボクサーだった会長が世界チャンピオンに挑戦できなかったのは、所属していたジムが弱小だったということもある。だが、それ以上に、会長が国内ではもっとも重い階級であるミドル級の選手だった、ということが最大のネックになっていた。ストロー級やフライ級やバンタム級などの軽量級をバカにしているわけではない。けれど、ミドル級の世界チャンピオンになるということは、ストロー級やフライ級やバンタム級の世界チャンピオンになることとは価値が違うのだ。

東洋人や東南アジア人が中心の軽量級とは違って、ミドル級にはアメリカや中南米のボクサーがたくさん所属していて、選手層が恐ろしく厚い。つまり、ミドル級の世界チャンピオンであるということは、文字通り、世界のチャンピオンになるということなのだ。それは、マービン・ハグラーやシュガー・レイ・レナードといった伝説のボクサーたちの仲間入りをするということなのだ。

会長はスドウや僕が生まれた年に引退した。その後、長らく自分が所属していたジムでトレーナーをしていた。ずっと自分自身のジムを持ちたいと考えていたが、経済的な理由からなかなか実現できなかったらしい。後援者からあの空き地を借りてプレハブ小屋を建て、ようやく『大友ボクシングジム』を立ち上げたのは引退の13年後、僕たちが入会した半月ほど前のことだった。

現役時代の会長は、肉を切らせて骨を断つというファイタータイプのボクサーだった。僕もそのほとんどの試合を、のちにビデオで見た。

会長のボクシングスタイルは、華麗という言葉とは対照的なものだった。フットワークはほとんど使わず、至近距離で壮絶に打ち合い、パンチ力とスタミナにまかせて打ち勝つという乱暴で原始的なものだった。ディフェンスはあまりうまくなく、相手のパンチをもらうことも多く、それが原因で選手としての晩年には軽いパンチドランカーになっていたようだった。

「うちの入会資格は高校生以上ということにしてあるんだけどな」

あの日、入会を願い出たスドウと僕に会長は笑いながらそう言った。パンチドランカーのせいで少し舌がもつれたような話し方だった。

「一生懸命にやります。お願いします。入会させてください」

僕は会長に頭を下げた。そのジムに入会したくて必死だった。

隣ではスドウが少し驚いたような顔をしていた。彼は僕が入会したがるとは思ってもみなかったらしいのだ。

「うーん。そんなに言うなら、少しやらせてみるか?」

そう言って会長は苦笑いをした。


翌日からスドウと僕は『大友ボクシングジム』に通うようになった。

最初に僕たちがやらされたのは、ランニングや縄跳びやダンベルや柔軟体操など、ごく基本的なことばかりだった。グローブを着けさせてもらうことはなかったし、サンドバッグを叩《たた》くことも許されなかった。それにもかかわらず、入会したばかりの僕の才能に、会長はすぐに気づいたらしかった。

「もしかしたら、俺はとてつもないものを見つけてしまったのかもしれません」

これはあとで聞いた話だが、僕が入会して間もない頃、会長が後援者のひとりにそんなことを言ったことがあったらしい。

とてつもないもの——それが僕だった。

すぐに会長は僕の練習につきっきりになった。自分の持っているボクシング技術と知識のすべてを僕に伝授しようとしたのだ。いや、自分が持っている以上のものを教え込もうとしたのだ。

打たせて、打ち勝つ。

それが現役時代の会長のボクシングスタイルだった。けれど、指導者として彼が目指したボクシングは、それとはまったく逆の、『打たれずに、打つ』というものだった。

僕は会長の目指すボクシングスタイルを着実に身に着けていった。

中学生だった僕は、実際に外に出て試合をすることはなかった。それでも、同じジムに所属する年上の練習生たちとスパーリングをすることは何度となくあった。かつて会長が所属していたジムに出かけて行って、そこの練習生たちとスパーリングをすることもあった。

そんなスパーリングの時、僕はほかの練習生のパンチをまったくもらわなかった。

僕には見えたのだ。相手の繰り出すパンチが見えたのだ。その一発一発のパンチのすべてが、まるでスローモーションの映像のようにはっきりと見えたのだ。

相手のパンチをかわす時に、大袈裟《おおげさ》に動く必要はなかった。パンチが顔に触れるか触れないかのギリギリのところで、さっとかわすだけだった。

相手のパンチをギリギリでかわし、あるいはしっかりとガードで受け止め、直後に僕は自分のパンチを相手に打ち込んだ。その顎《あご》に、そのこめかみに、その腹部に、その鳩尾《みぞおち》に……素早く、的確なパンチを続けざまに打ち込んだ。

中学生としては大柄ではあったが、当時の僕はまだ筋力が弱かった。それにスパーリングでは、僕たちはみんな重くて大きなグローブを嵌《は》め、頭にはクッションの利いたヘッドギアを着けていた。それにもかかわらず、僕はスパーリングではしばしば年上の練習生たちをノックダウンした。ダウンさせられた練習生たちが失神し、長いあいだ立ち上がれないということも少なくなかった。

「小鹿と俺たちではスピードが違う」

ほかの練習生たちは口々にそう言った。

そう。彼らと僕とではスピードが違い過ぎた。パンチのスピードが、フットワークのスピードが、ディフェンスのスピードが……そのすべてが違い過ぎた。

精密機械。

それが当時の僕のニックネームだった。

いや、自慢をしているわけではない。もうずっと、ずっと昔のことだ。

それに結局、僕は世界チャンピオンになることはできなかったのだから……。

9.

薄汚れたエレベーターで10階に上がる。薄汚れた廊下を歩き、その突き当たり、『1008』というプレートが貼られたドアの前で足を止める。

いつものように、インターフォンのボタンを3度続けて押す。それが合図だ。

数秒後に女の声が『嘉ちゃん？』と答えた。

「うん。僕だよ。ただいま」

僕が言い、直後にパタパタというスリッパの足音がドアの向こうに近づいて来た。

ドアチェーンが外される音がし、ロックが解除される音がした。そのふたつの音を確かめてから、僕は鉄のドアをそっと引き開けた。

「おかえり、嘉ちゃん。寒かったでしょう？」

玄関に立った姉が、その整った顔を歪《ゆが》めるようにして、ぎこちなく微笑んだ。

「うん。寒かった。翠《みどり》ちゃん、風呂は沸いてる？」

ドアに再びドアチェーンとロックをかけながら僕は訊《き》いた。

「ちゃんと沸いてるわよ」

姉が僕の顔を見上げ、またぎこちなく笑った。

そう。ここに来てから1ヵ月近くが過ぎた今、ぎこちなくではあるが、姉は少しずつ笑うようになった。

たたきに靴を脱ぎ終えると、僕は姉と並んで室内に入った。

大柄な父に似たらしい上の姉とは違って、この下の姉は母に似たらしい。下の姉は昔からとても小柄で、身長は今も150センチにも満たない。だから、こうして並んで立つと、いつも姉を真上から見下ろす形になる。

背が低いだけでなく、この姉は小学生みたいに華奢《きゃしゃ》な体つきをしている。太って困ると言っている上の姉とは大違いだ。

スポーツをする時には、その体の小ささは少し不利だった。けれど、結婚するまでは、下の姉は自分の体の小ささを不利なことだとは考えていなかったようだ。

だが、もしかしたらこの姉の体の小ささが――その肉体に宿る『力』の絶対的な不足が――ある種の男たちの暴力衝動を呼び起こすのかもしれない。

体の大きな父が、小柄な母にしばしば暴力を振るっていたように……。

湯船に身を浸して目を閉じる。

体のすべての毛穴から、熱が染み込んで来るように感じられる。手足の指先がじんじんする。高層ビルにへばり付いて冷たい風に吹かれて来た体に、その熱さが心地いい。

キッチンのほうから、食器を並べている音がする。姉が作った夕食のにおいが、この浴室にまで届いて来る。今夜は僕の好きな中華料理のようだ。

僕の暮らしていたこのマンションの部屋に、下の姉が逃げ込んで来て間もなく1ヵ月になる。

そう。姉は暴力を振るう夫との3年に及ぶ生活のあとで、着替えさえ持たずに僕の部屋に逃げ込んで来たのだ。

ここにやって来た時、姉は顔を腫《は》らし、左目の周りに大きなアザができていた。体はさらにひどく、太腿《ふともも》にも腰にも尻《しり》にも腹部にも腕にも……そのいたるところに内出血の跡があった。

姉の夫が暴力を振るう人だとは知らなかったから、僕はひどく驚いた。姉の夫は総合病院に勤務する内科医で、少し冷たそうな雰囲気ではあったが、無口で知的でおとなしそうに見えた。

「もうダメ……もう我慢できない……」

あの日、姉はそう言って泣いた。姉の泣き顔を見るのは子供の頃以来だった。

姉によれば、夫の暴力は結婚する前、まだふたりが恋人だった頃に始まったらしい。だが、その頃の姉は自分に向けられる暴力を容認した。彼を愛していたからだ。

けれど、結婚後、その暴力は日を追うごとにエスカレートし、結婚式から3年が過ぎた頃には毎日、凄《すさ》まじい暴力にさらされるようになった。それは時に、命の危険を覚えるほどだったという。

暴力の切っ掛けは何でもよかった。切っ掛けがまったくなくてもよかった。姉によれば、夫はただ、彼女を痛め付け、泣かせたくて暴力を振るっていたのだという。それが彼の楽しみだったというのだ。

姉が僕の部屋に逃げ込んで来た晩、夫はいつものように彼女にいちゃもんをつけた。いつものように、最初は言葉で傷つけ、それからいつものように暴力を振るった。姉が抵抗すると、さらに痛め付けた。そして、姉をずだ袋のように叩《たた》きのめしたあとで、いつものように衣服を剝《は》ぎ取って犯した。

いつもの姉は、そのまま泣きながら眠っていた。けれど、あの晩はそうしなかった。財布を握り締めて家を飛び出し、タクシーに乗ってここにやって来たのだ。

姉がここにいることを、両親や上の姉は知っている。だが、彼女の夫は知らない。必死になって妻の居場所を探しているらしいが、今のところはまだここは突き止められていない。

母と上の姉は、下の姉が日常的に暴力を受けていたことは、それとなく聞いていたようだ。けれど、その暴力がそれほどひどいものだとは知らなかったという。

ここに来たばかりの頃、姉は少しの物音にもビクビクしていた。何かの拍子に僕が大きな声で姉を呼んだりすると、飛び上がるほど驚いた。それはまるで、脅《おび》えながら暮らす小さな草食獣のようだった。

今後、姉がどうするのかはわからない。でも、もうしばらくはここにいて、精神的に落ち着くのを待つことになるのだろう。

「嘉ちゃん、バスタオル、ここに置くからね」

浴室の外から姉が声をかける。

「うん。ありがとう」

湯船の中で目を閉じたまま僕は答える。

「マカオに行くの、明日からだったよね？」

「うん。出国は明後日なんだけど、飛行機の時間が早いから、明日の晩は成田のホテルに泊まるんだよ」

「あの……怪我をしないように気をつけてね」

「ありがとう」

姉の足音が遠ざかって行くのを聞きながら、僕はゆっくりと目を開く。透き通った湯の中の自分の体を見つめる。

姉は僕がマカオにボクシングの試合をしに行くと思っている。彼女は僕がいまだにプロボクシングの選手だと信じているのだ。

けれど、僕はボクシングをしにマカオに行くわけではない。

僕はマカオに——姉の大嫌いな暴力を振るいに行くのだ。

今度も無事に戻って来ることができるのだろうか？　もし、戻って来ることができなかったら……。

いや、それ以上のことは考えない。

これから僕は、光の世界に出かけて行くのだ。そのことさえわかっていれば、ほかのことを考える必要はない。

第二章

1.

今回の宿泊地も、いつもと同じ成田空港に隣接しているホテルだった。

どうやらホテルに到着したのは、僕が最後だったようだ。スーツケースをガラガラと引っ張って指定された1階のコーヒーラウンジに入って来た僕の顔を見るなり、エージェントの加藤由美子《かとうゆみこ》が「遅いよ、小鹿くんっ！」と大きな声で叫ぶように言った。

その女の声があんまり甲高くてヒステリックだったもので、客ばかりか、ウェイトレスたちまでが振り向いて、驚いたように僕たちのほうを見つめた。

「少しでも遅れる時は必ず連絡するようにって、いつも言ってるでしょう？　子供じゃないんだから、言われたことはちゃんと守ってよね。ひとりでも時間を守れない人がいると、みんながすごく迷惑するんだから」

今夜の加藤由美子はとても苛々《いらいら》している。まあ、出国前はたいていそうだ。アイラインとアイシャドウとマスカラに彩られた目でしばらく僕を睨《にら》みつけていたあとで、エージェントの女は吸っていた煙草の灰を神経質に灰皿の中で押し潰《つぶ》した。長い爪に塗り重ねられた派手なマニキュアが鮮やかに光った。

「すみません。今後は気をつけます」

濃く化粧が施された女の顔ではなく、灰皿の中の煙草のフィルターに付着している鮮やかなルージュや、剝《む》き出しになった女の太腿を見つめて僕は謝った。それから、僕を待っていたほかのファイターたちに無言で頭を下げて、空いているソファのひとつ、エージェントの女のほぼ真正面に腰を下ろした。

「それじゃあ、これで全員が集合ね。では、これから、あなたがたのマカオでの対戦相手の発表をします」

白いミニ丈のスーツを着込んだエージェントの女が、脇に置かれたブランド物のバッグから小さな手帳を取り出す。テーブルを囲んだファイターたちをゆっくりと見まわす。骨の浮き出た細い手首で、華奢《きゃしゃ》なブレスレットが揺れる。

そんな女を、僕はぼんやりと見つめた。

僕たちが所属している『極東倶楽部《クラブ》』の主宰者である加藤由美子は、少し険があるけれど、とても整った顔立ちをしている。背が高く、とても痩《や》せていて、ファッションショーのステージに立つモデルたちのように素敵だ。僕より15歳年上の45歳だと聞いているが、とてもそんな年には見えない。

少しヒステリックではあるけれど、加藤由美子はいつも冷静沈着で、いつも毅然《きぜん》としている。彼女が取り乱したり、うろたえたりしたのは見たことがない。そして彼女は、いつも……とてもシビアで、したたかだ。

そう。僕たちのエージェントの加藤由美子は、とてもシビアで、とてもしたたかで、とても計算高い女だ。

けれど、シビアであることや、したたかであることや、計算高いことは、悪いことではない。そうでなければ、こんな仕事は続けてはいられない。

『極東倶楽部』のような団体が、世界中にいくつ存在するのかは知らない。だが、どの団体の主宰者も、一筋縄ではいかない連中ばかりに違いない。そういう連中の中には大金持ちの華僑《かきょう》や、マフィアみたいな者たちがたくさんいると聞いている。そんな面々と張り合っていくためには、シビアさとしたたかさ、それに計算高さは絶対に不可欠だろう。

加藤由美子は10年ほど前に、『極東倶楽部』を立ち上げた。そして、世界各地で行われるアンダーグラウンドのファイトに、所属するファイターたちを送り込み続けている。ファイターたちのマネジメントとマッチメイク、それに格闘の主催者との交渉が彼女の主な仕事だ。遠征の時の航空券の手配や現地での宿泊地の確保も、彼女がひとりでやっていると聞いている。はっきりとしたことは知らないが、『極東倶楽部』には現在、20人近くのファイターが在籍しているらしい。

エージェントの加藤由美子と僕のほかに、今、3人の男女がこのテーブルを囲んでいる。ということは、今回、マカオに行くファイターは、僕を含めて4人のようだ。4人のうち僕を含めた3人は、『極東倶楽部』に所属している。

「それじゃあ、まず、三浦《みうら》さん」

毛先にウェイブのかかった長い髪を無造作にかき上げながら、エージェントの女が僕のすぐ右隣に座った三浦美紗《みさ》という女性ファイターを見つめた。

「はい」

三浦美紗が低く返事をし、テーブルを囲んだ全員の視線が若く美しい女性ファイターのほうに向けられた。

ファイトの時と同じように、今夜も三浦美紗は入念に化粧をしている。けれど今夜は、ファイトの時のレオタードの代わりに黒くシックなスーツをまとい、とても踵《かかと》の高い華奢なパンプスを履いている。ファイトの時にはポニーテールにしている長い髪も、今は結ばずに背中に流している。

今夜のようなファッションでいると、三浦美紗はファイターには見えない。クールさが売り物のテレビのニュースキャスターか、有能な重役秘書といった雰囲気だ。

だが、三浦美紗は紛れもなくファイターだ。彼女はアンダーグラウンドの戦いの世界では『極東の真珠』とも呼ばれているスター選手で、インターネット上には彼女のファンクラブがいくつもあると聞いている。『極東倶楽部』に所属しているファイターの中では、文句なしにいちばんの人気者だろう。

もちろん、三浦美紗の人気を支えているのはファイターとしての強さだ。彼女はこれまでに10回を超えるファイトを戦い、そのすべてに勝っている。

けれど、強さだけが人気の理由ではない。三浦美紗は飢えた肉食獣のような贅肉《ぜいにく》のない肉体と、エージェントの女に負けないほどの美貌《びぼう》を持っているのだ。

強さと美しさ——相反するように思えるそのふたつを、奇跡のように兼ね備えているのが彼女なのだ。

「実はね……あの……三浦さんに相談があるんだけど……」

エージェントの女が三浦美紗の顔を見つめ、少しためらいがちにそう切り出した。いつも歯切れのいい彼女が、そんな話し方をするのは珍しかった。

「はい、何でしょう？」

強く美しい女性ファイターがエージェントの女の顔を怪訝《けげん》そうに見た。

「うん。あのね……実は三浦さんには、マカオで……リタ・ベルリンドと戦ってもらいたいなって思っているんだけど……」

言いづらそうにエージェントの女が言った。

リタ・ベルリンド——。

その名を聞いた瞬間、強く美しい女性ファイターの顔が、わずかに強《こわ》ばった。いや、三浦美紗のすぐ隣にいた僕には、そんなふうに見えた。

けれど、それは僕の思い違いだったのかもしれない。

「はい。わかりました」

わずかなためらいも見せず、三浦美紗が即答した。その声は上ずっても震えてもいなかった。

「マカオの主催者のほうから、どうしても三浦さんとベルリンドの無敗同士のファイトを組みたいって持ちかけられて……いつもは断ってるんだけど、今回はわたしも断り切れなくて……」

三浦美紗を見つめ、言い訳するような口調でエージェントの女が言った。「でも、あの……もし、三浦さんがベルリンドと戦いたくないというなら、正直に言っていいのよ。すぐにマカオに連絡して、対戦相手を変更してもらうことも可能だから……」

エージェントの加藤由美子は、シビアでしたたかで計算高い女だった。それでも今は、自分の抱える女性ファイターのことを本気で心配しているようだった。

エージェントの心配はもっともだった。『北欧の殺人鬼』とも呼ばれるリタ・ベルリンドはそれほどに強く、それほどに凶暴な女性ファイターだった。

スウェーデン人のリタ・ベルリンドは、これまでにリング上でふたりを殺し、3人を再起不能にしたという無敗のファイターで、あの世界では最強だと思われていた。

三浦美紗もやはり無敗で、誰もが認める強くて勇敢なファイターだった。だが、百戦錬磨のリタ・ベルリンドに比べると明らかに格下だった。

「いいえ。大丈夫です。リタと戦わせてください」

三浦美紗がきっぱりとした口調で言った。

「本当にいいの？　今ならまだ断れるけど……」

「その必要はありません。わたしはリタと戦います」

「後悔しないわね？」

加藤由美子が念を押した。

「はい。いつかは戦わなくてはならない相手ですから」

エージェントを真っすぐに見つめて三浦美紗が言った。

いつかは戦わなくてはならない相手――。

たぶん、その通りだった。

インターネット上には、無敗のリタ・ベルリンドと、同じく無敗の三浦美紗の対戦を切望する人々の声が溢《あふ》れていた。いつまでも避けて通れる相手ではなかった。このままベルリンドと戦わずにいたら、三浦美紗は殺されるのが怖くて逃げまわっていると思われるに違いなかった。

「わかりました。三浦さん、あの……タフなファイトになると思うけど……頑張ってね。もし、このファイトに勝てば、あなたはあの世界のクイーンよ」

エージェントの女が言い、三浦美紗が顎《あご》を引くようにして頷《うなず》いた。

2.

しばらくの沈黙があった。

エージェントの加藤由美子がふーっと小さく息を吐くのが聞こえた。最強のファイターとの対戦を命じられた三浦美紗の隣では、原田圭介《はらだけいすけ》という若いファイターが顔を強ばらせていた。

僕は所在なく辺りを見まわした。

夕暮れのコーヒーラウンジはとても賑《にぎ》やかだった。日本にやって来たばかりなのだろうか？　それとも、これから帰国するのだろうか？　外国人の姿がやけに目立った。

僕たちのすぐ隣のテーブルでは、若い黒人男性と若い白人女性が顔を寄せ合って楽しげに話していた。その向こうのテーブルでは、両親に連れられた金髪の美しい少女が、大きなミッキーマウスのヌイグルミを嬉《うれ》しそうに抱いていた。

やがてエージェントの女が、骨張った脚をゆっくりと組み直した。スカートがタイトな上に丈が極端に短いため、もう少しで下着が見えてしまいそうだった。

「はい。それでは次……黒部《くろべ》さん」

長い髪を再び無造作にかき上げながらエージェントの加藤由美子が言い、僕の左隣にいた大男が「はい」と低く答えた。

黒部と呼ばれた男は体が本当に大きく、とてもいかつい顔をしていた。アンダーグラウンドのファイトに出場するのは、おそらくこれが初めてのはずだった。

彼は『極東倶楽部』に所属するファイターではなかった。僕だけではなく、このテーブルを囲んでいる全員が彼をよく知っていた。その大男は、格闘技の世界ではそれぐらい有名だった。

だが、僕は彼をよく知っているはずだった。

その大男の名は黒部純一《じゅんいち》。テレビでもしばしば顔を見かける、それなりに名の知れたプロレスラーだった。かつては柔道でオリンピックに出場した経験があり、その後、プロレスに転向したという経歴を持っている。年は僕より5つほど上、30代の半ばになっているはずだった。

『極東倶楽部』に所属していないファイターがここにいる理由は、いつものようにただひとつ——この黒部純一が今回の刺客ということだった。

「黒部さんは無差別級で、ジョン・ラムアと対戦していただきます」

加藤由美子が、僕が予想したとおりの名前を告げた。

「はい。わかりました」

太い腕を胸の前で組んだまま、黒部というプロレスラーが落ち着いた口調で言った。彼だけはあらかじめ、加藤由美子から自分の対戦相手を知らされていたに違いない。

ジョン・ラムア——。

彼は香港島のすぐ南西に位置する南丫《ラムア》島出身のファイターだった。アンダーグラウンドの格闘の世界では伝説的な存在で、人々からは『ティアフル・エイリアン』とも呼ばれていた。

ジョン・ラムアは10年以上にわたって、アンダーグラウンドの世界の王者として君臨していた。これまでに50回以上のファイトを行い、そのすべてに勝利したとされていた。彼に殺されたファイターの数は、10人とも言われていたし、20人とも言われていた。それぐらいの強豪だった。

ジョン・ラムアは大きな人気を持ったスーパースターだった。彼がアンダーグラウンドの格闘の世界を支えている、と言っても過言ではないほどだった。だが同時に、エージェントの加藤由美子にとっては長年の宿敵だった。

『白鯨』のエイハブ船長にとってのモービー・ディックのように、加藤由美子にとってのジョン・ラムアは、自分の命と引き換えにしても、葬り去らなければならない存在だった。

もう何年ものあいだ、加藤由美子は無差別級のジョン・ラムアを倒すために、アンダーグラウンドのリングに何度となく刺客を送り込んでいた。その中には今回の黒部純一のように有名な格闘家もいた。だが、それらの刺客はラムアの前にことごとく敗れ去り、その何人かは命さえ断たれていた。

けれど、加藤由美子は諦《あきら》めなかった。たぶん、永久に諦めるつもりはないのだろう。

そんな彼女が送り込む今回の刺客が、黒部純一というプロレスラーなのだ。おそらく、このファイトのために、加藤由美子はかなりの金を彼に支払ったのだろう。かつて僕にそうしたように……。

「黒部さん、よろしくお願いします」

加藤由美子が深々と頭を下げた。長く美しい髪がサラサラと流れた。

「まかせてください」

相変わらず腕組みをしたまま、プロレスラーが低い声で答えた。そして、いかつい顔を歪《ゆが》めるようにして笑った。

3.

黒部というプロレスラーの次に、エージェントの女は原田圭介の名を呼んだ。

原田圭介は1年ほど前から『極東倶楽部』に所属している陽気な男で、まだ23歳のライトヘビー級のファイターだった。小学生から始めた柔道を大学を中退するまで続け、その後は総合格闘技の道場に通っていたと聞いている。まだすべてが粗削りだが、技の切れとスピードがある、将来性豊かなファイターだった。いずれは無差別級にクラスを上げ、『極東倶楽部』の看板になることだろう。

もちろん、それまで誰にも殺されなければ……ということだが。

加藤由美子は原田圭介の対戦相手として、同じライトヘビー級のイワン・ネフチェンコというロシア人ファイターの名を告げた。

ネフチェンコはアンダーグラウンドの世界で長く戦っている老獪《ろうかい》なファイターだった。かつては、ライトヘビー級では無敵を誇ったこともあった。けれど、最近のネフチェンコは、全盛期に比べると明らかに力が落ちて来ていた。たぶん、原田圭介の実力なら、やられることはないだろう。

3人の対戦相手を発表したあとで、エージェントの女が「最後は小鹿くん」と、僕の名を呼んだ。淡々とした冷たい口調だった。

「はい」

痩《や》せて尖《とが》った女の顎の先を見つめて僕は答えた。

「小鹿くんには、ニコル・フローリーと戦ってもらいます」

ちらりと僕に視線を向けたあとで、女が言った。

僕はそのファイターを知らなかった。

「あの……それは誰ですか？」

「アメリカ人の新人みたいね」

さして関心がないといった口調でエージェントの女が言った。

「強いんですか？」

僕は女の目を見つめた。けれど、彼女は僕と視線を合わせなかった。

「さあ？　アンダーグラウンドのファイトに参加するのはこれが初めてみたいだから、実力はよくわからないわね」

「初めてって……その男、階級は何なんですか？」

僕は女の目を見つめ続けた。けれどやはり、女は僕と視線を合わせなかった。

「ミドル級で戦うんだから、ミドル級のファイターなんでしょ」

女がつっけんどんに言った。早く話題を変えたそうだった。

僕はあからさまに不満げな顔をしてみせた。けれど、エージェントの女はそれに気づいていないフリをした。

「小鹿くん、体重のほうは大丈夫よね？　オーバーウェイトで失格になったりしたらみっともないから、くれぐれも気をつけてね」

僕の顔を見ずに女が言い、僕は「大丈夫ですよ。素人じゃないんですから」と、ぶっきらぼうに答えた。

ミドル級のリミットは160ポンド（約70キロ）だ。今の僕の体重はそれより2〜3キロ上まわっているかもしれない。だが、計量までには楽に落とせるだろう。

けれど、僕が不満なのは、食事制限をして減量をしなければならないからではなかった。

それは、僕の相手をできるようなファイターが、今のミドル級にはいないからだった。

リタ・ベルリンドや三浦美紗と同じように、僕もまた、アンダーグラウンドの格闘の世界では無敗だった。

「はい。それじゃあ、以上で今回のマカオでの対戦相手の発表は終わりです。みなさんの健闘を祈ります」

腿《もも》やふくら脛《はぎ》に筋肉が浮き出た脚を、再びゆっくりと組み替えながらエージェントの女が言った。極端に短いスカートがさらにせり上がった。

「あの……加藤さん」

僕が呼びかけ、アイラインに縁取られた大きな目で、女が冷ややかに僕を見つめた。

「なあに、小鹿くん？」

軽い口調で言いながら、女は煙草を取り出した。そして、ルージュが光る唇にそれをくわえた。

「僕はあの……できればミドル級じゃなく、無差別級で……それがダメなら、せめてライトヘビー級の相手と戦いたいんですけど……少なくとも、そんな噛《か》ませ犬みたいな無名の男とじゃなく、もっと強いファイターと戦いたいんです……」

それは僕の本心だった。ここ数戦、僕の相手はミドル級の無名のファイターばかりだった。いや、無差別級やライトヘビー級の大きな男たちと戦ったことも確かにある。だが、彼らもまた弱くて無名な噛ませ犬だった。

力のないファイターと戦う意味などなかった。たとえそんな弱いやつらを倒したとしても、僕の中に棲《す》む凶暴な生き物は決して満足しなかったから。

エージェントの女はすぐには返事をしなかった。煙草の先端にライターで火を点け、それをゆっくりとふかし始めた。

僕は無言で女の目を見つめ、彼女の返答を待った。

やがて、エージェントの女が言った。

「小鹿くん……文句があるなら、辞めてもらってもかまわないのよ」

やはり冷たくて、突き放すかのような口調だった。「小鹿くんの替わりになるようなファイターは、いくらでもいるんだから」

女はまた煙草を吸い込み、直後に、すぼめた唇から細く煙を吹き出した。その煙が僕の顔にかかった。

女の目を見つめ返し、僕は無言で唇を噛み締めた。

「どうするの、小鹿くん？」

女が畳み掛けるように言葉を続けた。「戦うのをやめて、お家に帰る？　そうするなら早く言って。すぐに航空券とホテルの予約をキャンセルしなきゃいけないし、マカオの主催者にも連絡しないといけないから」

挑むかのように、僕は女の目を見つめ続けた。

けれど、僕に選択肢はなかった。

「わかりました……その男と戦います」

僕が言い、エージェントの女が勝ち誇ったような顔で頷《うなず》いた。

4.

その晩、ベッドで本を読んでいると、隣のベッドに横になっていた原田圭介が「小鹿さん」と僕を呼んだ。

手にしていた文庫本を閉じて、僕は彼のほうに顔を向けた。若いファイターはふたつ重ねたクッションに寄りかかり、ベッドの足元の壁に掛けられた抽象画を見つめていた。

「小鹿さん、あの……俺の相手のネフチェンコっていうやつ知ってますか？」

何が描かれているのかわからない油絵を見つめたまま、原田圭介が訊《き》いた。

「知ってるよ。ロシア人ファイターで、ライトヘビー級のベテランだよ。元々はソ連軍の特殊部隊にいたっていう噂だけど……本当なのかどうかはわからないね」

相変わらず壁の油絵を見つめている原田圭介の横顔に僕は答えた。そして、彼の趣味が油絵を描くことだったということを思い出した。

このホテルは成田空港に隣接している。窓が二重になっているにもかかわらず、少し前まで、離発着する旅客機の轟音《ごうおん》がほぼ5分おきに聞こえた。けれど、今はとても静かだった。どうやらすでに、今夜の最終便の離着陸が終了したのだろう。

「強いんですか、そのネフチェンコっていうやつ？」

原田圭介が視線を壁の油絵から僕の顔に移した。柔らかな光に照らされたその顔は、少年のようにあどけなかった。

「そうだな……今はそんなに強いとは言えないかもしれないけど……でも、あの世界で長く殺されずにやって来たんだ。侮れない相手だよ」

原田圭介の対戦相手に指名されたロシア人ファイターを思い浮かべて、僕は言った。

イワン・ネフチェンコはすでに40歳に近いはずだった。ファイターとしてのピークはとうに過ぎていた。ここ何試合かは勝ったり負けたりで、少し前のファイトでは、若く無名の韓国人ファイターに肋骨《ろっこつ》を折られた上に、失神させられていた。

そう。今のネフチェンコは、決して強いファイターだとは言えなかった。それでも、10年にわたってアンダーグラウンドの格闘の世界で生き残って来たのだ。それだけでも、ただ者ではなかった。

「そいつ、どんなファイトをするんですか？」

原田圭介がまた訊いた。自分の対戦相手のことを知りたいというのは、ファイターとして当たり前のことだった。

「元々は立ち技系のファイターだって聞いてる。右のパンチと右のキックが強いんだ。だけど、今は寝技もかなりうまくなっている。試合運びも巧妙だし、技もたくさん知っている。いろいろと汚い手も使う……マカオに着いたら、ネフチェンコの今までのファイトをビデオで入念に確認して、充分に気をつけて戦ったほうがいい。何をするか、わからないやつだからね」

「はい。そうします」

原田圭介が頷いた。そして、また壁の油絵に視線を戻した。

戦いの世界に絶対という言葉は存在しない。たとえ、どれほど強いファイターであろうと、ほんの少し何かが狂えば格下の相手に負ける。

そう。あの世界では、誰が勝ち、誰が負けるかなど、誰にもわからない。

けれど、原田圭介は勝つだろうと僕は予想していた。今のネフチェンコに比べると、スタミナもパワーも、スピードも技の切れも、何もかもが原田圭介のほうが上だった。

僕は再び文庫本を開いた。眠る前に本を読むのは、僕の昔からの習慣だった。

時折、廊下のほうからスリッパを履いているらしい足音が聞こえた。誰かが話す声も微《かす》かにした。けれど、ほかにはほとんど何も聞こえなかった。

「あの……小鹿さん」

原田圭介がまた僕の名を呼んだ。

「えっ、何だい？」

僕は広げたばかりの文庫本をまた閉じた。

「俺、小鹿さんの気持ちはよくわかりますよ」

原田圭介が僕を見つめた。つるりとした頬が、柔らかな光に輝いた。

「僕の気持ちって？」

「弱いやつとなんか戦いたくないっていう気持ちですよ。さっき、加藤さんに抗議してたじゃないですか？」

「ああ……そのことか」

僕は笑った。そして、いつだったか原田圭介が、強い相手と心行くまで戦うために自分は『極東倶楽部』に入ったと言っていたことを思い出した。

少し間違えば自分が殺されてしまうかもしれないような、そんな強い相手と、誰にも邪魔されずに心行くまで戦う——それが原田圭介という若者の望みだった。

そして、もちろん、それは僕自身の望みでもあった。

僕だけではない。『極東倶楽部』に所属するほとんどのファイターが、同じことを思っているはずだった。

確かに、ファイトマネーのために戦っているという者もいるかもしれない。アンダーグラウンドの格闘で得られる金は普通はたいした額ではない。だが、貧しい国から来る外国人ファイターの多くは、金が目当てだと聞いている。彼らは文字通り、自らの命を削って金を稼いでいるのだ。

けれど、僕たち日本人ファイターの多くはそうではない。僕たちは自ら志願して、弾丸の飛び交う前線に向かおうとしているのだ。

そう。僕たちは純粋に、ヒリヒリするような、あの非日常的な戦いの瞬間を求めているのだ。あのシンプルで、ナチュラルで、確かで美しい瞬間を切望しているのだ。

「俺も前から思ってたんですけど、最近の小鹿さんの相手は噛ませ犬みたいなやつらばかりですよね？　加藤さん、いったい何を考えてるんでしょうね？　あの人だって、小鹿さんの強さは知ってるはずなのに……」

原田圭介がなおも言った。

「さあ、よくわからないよ。きっと、加藤さんには加藤さんの考えがあるんだろう」

僕はそう答えて、また笑った。

わからない？

いや、そうではなかった。僕は本当は、エージェントの女が何を考えて僕のマッチメイクをしているのかは知っていた。

「だいたい、加藤さんの小鹿さんへの口の利き方って、ちょっと失礼だと思いませんか？命をかけて戦ってるのは俺たちなのに、どういうつもりなんですかね？」

原田圭介が言い、僕は「加藤さんは、昔からああいう人なんだよ」と言って、もう一度笑った。

しばらくの沈黙があった。僕はまたしても手にした文庫本を開き、その紙面に視線を走らせた。

今では僕は、もうピアノは弾かない。戦うことは趣味ではなく、仕事だ。そんな僕にとって、読書は唯一の趣味だった。ソルジェニーツィンやトルストイやドストエフスキーなどのロシア文学を読むのが僕は好きだった。

「小鹿さん」

原田圭介がまた僕に話しかけた。「小鹿さんは、黒部さんはあのエイリアンに勝てると思いますか？」

明日はいよいよマカオに立つのだ。もしかしたら、今夜は日本で過ごす人生で最後の晩になるかもしれないのだ。きっと若い原田圭介は気持ちが昂《たか》ぶって眠れないのだろう。

僕は読書を諦《あきら》めて本を閉じた。そして、ゆっくりと体を起こし、ベッドの縁に腰かけた。

原田圭介の話し相手をしてやるつもりだった。

「さあ、どうなんだろうな。ジョン・ラムアは確かに怪物だけど、黒部さんもかなり強そうだからな」

原田圭介が僕と同じように身を起こし、僕と同じようにベッドの縁に腰を下ろした。それで僕たちは、膝《ひざ》を突き合わせて向かい合うような恰好《かっこう》になった。

「小鹿さんは、黒部さんが勝てると思いますか？」

原田圭介が同じ質問を繰り返した。

「やってみないとわからないけど、勝つ可能性はあると思うよ。最近のラムアは昔に比べるとスピードが落ちて来たような気がするんだ」

僕は言った。けれど、それは嘘だった。

『ティアフル・エイリアン』と呼ばれているラムアは、それほど強いのだ。そして、アンダーグラウンドの格闘の世界での戦い方を熟知しているのだ。たとえ黒部純一がどれほど強かったとしても、プロレスラーである彼の勝てる相手ではなかった。

「黒部さん、山元《やまもと》さんみたいにエイリアンに殺されたりしないといいけど……」

原田圭介が呟《つぶや》くように言い、僕も呟くように「そうだね」と答えた。

何カ月か前、クアラルンプールの格闘場でファイトをした時、加藤由美子はジョン・ラムアへの刺客として山元政春《まさはる》という総合格闘技の選手を送り込んだ。山元政春は空手と柔術の達人でもあった。だが、山元政春は返り討ちに遭い、クアラルンプールのリング上でラムアに殺害されてしまった。

またしばらくの沈黙があった。けれど、僕はもう文庫本は開かず、さっき原田圭介がしていたように、壁の油絵をぼんやりと見つめていた。きっとまた原田圭介が話しかけて来ると思ったのだ。彼にはもっと話したいことがあるはずだった。

案の定、原田圭介がまた口を開いた。

「三浦さんはどうなんでしょうね？　三浦さん……リタに勝てるのかな？」

原田圭介が言い、僕は若く美しい女性ファイターの顔を思い浮かべた。

三浦美紗は原田圭介よりふたつ上、僕より5つ下の25歳だった。彼女はアマチュアレスリングの世界から女子プロレスラーに転向したという経歴を持っていた。その美貌《びぼう》も手伝って、女子プロレスラーだった時から人気選手だったと聞いている。

そんな彼女がなぜプロレスを辞めて、『極東倶楽部』に所属するようになったのかは知らない。自分と戦う可能性のないファイターについては、僕は興味を持てないのだ。

けれど、原田圭介はそうではないはずだった。

「さあ、どうなんだろうな。最近の三浦さんはすごく強くなってるから、もしかしたら、ベルリンドに一泡吹かせることができるかもしれないね」

「そんなことになったら、大番狂わせですね」

原田圭介が目を輝かせた。「三浦さん、一夜にしてスーパースターになるんですね」

「うん。でも、その可能性はあると思うよ。というか……ベルリンドに勝つとしたら、彼女しかいないだろうね」

「三浦さん、勝つといいなあ」

「そうだね。勝つといいね」

僕は頷《うなず》いた。

けれど、やはり心の中では、三浦美紗がリタ・ベルリンドに勝てるとは思っていなかった。それどころか、もしかしたら今回は、三浦美紗は生きて日本に帰れないのではないかとさえ考えていた。

『北欧の殺人鬼』とも呼ばれるリタ・ベルリンドはそれほどの選手だった。彼女はとても強く、とても凶暴で、とても残酷で、とても非道で……そして、三浦美紗と同じようにとても美しかった。アンダーグラウンドのファイターになどならず、ハリウッドに行って映画スターになればよかったのにと思うほどだった。

「三浦さん、リタに殺されたりしないといいんですけど……」

原田圭介が心配そうに言った。彼も僕と同じことを考えていたらしかった。

もし、黒部純一と三浦美紗がともにマカオのリングで殺されてしまったら……そうしたら、帰国する時はエージェントの加藤由美子と原田圭介と僕の3人だけになってしまう。そして、そうなる可能性は充分にあった。

「小鹿さん、ここだけの話ですけど……」

僕のほうに身を乗り出すようにして原田圭介が言った。「実は三浦さんと俺、付き合ってるんです。三浦さんと俺がふたりとも無事にマカオから帰って来られたら……そうしたら、俺、三浦さんに結婚を申し込むつもりでいるんです。だから……どうしても、三浦さんに勝ってもらいたいんです。少なくとも、殺されたりしないでもらいたいんです」

真剣な顔で言う原田圭介を、僕はじっと見つめた。そして、微笑みながら頷いた。

「大丈夫だよ。殺されたりしないよ」

「そうですよね？　殺されたりしませんよね？」

「ああ。大丈夫だよ」

僕はまた嘘をついた。


またしばらくの沈黙があった。

「原田くん、明日は早いから、僕はそろそろ寝るよ」

僕はサイドテーブルの明かりを消し、再びベッドに身を横たえた。

「俺も寝ます。おやすみなさい」

原田圭介が僕と同じように明かりを消し、同じようにベッドに横になった。

暗くなった部屋の中を、カーテンの隙間から漏れた細い光が照らしていた。柔らかな枕に後頭部を埋めて、僕はそれをじっと見つめた。

以前は出国前は気が昂ぶってなかなか眠りに就けなかった。けれど、最近はそんなことはない。それに……マカオでの僕の相手は無名のミドル級のファイターだった。

もちろん、アンダーグラウンドの世界のファイトは、やってみなければわからない。けれど、僕は心配はしていなかった。

たぶん僕は勝てるだろう。

それに……もし、負けたとしても……たとえどんなに悪くても……ただ、この命を失うだけのことだった。

それだけのことだった。

「小鹿さん……」

暗がりの中で、原田圭介がまた僕を呼んだ。

「何だい？」

まるで薄い板のように部屋を分断している光を見つめて僕は答えた。

「小鹿さんって、とても強いプロボクサーだったんですってね？」

「そんなこと、誰が言ったの？」

「いつだったか、加藤さんが言ってました。小鹿さんはもう少しでミドル級の世界チャンピオンになれるボクサーだったって」

「嘘だよ。僕はそんなに強くなかったよ」

「でも、東洋太平洋チャンピオンだったんでしょう?」

「東洋太平洋のミドル級は選手層が薄いからね。チャンピオンっていっても、たいしたことはないんだよ」

「それでも、世界ランカーでもあったんでしょう? プロボクサーとしては一度も負けたことがなかったんでしょう?」

「まあね……でも、世界チャンピオンになれるようなボクサーじゃなかったよ」

それは本当のことだった。たとえあのアクシデントがなかったとしても、僕は世界チャンピオンにはなれなかった。今では本当にそう思っている。

「さっ、原田くん、明日は早いから、もう寝ようよ」

「あっ、そうですね。すみません。おやすみなさい」

「おやすみ」

僕は原田圭介に背中を向けた。そして、暗がりに浮かび上がった壁を見つめた。

5.

プロボクサーとしての僕は、たいした選手ではなかった。

ただ、普通のボクサーより少しだけスピードがあり、少しだけ相手のパンチをかわすのがうまく、少しだけ相手にパンチを当てるのがうまかったというだけのことだった。

そう。僕は本当に、たいしたボクサーではなかった。

それでも、プロとしてデビューしてしばらくのあいだは、多少の注目を集めたこともあった。

高校を卒業するとすぐ、僕はプロボクサーとしてデビューした。最初はミドル級のすぐ下のジュニアミドル級という階級に属していた。

大学には進学せず、プロボクサーになると言った僕に、両親は猛反対した。特に大学教授の父は怒りをあらわにした。けれど、もう僕を叩《たた》きのめしたりはしなかった。そんなことができるはずはなかった。

プロボクサーになった僕は、デビュー戦から10連勝した。そのうちの3戦は相手をノックアウトしての勝利だった。だが、それらの勝利は僕の手柄ではなく、指導した大友さんの手柄だった。

ヒット・アンド・アウェイ――打っては離れ、離れては打つ。

それが会長から与えられた僕の戦法だった。

ジムの会長の大友さんの現役時代とは違って、僕はパンチの力はあまりなかった。大友会長のように打たれ強くもなかった。

けれど、僕は軽快で自在なフットワークと、相手の攻撃を見極める目を持っていた。それに、相手のこめかみや顎《あご》などの急所にタイミングよくパンチを当てるのがうまかった。敵の攻撃をわざと誘ってから放つカウンターパンチなどの小技も得意だった。

5戦したところで、階級をミドル級に上げた。体が大きくなって減量がきつくなったからだった。ミドル級は大友会長が戦っていた階級でもあった。

ミドル級でも僕は勝利を重ね続けた。11戦目にはついにタイトルマッチに挑み、ミドル級の日本チャンピオンと10ラウンド戦った末に判定で勝った。

それは判定ではあったけれど、きわどいものではなく、試合は僕の圧勝だった。僕のパンチを受け続けたチャンピオンは両目が見えなくなるほど顔が腫《は》れ上がっているのに対して、ほとんどパンチをもらわなかった僕の顔は綺麗《きれい》なままだった。

僕が勝って新しい日本チャンピオンになった瞬間、ジムの会長の大友さんはリングに駆け上がって僕を抱き締め、大粒の涙をボロボロと流した。大友さんが泣くのを見たのは、それが最初だった。

驚いたことに、僕が日本チャンピオンになった晩、父から電話が来た。僕は知らなかったが、両親はそのタイトルマッチを見るために後楽園ホールに来ていたらしかった。

「おめでとう、嘉則」

電話の向こうの父が言った。

僕は「ありがとう」と答えた。

父に褒められたのは、覚えている限り、初めてだった。

あれは今から9年前のことで、あの時、僕はまだ21歳だった。

ボクシングの日本チャンピオンになど、ほとんどの人は関心がない。あの時も新聞のスポーツ欄の片隅に小さな記事が載っただけだった。

僕は戦い続け、5回連続で日本タイトルの防衛に成功した。そのうちの2試合はノックアウト勝ちだった。ほかの3戦も危なげのない判定勝ちだった。

日本タイトルを5回防衛したあとで、僕はそのタイトルを返上した。そして、ソウルで東洋太平洋のタイトルに挑み、韓国人のチャンピオンと12ラウンド戦った末に判定で勝利した。判定ではあったが、僕のパンチを受け続けたチャンピオンは3回もリングに這《は》った。つまり僕の圧倒的勝利だった。

その後、僕はその東洋太平洋のタイトルを6回にわたって防衛した。そのうちの2試合はノックアウト勝ちだった。ほかの4戦は判定勝ちだったが、いずれも危なげのないものだった。

だが、それほどの圧勝を続けていたにもかかわらず、プロボクサーとしての僕は人気が出なかった。

ボクシング担当の何人かの記者は僕のことを、『打たれないようにしている』と書いた。何人かは『最初から判定勝ちを狙っている』と書いたし、何人かは『闘志が感じられないチャンピオンだ』と書いた。『彼の試合は、ときめかない』と書いた記者もいた。

そう感じていたのは記者たちだけではないようだった。僕のタイトルマッチでは、いつも空席が目立った。テレビ放送がされることも、ほとんどなかった。前座の日本タイトルマッチが終わると、メインイベントである僕の試合を見ずに席を立つ客たちさえいた。

そう。僕は人気のないチャンピオンだったのだ。打ち合うことを嫌い、逃げてばかりいる卑怯《ひきよう》なやつだと思われていたのだ。人々はプロボクシングの試合に、壮絶な打ち合いや、劇的なノックアウトシーンを求めていたのだ。

もちろん、僕にだって言い分はあった。

僕のスタイルはボクシングの基本だった。打たれないようにするのは当然のことで、打たれていいと思っているボクサーなど、ひとりもいないはずだった。僕が相手のパンチをかわせるのは、逃げまわっているからではなく、パンチが『見えている』からだった。けれど、誰に何と思われようとかまわなかった。僕は人気者になんかなりたくなかった。有名にもなりたくなかったし、金を稼ぎたいとも思っていなかった。

僕はただ、光の中で戦いたかっただけだ。

光、光、光――。

大切なのは、あの光の中で、ヒリヒリするような非日常の時間を過ごすことだった。それだけだった。

まるで熱帯の植物のように、僕の皮膚はあの強烈な光を求めた。

僕が東洋太平洋のタイトルを防衛しているあいだずっと、大友会長は僕を世界チャンピオンに挑戦させようとしていた。そのために必死で動きまわっていた。

けれど、世界タイトルマッチのチャンスはなかなか訪れなかった。

軽量級とは違い、ミドル級やヘビー級においては東洋人が世界チャンピオンに挑戦すること自体が難しいことなのだ。ミドル級やヘビー級とは、ラスベガスの大きな会場のような場所でアメリカ人ボクサー同士が戦い、それをアメリカ人の観客たちが見るものなのだ。要するに、ミドル級やヘビー級には東洋人はお呼びではないのだ。

次こそ世界に挑戦だ——。

大友会長はそう言い続けた。

けれど、そうするうちに、あのアクシデントが起きた。

東洋太平洋タイトルの6回目の防衛戦後の健康診断で、僕の左目が網膜剝離《はくり》の状態にあると指摘されたのだ。

それはまさに、青天の霹靂《へきれき》だった。

網膜剝離は頭部に強い打撃を受けることで発症すると考えられている。だが、僕は試合中にほとんど敵のパンチをもらったことがなかった。最後の一戦をのぞけば、瞼《まぶた》を切ったことは一度もなかったし、口の中を切ったことも数えるほどしかなかった。鼻血を出したこともこともなかった。そんな僕が網膜剝離になるとは、誰ひとり考えもしなかった。

網膜剝離のボクサーは現役を続けることはできない。それがルールだった。

大友会長やジムの後援会の人々は、とてつもなく落胆した。それが原因で大友会長は体調を崩し、しばらくのあいだ寝込んだとも聞いている。

意外なことに、僕の父もひどく落胆していたと母から聞いた。父は僕が世界チャンピオンになるのを楽しみにしていたようだった。

引退を余儀なくされた時、僕もひどく失望し、ひどく落胆した。

僕が失望し、落胆したのは、世界チャンピオンの夢が断たれたからではなかった。最初から僕には世界チャンピオンになんて関心はなかった。そんなものは、どうだってよかった。

僕の関心はただひとつ――それは戦うことだった。

僕はあのリングの上が好きだった。自分の中に眠る暴力衝動を、そこで爆発させるのが心地よかった。

だが、もはや僕に選択肢はなかった。

僕は引退し、ボクシングの世界とは縁を切った。ジムのトレーナーにという話もあったが、断った。

23戦して23勝無敗、7つのノックアウト勝ち。それが、プロボクサーとしての僕の全成績だった。

引退した時、僕は27歳になっていた。

6.

離陸の前にシャンパンが出た。そのグラスを手に、僕は隣り合って座った黒部純一とマカオでのお互いの健闘を祈って乾杯をした。

キャビンアテンダントたちが忙しそうに行き交う通路の向こうでは、僕たちと同じように、原田圭介が隣に座った三浦美紗とシャンパンのグラスで乾杯をしていた。洒落《しやれ》たスーツに身を包んだ若いふたりは、とても楽しげで、とても親しげで、これからハネムーンに旅立つ新婚のカップルみたいにも見えた。

原田圭介たちの前の座席には、濃いサングラスをかけたエージェントの女がひとりで座っていた。女はミニスカートから剝《む》き出しになった脚を無造作に組み、さっき空港内で買ったファッション雑誌を眺めながらシャンパングラスを傾けていた。きょうの加藤由美子は金ボタンの並んだショッキングピンクのスーツに、ショッキングピンクのハイヒールパンプスというファッションだった。

「ねえ、小鹿くん」

窓側の座席に座った黒部純一が一口でシャンパンを飲み干したあとで、僕にそう話しかけて来た。僕より50キロ近く重い黒部純一は、広々としたビジネスクラスのシートにいても窮屈そうだった。

「何ですか、黒部さん？」

僕は隣に座ったプロレスラーに笑顔を向けた。

遠征先に向かう時にはいつもそうしているように、きょうは僕もスーツを着ていた。黒部純一もスーツ姿だった。だから、もしかしたら、キャビンアテンダントたちは、僕たちのことを香港に出張に出かけるビジネスマンだと思ったかもしれなかった。

「俺と戦うラムアってやつだけど……そんなに強いのかい？」

エイリアンへの刺客として雇われた黒部純一が、そう僕に訊《き》いた。低くて、少し聞き取りづらい声だった。

「ええ。まあ……黒部さん、あの……加藤さんからラムアのビデオは見せてもらってますよね？」

「ああ。ビデオはいくつももらって、何度も繰り返し見たよ。あれを見た限りでは、確かに無敵みたいだな。すごくスピードがあるし、技も切れてるし、力もそこそこは強そうだし……でも、あの……実際のところはどうなのかと思ってさ……」

黒部純一が言葉を選ぶようにして言った。アンダーグラウンドの格闘は初めてなのだから、彼が不安を感じるのは当然のことだった。

「実は僕は、ラムアのファイトを見たことは数回しかないんですよ。でも、あの……その時は、なかなか強かったですよ」

ぎこちなく微笑みながら、僕は曖昧《あいまい》に答えた。

なかなか強かった？

いや、そうではなかった。

ジョン・ラムアは、まさしくエイリアンだった。彼を倒すことのできる人間なんて、この世にひとりもいないのではないか。そう思わせるほどだった。

「そうか……やっぱり強いのか？」

そう言って黒部純一が唇をなめた。

「ええ。強いっていう噂です。でも……あの……ラムアについては、僕はあまりよく知らないんですよ」

僕はまた曖昧に言葉を濁した。

「そうなのかい？」

黒部純一が疑わしそうな目で僕を見た。「そいつがあんまり強いって言うと、俺が怖《お》じけづくと思ってるんじゃないのかい？」

「違いますよ。あの……僕はミドル級で、無差別級のラムアと戦う可能性はないから……あの……だから、彼のことはよく知らないんですよ」

それも嘘だった。アンダーグラウンドの世界で戦っているファイターたちの中に、ジョン・ラムアの強さを知らない者がいるはずがなかった。

ジョン・ラムアの強さを言うのは簡単だった。けれど、それを言うのは僕の仕事ではなかった。

黒部純一は、ジョン・ラムアという怪物に向けて、加藤由美子が放つ刺客だった。だから、黒部純一にラムアの強さを告げるのは、雇い主である彼女がすべきことで、僕のすべきことではなかった。

黒部純一と僕が瞬く間にシャンパンを飲み干してしまったのを見て、中国人のキャビンアテンダントが微笑みながらやって来た。そして、僕たちのグラスに新たなシャンパンを注いでくれた。ベテランが多いビジネスクラスには珍しく、若くて、とても綺麗《きれい》なキャビンアテンダントだった。

「あの……小鹿くん」

新しく注がれたシャンパンを口に含んだあとで、黒部純一が再び僕を呼んだ。

僕は黒部純一に笑顔を向けた。そして、元は柔道選手だったプロレスラーの細い目や、いかつい顔にできた無数の傷痕《きずあと》や、潰《つぶ》れた両耳を見た。

「あの……こんなことを言っちゃあ、何なんだけど……ファイターとしての君たちのレベルはどんなものなんだい？」

笑顔を続けながら、僕は首を傾げてみせた。けれど、黒部純一が何を聞きたいのかはわかっていた。

「うん……だから……君たち、アンダーグラウンドの世界のファイターたちは、どれくらい強いんだい？」

「どれくらいって聞かれても……」

「たとえば……大相撲に対するアマ相撲のレベルなのか……それとも……そうだな……プロの将棋士に対する真剣士のレベルなのか……失礼な話だけど、君たちが俺たちより上のレベルなら、アンダーグラウンドの世界じゃなくて、ちゃんとした表の世界のプロになるはずだろう？」

再び言葉を選びながら黒部純一が言った。

手にしたグラスの中の気泡を見つめて、僕はしばらく考えた。

そうなのだろうか？　僕たちアンダーグラウンドの世界の戦場は、表の世界の戦場よりも格が下なのだろうか？

「あの……黒部さん」

「何だい？」

「あの……黒部さんがラムアとプロレスをしたら、間違いなく黒部さんが勝つはずです。何度やっても黒部さんが勝つはずです。でも……あの……黒部さんがマカオでするファイトは、プロレスとはルールが違うんですよ……というか……あそこには、ほとんどルールがないんです」

考え考え僕が言い、黒部純一がそのがっちりとした顎《あご》を引くようにして頷《うなず》いた。

僕はさらに言葉を続けた。

「あそこでは、何でもありなんです。嚙《か》み付きも、目潰しも、急所への打撃も、失神した相手への攻撃も……何でもありなんです。レフェリーはいるけれど、何もしてくれません。だから、あの……もし、黒部さんがプロレスと同じ感覚でいたら、辛《つら》い戦いになると思います」

「なるほど……わかったよ……」

黒部純一がまた小さく頷いた。そのいかつい顔が強ばっていた。

やがて僕たちの乗った飛行機が滑走路に向かってゆっくりと動き始めた。2杯目のシャンパンを飲み干すと、プロレスラーは太い腕を組んで目を閉じた。

僕はその横顔をじっと見つめた。

黒部純一はかつて日本を代表する柔道選手で、オリンピックに出場した経験もあった。だが、柔道では金を稼ぐことができないと考えて、プロレスラーに転向した。

加藤由美子から聞いたところによると、プロレスラーになってすぐに黒部純一はタレントだった女と結婚したが、その女は数年前に病気で亡くなったという話だった。幼いふたりの娘は、彼の両親が育てているらしかった。

黒部純一は格闘技ファンなら誰もが知っているような選手だった。だが、一般の人々のあいだでの知名度は高くなく、プロレス界を代表するようなスーパースターというわけではなかった。何年か前に自分が中心になって新しい団体を立ち上げたが、わずか数年でそれに失敗していた。その時に多額の借金を背負ったという話も聞いていた。

おそらく黒部純一はジョン・ラムアを倒すことで、いくばくかの金を稼いで帰るつもりでいるのだろう。ほんの小遣い稼ぎ……きっと、そんなつもりなのだろう。かつての僕がそうだったように。

けれど、ラムアはそんなに簡単にやられるようなファイターではなかった。

おそらく……黒部純一は勝てないだろう。それどころか、生きて再び日本に帰って来られない可能性だって低くはないはずだった。

それは、エージェントの加藤由美子も予想しているに違いなかった。

ジョン・ラムアを倒すだけのためにこの10年を捧《ささ》げた女は、彼の強さを嫌と言うほど知っている。だから黒部純一が勝てないだろうということも予測しているはずだった。

それにもかかわらず、あの女はこの善良なプロレスラーを戦場に送り出すのだ。まるで旧日本軍の神風特攻隊のように、戻れる当てのない戦いに送り出すのだ……。

もし、黒部純一が殺されたら……そうしたら、幼いふたりの娘たちは、母親に次いで父親までも失うことになるのだ。

敵に関する情報を満足に与えられないまま、エイリアンの刺客として送り込まれるプロレスラーを僕は憐《あわ》れんだ。他人事《ひとごと》には思えなかった。

そうだ。他人事ではないのだ。

なぜなら……かつて僕も、ジョン・ラムアへの刺客としてエージェントの女に雇い入れられたのだから……そして、あの時も女は僕にジョン・ラムアの強さを満足に説明せず、きっと僕が勝てると言っていたのだから……。

黒部さん、今ならまだ間に合います。ラムアと戦うなんて無謀なことはやめて、香港に着いたらすぐに日本にトンボ帰りするべきです。あいつは本当に強いんです。本当にエイリアンなんです――。

余計なお世話だとわかってはいた。それでも、僕は何度もそう言いそうになった。けれど、そんなことが言えるはずがなかった。

その代わり僕は、通路の向こう側でファッション雑誌を眺めているエージェントの女を恨んだ。自分の復讐《ふくしゅう》を果たすためになら誰を犠牲にしてもかまわないという、その女の非情さを憎んだ。

僕の視線に気づいたのだろうか？　加藤由美子が僕のほうに顔を向けた。

「なあに、小鹿くん？　わたしに何か用？」

マニキュアの光る指で女がサングラスを外した。サングラスの下から現れた顔は、はっとするほど美しかった。

「いいえ……あの……ただ、お洒落《しゃれ》なスーツだなと思って」

「そう？　似合ってる？」

「ええ。よく似合ってます」

僕は言った。そして、意味もなく微笑んだ。

7.

離陸した飛行機が水平飛行に移るとすぐに、さっきの綺麗な中国人キャビンアテンダントがフルコースの食事を運んで来てくれた。僕は黒部純一とふたりでワインを飲み、取り留めのない話をしながらそれを食べた。

驚いたことに、黒部純一は僕がかつてプロボクサーで、ミドル級の東洋太平洋チャンピオンだったということを知っていた。さらに驚いたことに、後楽園ホールまで僕の試合を見に来たことさえあるらしかった。

「どの試合ですか?」

堅くてパサパサした魚を口に運びながら僕は訊《き》いた。

「うん。知り合いに誘われて、たまたま行ったんだけどね……確か……小鹿くんの相手はベテランの韓国人で……たぶん、あれが君の最後の試合だったんじゃないかな?」

「最後の試合?」

僕は隣に座ったプロレスラーの、いかついけれど、人の良さそうな顔を見つめた。

「壮絶な試合だったからよく覚えてるんだ。韓国人の挑戦者は小鹿くんに何回もダウンさせられて、小鹿くんも何回もダウンして……それでもお互い、ノーガードで凄絶《せいぜつ》に打ち合って……ふたりとも血みどろになって、フラフラになって……最後は小鹿くんが相手をノックアウトして防衛に成功したんだ」

「ええ。そうでしたね」

「それですごく感動して、次の防衛戦も絶対に見に行くつもりだったんだ。だけど直後に、小鹿くんが網膜剥離《はくり》で引退したって新聞で読んでね」

「そうなんですか？」

「うん。あの時は君にすごく同情したよ。それまで無敗だったんだもんな。たったの一度も負けたことがなかったんだもんな」

　黒部純一が言い、僕は曖昧に微笑んだ。

　そう。僕はリングの上では負けたことがなかった。ボクシングの世界でも。そして、あのアンダーグラウンドのファイトの世界でも……。

　けれど、自慢できることではなかった。アンダーグラウンドの格闘で僕が負けていない理由はただひとつ──それは、僕がジョン・ラムアと戦っていないからだった。

「昔のことですよ……もう忘れてください」

　僕はそう言って、もう一度、曖昧に微笑んだ。


　食事が済むと、黒部純一はアイマスクをつけて眠ってしまった。隣からかなり騒々しい寝息が聞こえて来た。

僕も眠ってしまうことにして、アイマスクをつけた。

最初は本当に眠るつもりだった。

けれど、僕は眠らなかった。

その代わり、プロボクサーとしての自分の最後の試合を思い出した。

8.

僕がプロボクサーとして最後に戦った相手は、イ・ジョンウォンという韓国人のベテランボクサーだった。

イ・ジョンウォンは、かつて東洋太平洋ミドル級のタイトルを3度にわたって防衛した強豪で、僕の指導者である大友会長のようなファイタータイプのボクサーだった。

かつてのイ・ジョンウォンは、力に任せて相手をねじ伏せるハードパンチャーだった。全盛期には『象をも倒す』と言われ、そのノックアウト率は8割を超えた。

けれど34歳になり、ボクサーとしての晩年に差しかかっていたあの頃は、すでに往年の力は完全に失われていた。もともとフットワークが軽快なボクサーではないのだが、あの頃はパンチドランカーの症状が現れ始めていたようで、イ・ジョンウォンの動きはさらにスローモーになっていた。

さらに、あの頃のイ・ジョンウォンは減量が辛《つら》くなっていて、あの試合の前も朝からサウナに入り続け、ようやくミドル級のリミットまで落としたという噂だった。試合前の計量では、顔色がとても悪く、皮膚は張りを失っていて、明らかに体調が悪そうだった。

そう。常識的に考えれば、あの頃のイ・ジョンウォンは僕の相手ではなかった。いや、たとえイ・ジョンウォンが全盛期であったとしても、スピードのない彼に僕の相手が務まるとは思えなかった。

闇雲に振りまわされるだけのイ・ジョンウォンの拳《こぶし》は、ただの一発も僕を捕らえることはできないだろう。そして、軽快なフットワークで動き続ける僕に、イ・ジョンウォンは決して追いつけないだろう。

「一発にだけ気をつけろ。ほかには何も問題はないはずだ」

セコンドについた大友会長は、僕にそんな短い指示を出した。

イ・ジョンウォンは取るに足らない相手だ——大友会長も僕と同じように考えていたらしかった。

けれど、試合は僕たちが考えていたようには運ばなかった。試合開始のゴングが鳴った直後に、僕はイ・ジョンウォンのパンチをもらってしまったのだ。

どの試合でもそうしているように、イ・ジョンウォンはゴングが鳴ると同時に僕に向かって猛牛のように突進して来た。そしていきなり、振り下ろすような右のパンチを力任せに放った。

僕はわずかに上半身を反らしただけで、それを難なくかわした。そんな大振りのパンチが僕に当たるはずがなかった。

だが、その直後に思わぬことが起きた。イ・ジョンウォンが振り下ろした手を、今度は振り上げるようにして僕の顎《あご》を下から殴りつけたのだ。

まともにパンチをもらったのは、試合では初めてだった。

一瞬、僕の顔は真上を向いた。リングの上に取り付けられた照明灯の数々が見えた。

次の瞬間には目の前が暗くなり、何が何だかわからなくなった。そして、気がついた時には、僕はリングの上に尻餅《しりもち》をついていた。錆《さ》びた鉄みたいな血の味が、口の中にゆっくりと広がっていった。

ボクサーになって初めてのダウン？

いや、そうではなかった。

イ・ジョンウォンが放ったのは、手の甲で殴るナックルパンチというタイプのものだった。ナックルパンチはボクシングにおいては禁止されていた。

イ・ジョンウォンのパンチは反則だった。僕のダウンは無効になり、その代わり、イ・ジョンウォンは減点のペナルティを受けた。

セコンドの大友会長は怒り狂ってイ・ジョンウォン陣営に猛然と抗議した。イ・ジョンウォンはレフェリーに、あのナックルパンチは故意ではないと主張していた。レフェリーはイ・ジョンウォンの主張を無視して僕を抱き起こし、「大丈夫か？ ダメージはないか？」と訊いた。

もちろん、僕は大丈夫だった。ふいを突かれて尻餅をついてしまったが、立ち上がった時にはもうダメージはほとんど残っていなかった。

けれど……イ・ジョンウォンのナックルパンチが顎を捕らえた瞬間、僕の中で何かが変わった。クラスメイトの少年が僕の左胸を強く殴った瞬間に、僕の中で何かが変わったあの時のように、あの瞬間、何かが確かに、劇的に変わったのだ。

レフェリーがファイトを告げ、イ・ジョンウォンと僕は再び向かい合った。そして、次の瞬間、今度は僕がイ・ジョンウォンに襲いかかった。ガードもせず、足を使うこともせず、無防備に、真っすぐに襲いかかったのだ。

力に任せて放った僕のパンチは、イ・ジョンウォンの顔面をまともに捕らえた。鈍い音が響き渡り、イ・ジョンウォンの顔が歪《ゆが》んだ。

直後に僕は、今度は敵の腹部、その鳩尾《みぞおち》のすぐ下に深々とパンチを打ち込んだ。半開きになったイ・ジョンウォンの口から、「うっ」という低い呻《うめ》きが漏れた。

だが、イ・ジョンウォンも負けてはいなかった。フットワークを使うのをやめた僕に向かって、彼は猛烈なパンチを繰り出したのだ。

ずっしりとしたイ・ジョンウォンのパンチが僕の顔を捕らえ、僕の顎をえぐり、僕の腹部にめり込んだ。そんなふうにまともにパンチを受けるのは、試合では初めてだった。

お互いが足を止めてのノーガードでの殴り合い。打たれては打ち返し、打ち返してはまた打たれる。

それはもはやボクシングではなかった。ただの殴り合いだった。

「打ち合うな、小鹿っ！　動けっ！　足を使えっ！」

大友会長が叫ぶのが聞こえた。

けれど、僕はそうしなかった。相変わらずイ・ジョンウォンの正面に立ち尽くし、ガードはせずに、ただただ殴り、ただただ殴られ続けた。

僕は殴りたかったのだ。そして、殴られたかったのだ。

僕たちは壮絶に殴り合った。殴られては殴り返し、殴り返しては殴られた。

足を止めての殴り合いは、僕のスタイルではなく、イ・ジョンウォンのスタイルだった。殴り合いなら、彼に一日の長があった。

試合開始から2分が過ぎた頃、イ・ジョンウォンが突き上げたアッパー気味のパンチが僕の腹の真ん中に決まった。それは内臓を押し潰《つぶ》し、骨を軋《きし》ませ、背中にまで達するような強烈なパンチだった。

「うぐっ」

敵の拳が深々と腹部にめり込んだ瞬間、僕の息が止まった。胃液が食道を駆け登って来るのを感じながら、僕は反射的に前かがみになった。

次の瞬間、イ・ジョンウォンが真下から僕の顎を突き上げた。噛《か》み締めていたマウスピースが口から飛び出し、僕の顔は再び真上を向いた。

両足から一瞬にして力が抜けた。僕は2〜3歩後ずさり、そのまま、再び尻餅をつくかのような姿勢でマットに崩れ落ちた。

今度は本当のダウンだった。僕がダウンを喫するのは、プロボクサーになって初めてのことだった。

レフェリーがカウントを取るのを、僕はマットの上にしゃがんだまま初めて聞いた。血まみれの胃液が口の端から流れ、顎の先からマットの上に滴り落ちた。

「ワン……トゥー……スリー……フォー……ファイブ……」

レフェリーが8まで数えたところで、僕はゆっくりと立ち上がった。口から溢《あふ》れた胃液を赤いグローブの甲で拭《ぬぐ》い、戦いを続ける意思を示すためにファイティングポーズを取り、目の前に立つイ・ジョンウォンを見つめ、それから……笑った。

そうだ。僕は笑ったのだ。嬉《うれ》しくて、嬉しくて、笑わずにはいられなかったのだ。

「今度はこっちの番だ」

なおも笑い続けながら、僕はイ・ジョンウォンに言った。

それは日本語だったけれど、彼はその言葉の意味を理解したようだった。イ・ジョンウォンもまた僕を見つめ、嬉しそうに笑い返した。

マウスピースを拾い上げたレフェリーが、それを僕の口に押し込んだ。それから、リングに向かい合って立つふたりの男に再びファイトを命じた。

直後にイ・ジョンウォンと僕はまた、足を止めての壮絶な打ち合いを再開した。

「小鹿、お前、何してるんだ！　まるで自殺行為じゃないか！」

最初のラウンドが終わり、コーナーに戻った僕に大友会長がそう怒鳴った。

パンチを受け続けた僕の顔は腫《は》れ上がっていた。左の目は瞼《まぶた》が腫れてよく見えなくなっていた。鼻血のせいで、息をするのが辛かった。

「さっきのナックルパンチでカッカしてるのか？　そうなのか？」

再び会長が怒鳴るように言い、僕は無言で首を左右に振った。

僕はカッカしていなかった。ただ、気分を高揚させていただけだった。

そう。僕は高揚していた。一刻も早く戦いに戻りたくて、うずうずしていたのだ。

「とにかく足を使え。相手に捕まえられるな。いつものお前のスタイルでいいんだ。離れて戦えば、何の問題もないんだ」

1分間のインターバルのあいだ、大友会長はそう言い続けた。

けれど、僕は足を使うつもりなどなかった。最初のラウンドと同じように、どちらかが力尽きて倒れ伏すまで、徹底的に殴り合うつもりだった。

それから数ラウンドにわたって、イ・ジョンウォンと僕は喧嘩《けんか》のような力任せの殴り合いを続けた。

いや、決して喧嘩ではなかった。僕は少しもイ・ジョンウォンを憎んではいなかった。それどころか、あの瞬間、彼を愛してさえいた。

そして、おそらく、イ・ジョンウォンも僕と同じように感じていたはずだった。

そうだ。あの日、あのリングの上で、彼と僕は愛し合っていたのだ。少なくとも、欲し合っていたのだ。

僕たちは戦った。どちらも一歩も引かず、真正面から、正々堂々と、力と力をぶつけあった。

力と力――ほかに必要なものは何もなかった。

3ラウンドに入ると、僕の左目は完全に潰れ、まったく見えなくなった。右の瞼も腫れ上がり、視界が極端に狭まった。鼻血は相変わらず続いていたし、唇はタラコのように腫れ上がっていた。左の奥歯が折れたようでグラグラしていた。僕は2ラウンドに一度、3ラウンドにも一度のダウンを喫していた。

イ・ジョンウォンの状態も僕と同じようなものだった。僕のパンチを食らい続けたイ・ジョンウォンは、左右の目の上を切り、目に血が流れ込んでいた。鼻は潰れ、顔は別人のように腫れ上がっていた。彼は僕のパンチによって、2ラウンドに1度、3ラウンドに1度、そして4ラウンドには2度のダウンをした。

どちらもフラフラで、立っているのがやっとだった。けれど、僕たちは戦い続けた。それほど無残な状態になりながらも、嬉々《きき》として戦い続けたのだ。

光、光、光――。

あの時、あのリングの上には、目も眩《くら》むほど強い光が満ちていた。

イ・ジョンウォンのほうがパンチの力は上だった。だが、僕のパンチのほうが正確だった上に、手数も多かった。おまけに、スタミナでは僕が遥《はる》かに勝っていた。

5ラウンドに入ると、イ・ジョンウォンのパンチが急に弱くなった。そして、ほとんど当たらなくなった。それでも僕の相手は逃げなかった。その場から一歩も引かず、殴り合いを続けたのだ。

そんな敵に、僕は豪雨のように無数のパンチを見舞った。イ・ジョンウォンの目に、鼻に、こめかみに、顎《あご》に、腹部に、脇腹に……打って、打って、打ちまくった。

5ラウンドも2分が経過した頃、僕の拳《こぶし》がイ・ジョンウォンの顎を捕らえた。

その瞬間だった。

その瞬間、敵の動きが急に止まった。

イ・ジョンウォンは両手をだらりと垂らし、顎を前方に突き出した。そして……両膝《ひざ》を折るようにして、ゆっくりとマットに崩れ落ちた。

戦いは終わった。

僕の相手はもう立ち上がることができなかったのだ。

その試合の直後に僕は網膜剝離《はくり》と診断された。

大友会長や後援会の人たちは、イ・ジョンウォンとの試合で打ち合ったことが網膜剝離の原因だと考えているようだった。

何が本当の原因だったのかは、僕にはわからない。けれど、後悔はしていない。おそらくあの日、僕は輝いていたのだ。プロボクサーとしての日々の中で、おそらくあれがもっとも輝いていた日だったのだ。

光、光、光——。

後悔など、するはずがなかった。

あの日、僕とともに輝いていたイ・ジョンウォンは、今も現役のプロボクサーとしてリングに立ち続けている。


僕の脇では相変わらずプロレスラーが、やかましい寝息を立てて眠っている。これでは、とても眠れそうになかった。

しかたなく、僕はアイマスクを外した。そして、そばにいた若くて綺麗《きれい》な中国人のキャビンアテンダントに、スコッチウィスキーを運んで来てくれるように頼んだ。

第三章

1.

マカオ（澳門）は中国大陸の南端、広東省珠海《ジューハイ》市に隣接した半島に位置する。その正式名称を『中華人民共和国澳門《オウムン》特別行政区』といい、南シナ海にちょこんと突き出したマカオ半島と、その南のタイパ島、さらにその南のコロアン島というふたつの小島からなる狭い地域である。

現在はタイパ島とコロアン島のあいだの海は完全に埋め立てられ、ひとつの島のようになっている。だが、埋め立てられた部分の土地を合わせてもマカオの総面積は30平方キロにも満たず、その広さは香港島の5分の1ほどでしかない。

そんな狭い地域ではあるが、その昔——16世紀から17世紀にかけて——マカオはヨーロッパと日本・中国との貿易中継基地として大いに栄えた。西洋と東洋を結ぶこの貿易の権利を、中国の明朝から独占的に与えられていたのはポルトガルだった。

　19世紀の末には、マカオは清朝から割譲されてポルトガルの植民地になった。だが、その頃にはすでにマカオは、東洋有数の貿易中継基地としての地位を、すぐ隣にある香港に奪われてしまっていた。浅い港しか持たないマカオには、大型船が出入りできなかったからである。

　その後、マカオは長い低迷の時代に入った。ほんの数年ほど前まで、マカオは『死んだ街』とも呼ばれる寂れた地域だった。

　死んだ街――。

　まだ子供だった頃、僕も両親に連れられて姉たちと一緒にマカオに観光に来た時があった。その時の印象は、まさに『死んだ街』だった。

　擦り切れた石畳の道の両脇に立ち並ぶ古いポルトガル風の建物や古い中国風の建物、中国寺院と隣り合って立つカトリックの教会、南欧の香りのする石造りの劇場、巨大なカテドラル（大聖堂）、白い墓石の立ち並ぶカトリック教徒たちの墓地、16世紀に建てられた道教寺院、オランダを迎え撃つために17世紀に据え付けられた丘の上の大砲の数々、やはり17世紀に長崎を追われたキリシタンたちが建てた天主堂、19世紀に『カジノ王』と呼ばれた中国人富豪が立てた大邸宅、辛亥《しんがい》革命の指導者だった孫文が暮らしたというコロニアル風の邸宅……。

　１００年以上にわたって変わらない町並みは、見る人によってはお洒落《しゃれ》であるかもしれないし、エキゾチックであるかもしれない。

だが、子供だった僕にさえ、街のすべてが古めかしくて、すべてが薄汚れていて、すべてが機能的ではないのはわかった。

道はどこもひどく狭く、曲がりくねっていて見通しがきかず、どこもかしこも坂道だらけで、少し気を抜くと迷子になってしまいそうだった。大きなデパートやショッピングセンターはなく、立ち並んでいるのは古くて薄汚い商店ばかりだった。

街全体がひどく狭いために、マカオでは再開発をすることもできそうになかった。その様子はすぐ隣にある大都会、香港とはあまりに掛け離れていて、まるで寂れた温泉街といった風情《ふぜい》だった。

当時からマカオの財政収入はカジノしかなかった。それにもかかわらず、頼みの観光客の数も頭打ちだった。古くて狭い街には活気がなく、未来への希望もなかった。ポルトガルの行政下にあったものの、本国のポルトガル自体が社会主義を掲げていた頃の負の遺産に喘《あえ》いでいたのだ。

けれど、1999年、香港とともに中国に返還され、2002年にカジノの経営権が外国企業に開放されるとすべてが変わった。世界中の巨大資本がこの『東洋のラスベガス』に流れ込み、カジノを併設したとてつもなく大きなホテルや、巨大なショッピングモールやアミューズメントパークの建設が相次いだのである。

マカオへの追い風はさらに吹き続けた。

2005年にはマカオの市街地がユネスコの『世界文化遺産』に登録され、同じ年に中国大陸からの個人旅行も許されるようになった。2006年には年間2000万人を超える観光客が（その主流は中国人の成り金たちだ）この狭い地域に押し寄せるようになり、2007年にはついにカジノの総売上がラスベガスを超えた。

そんなふうにしてマカオは、かつての繁栄を取り戻した。いや、それどころか、かつての何十倍もの繁栄を手に入れた。もしかしたら近い将来、ラスベガスのほうが『アメリカのマカオ』と言われる日が来るかもしれない。

マカオは人と金と欲望が集まる場所だ。そして、そんなところにはたいてい、アンダーグラウンドの格闘場があるのだ。

マカオでの僕たちの宿泊地は、中国大陸と地続きになったマカオ半島ではなく、タイパ島とコロアン島のあいだの埋立地、コタイ地区に聳《そび》える超巨大ホテルだった。

コタイ地区がある場所はかつては海だった。けれど、人々がさらなる土地を求めて海を埋め続け、ついにはふたつの島をひとつに繋《つな》げてしまったのだ。

海は現在も埋め続けられ、埋立地は現在も広がり続けている。そして、現在も海外の巨大資本によるリゾート施設の建設が続いている。このコタイ地区のほとんどすべてが建設現場と言ってもいいほどだ。

エージェントの女が僕たちの宿泊地として選んだのは、そんなコタイ地区に建てられたばかりの3000もの客室を有する超高層巨大リゾートホテルだった。

いや、それはホテルというより、もはやひとつの街だった。

ホテルの1階には1万人以上を収納できる大規模なカジノがあって、24時間休むことなく営業を続けている。カジノの上の階には大きな街が造られている。驚くことに、その空中の街にはいくつもの運河が流れ、そこを本物のゴンドラが行き交っている。空中の街の頭上には本物と見間違うほど精巧な人工の空が広がり、刻々とその色を変えている。ヴェニスを模した運河沿いの街には洒落た店舗が無数に立ち並び、そこで世界中のブランド物が売られ、世界中の高級料理が提供されている。

そのホテルは、まさに欲望の結晶だった。観光客たちはこのホテルで、賭《か》け事をし、買い物をし、世界の美食を味わい、女を買う。

けれど……僕は賭け事をしには行かない。空中の街に買い物や食事に出かけることもない。もちろん、女たちを買うつもりもない。

そう。僕は遊びに来たのではない。命をかけて戦うために、僕はここに来たのだ。

2.

エージェントから割り当てられたホテルの部屋にいる。入浴後の素肌にタオル地のバスローブをまとい、36階にあるその窓から、4キロほど向こうのマカオ半島の夜景を眺めている。

ここから見るマカオ半島は、真っ暗な海に盛り上がった光の丘のようだ。マカオタワーが光っている。ホテル・リスボアやホテル・グランド・リスボアが光っている。ウィン・マカオが光っている。グランド・エンペラー・ホテルが光っている。スター・ワールド・ホテルが光っている。空気が湿っているせいだろう。半島の上空全体がぼんやりと明るくなっていた。

ちょうど今、マカオのフェリーターミナルを小船が離れていくところだった。たぶん、香港に向かうターボジェットだろう。光を満載した小船は、暗い海の上に白い航跡を残し、海面を滑るかのように一直線に進んで行く。

そのほかにも海面には無数の船舶が、ぶつからないのが不思議なほどの密度で行き交っている。遥《はる》か右手には、光り輝く香港島と、光り輝く九龍《クーロン》半島がぼんやりと見える。アンダーグラウンドの最強のファイター、ジョン・ラムアが生まれ育ったと言われる南丫《ラムア》島らしき島影も微《かす》かに見える。

マカオに来るのは、ちょうど1年ぶりだった。だが、1年前には、このホテルのある場所はただの空き地だった。そのことに、僕は軽い驚きを覚える。

随分と長いあいだ外を眺めていたあとで、僕はようやく窓辺を離れ、広々とした部屋の片隅にある天蓋《てんがい》付きの巨大なベッドに向かった。

僕に割り当てられたスイートルームは本当に豪勢で、本当に広かった。たぶん、僕のマンションの部屋の3倍の広さはあるだろう。それは、ひとりきりで使うのがもったいないほどだった。

遠征の宿泊地ではいつもそうなのだ。僕たちファイターはいつだって、その地区で最高のホテルの、最高の部屋に宿泊しているのだ。

ファイターたちに最高の部屋を提供する――それが、エージェントの加藤由美子の考えらしかった。

そこがファイターたちの最後の寝場所になるかもしれないのだから……たぶん、彼女はそう考えているのだろう。

ベッドの天蓋から垂れた白いレースのカーテンをまくり上げ、羽毛の掛け布団の上にごろりと仰向けに横になる。両手両足を一杯に伸ばしながら、薄いレースの向こうの天井を見つめる。

キュルルルルルル……。

大きな音を立てて腹が鳴った。

そう。実はもうかなり前から、僕は空腹を感じている。今夜は食事をとっていないのだから、当然のことだ。実はさっきから喉《のど》も渇いている。

午後10時――。

今夜、このホテルに宿泊している客たちのほとんどは、今頃、ホテル内に50もあるというレストランのどこかで食事を楽しんだり、ヴェニスを模した街に造られたショッピングモールで買い物をしたり、ホテル1階の巨大なカジノでギャンブルに興じているのだろう。部屋で売春婦と抱き合っている者たちもいるだろう。少なくとも、僕のように部屋に閉じこもり、じっと空腹に耐えている者はいないだろう。

けれど今夜は何も飲まず、何も食べずに眠ってしまうつもりだった。さっき体重計に乗ってみたら、ミドル級のリミットをまだ800グラムほどオーバーしていた。計量は明日の午前中だったから、それまでに何としてもリミットまで落とさなくてはならなかった。

だが、体重のことは心配してはいなかった。800グラムなんて、たいしたことではない。昔から減量には慣れている。明日の朝までには自然にリミットまで落ちているだろうし、もし落ちていなかったら、サウナに行けばいいだけのことだ。

空腹と喉の渇きを紛らわすために、僕はベッド脇のサイドテーブルの上に載ったシュガーレスガムに手を伸ばした。

そのサイドテーブルにはシュガーレスガムと一緒に、ノート型のパソコンと、エージェントの女から「研究しておくように」と手渡されたDVDが置いてあった。そこに録画されているのは、ニコル・フローリーという32歳のアメリカ人が空手の試合をしている様子らしかった。

そう。僕の今回の対戦相手は、空手家の白人なのだ。

けれど、僕はまだそのDVDを見ていなかった。見るつもりもなかった。

相手を侮っているわけではない。だが、僕たちは空手をするわけではないのだ。相手が空手の試合をしているDVDを見ることに、たいした意味があるとは思えなかった。僕の対戦相手の空手家がアンダーグラウンドのリングに登場するのは、今回が初めてだと聞いている。だから、その男がアンダーグラウンドのファイトで、実際にどれほどの実力を発揮するのかは、誰にもわからなかった。

ニコル・フローリーというそのアメリカ人空手家は、もしかしたら、とてつもなく強いのかもしれない。もしかしたら、とてつもないスピードを持っているのかもしれないし、ものすごい突きや蹴《け》りを持っているのかもしれない。

もちろん、その可能性も大いにあった。

けれど僕は、たいして心配していなかった。

アンダーグラウンドのリングには、アンダーグラウンドのリングでの戦い方があるのだ。空手だけをして来た32歳の男が通用するほど、簡単なものではなかった。

僕がシュガーレスガムを口に入れた時、ベッドの反対側のサイドテーブルの電話が鳴った。

エージェントの女だろうか？　それとも、原田圭介だろうか？

僕は腕を伸ばし、鳴り続けている電話を取った。

『もしもし、嘉ちゃん？　わたしよ』

電話から下の姉の声が聞こえた。チェックインしてすぐに姉に電話し、部屋番号を教えておいたのだ。

「ああ、翠ちゃん、どうかしたの？」

カーテンを開け放った窓に目をやりながら僕は訊《き》いた。大きな窓には、天蓋付きのベッドにバスローブ姿で横たわる僕が映っていた。

『うん。それが……ついさっき、あの人が来たの』

「えっ」

僕は思わず身を起こした。「あの人って……旦那《だんな》のこと？」

『ええ。ついさっき、インターフォンがしつこく鳴って……それが本当にしつこくて……それでドアの穴からのぞいてみたら、ドアの前に……あの人が立っていたの』

姉は明らかにうろたえていた。国際電話の音声からも、その声が脅《おび》えているのが感じられた。

「それで、まさか……返事をしたり、ドアを開けたりはしていないよね？」

僕は姉の夫である内科医の神経質そうな顔を思い浮かべた。

『うん。インターフォンにも出なかったし、返事もしなかった。ただ、ドアの穴からのぞいただけ。あの人、随分とドアの前で粘っていたけど、そのうち諦《あきら》めたみたいでいなくなったわ』

「それじゃあ、あいつは翠ちゃんがそこにいるのは知らないんだね？」

『そうだと思うけど……わからないわ。もしかしたら、知ってるのかもしれないし……大きな声でわたしの名前を何度も呼んでいたから……』

姉は本当に不安げだった。

「どちらにしても、翠ちゃん、僕が戻るまでは、その部屋から一歩も出ちゃダメだよ。いいね？」

『うん』

電話の向こうから、心細そうな姉の声がする。

「ゴミを捨てに行ってもダメだし、買い物に行ってもダメだよ。ドアさえ開けなければ、あいつは絶対に入って来られないんだからね。だから、たとえ何があっても、絶対にドアは開けないように……もちろん、インターフォンにも出ちゃダメだよ。たとえ宅配便が来ても無視するんだよ」

子供に言い聞かせるかのように僕は言った。

『うん。わかってる』

「それから……もし電話がかかって来ても、やたらと出ちゃダメだよ。ちゃんとディスプレイで相手を確認してから出るんだよ。非通知や公衆電話からの電話には絶対に出たらダメだよ」

『わかってるって』

そう言うと、姉は少し笑った。弟の僕にそんなことを言われて、少し照れ臭いのかもしれなかった。

「もし、何かあったら、警察に電話をするんだよ」

『うん。そうする』

「ためらわずに110番通報するんだよ」

『わかったわ』

姉がまた笑った。『こんな時間に電話してごめんね』

「いいんだよ。何か変わったことがあったら、いつでも電話していいからね」

『うん。あの……嘉ちゃん、試合、頑張ってね』

「ありがとう」

『それじゃあ、おやすみなさい』

「おやすみ、翠ちゃん」

僕は電話を切った。そして、優しそうな姉の顔や、小さくて痩《や》せた体にできていたアザや傷の数々を思い浮かべた。

3.

切れた電話を見つめていたら、またそれが鳴った。

早くも姉の身に何かが起きたのだろうか？

不安に駆られて僕は受話器を取った。

『もしもし、小鹿さん？　わたしです。三浦です』

今度の電話の主は姉ではなく、『極東の真珠』と呼ばれる女性ファイター、三浦美紗だった。『こんな時間にすみません。あの……眠ってましたか？』

「ああ。三浦さん。まだ起きてましたよ。腹が減って眠れないんですよ」

そう言って笑いながら、僕はファイターらしく引き締まった三浦美紗の肉体や、ファイターらしからぬ美しい顔を思い浮かべた。

『そうですよね。小鹿さん、減量中ですもんね』

「三浦さんは減量しなくていいんですか？」

『女子の計量は今夜だったんです』

三浦美紗が言い、それで僕は、彼女が明日の晩、最強の女性ファイターと対戦することになっていたことを思い出した。

「ああ。そうでしたね。もう女子の計量は終わったんですよね？　あの……それじゃあ、夕食はできたんですね」

『ええ。ホテルのレストランで、加藤さんにおいしい広東料理を御馳走《ごちそう》してもらいました。加藤さんはダイエット中だから少ししか食べませんでしたけど、わたしはたっぷりと食べました』

「へえ。羨《うらや》ましいな」

僕は笑った。話を聞いただけで、口の中に唾液《だえき》が込み上げて来た。

『あの……これから、小鹿さんのお部屋にお邪魔したら、ご迷惑ですよね？』

耳に押し当てた受話器から、三浦美紗の遠慮がちな声が聞こえた。

「三浦さんが、この部屋に？」

『ええ。ちょっとお話ししたいことがあって……でも、あの……ご迷惑だったら、遠慮しますけど……』

「いえ。別にかまいませんよ。どうぞ、いらしてください。減量中だから、一緒にお酒は飲めませんけど……北棟の36階の72号室です」

『えええっと……北棟の36階の……72号室ですね？　あの……それじゃあ、これから少しだけお邪魔させてください』

そう言うと、三浦美紗は電話を切った。

静かに息を吐き出しながら、白い壁を見つめる。手にした受話器を電話の上に戻す。

何を話しに来るのだろう、とは思わなかった。

ファイターとファイターが話すことは、たったひとつしかなかった。

ホテルがあまりに広大な上、三浦美紗や加藤由美子が宿泊しているのは南棟だった。そのせいか、僕の部屋のドアがノックされたのは、電話をもらってから20分近くが過ぎた頃だった。

4.

部屋に入って来た女性ファイターは、白いホルターネックのタンクトップに、色褪《あ》せて擦り切れたデニムのショートパンツという ファッションで、素足に備え付けのスリッパを突っかけていた。丈の短いタンクトップとショートパンツのあいだから、筋肉の浮き出た腹部と、形のいい臍《へそ》と、そこに嵌《は》められた白い真珠のピアスが見えた。

そんな恰好《かっこう》でいると、三浦美紗はファイターには見えなかった。会社の休日を利用してマカオにブランド物を買いにやって来た、ごく普通のOLのようでさえあった。

「小鹿さん、こんな夜中に本当にごめんなさい。あの……いろいろと考えてたら眠れなくなっちゃって……」

言い訳をするかのように三浦美紗が言い、僕は軽く微笑みながら無言で頷《うなず》いた。

今夜の三浦美紗は素顔だった。素顔の彼女は化粧をしている時と同じように美しかったけれど、化粧をしている時より少し幼くて、少女のようにさえ見えた。ショートパンツから突き出した2本の脚はとても長くて、腿《もも》にも脛《はぎ》にも皮下脂肪がまったくなくて、足首がサラブレッドのように引き締まっていて、思わず目を逸《そ》らしてしまうほどに素敵だった。

「僕は飲めないけど……三浦さん、何を飲みます？」

冷蔵庫のドアを開け、女に笑顔を向けながら僕は訊《き》いた。

「あっ、小鹿さんが飲めないなら、あの……わたしも遠慮しておきます」

「僕のことは気にしなくていいですよ。三浦さんはもう計量は終わったんだから、好きなものを飲んでください。ビールにしますか？　それとも、ワインにしますか？　ウィスキーやウォッカもあるみたいですよ」

「それじゃあ、あの……ビールをください。すみません」

女性ファイターが遠慮がちに言った。その顔はリングに立っている時とは別人のようだった。

「やっぱり僕も飲んじゃおうかな？　１杯ぐらいならいいでしょう？」

そう言って笑うと、僕は三浦美紗のグラスと一緒に自分の分のグラスも出した。細くて華奢《きゃしゃ》な、洒落《しゃれ》たグラスだった。

「大丈夫なんですか、小鹿さん？　体重オーバーになったら、加藤さんに何て言われるか、わかりませんよ」

三浦美紗が笑い、僕は冷たく整ったエージェントの女の顔を思い浮かべた。

「大丈夫ですよ。いざとなったら、サウナに入ればいいだけのことだし」

僕は冷蔵庫からよく冷えた2本のビールを取り出し、華奢なグラスと一緒にトレイに載せて、寝室ではなく、リビングルームに運んだ。

「小鹿さんとふたりきりでお酒を飲むのって、もしかしたらこれが初めてですね？　少しドキドキしちゃう」

僕のすぐ脇を歩きながら三浦美紗が笑った。こうして並んで立つと、彼女は僕より10センチほど背が低かった。

三浦美紗からはほんのりと、石鹸《せっけん》とシャンプーとコンディショナーの香りがした。剝《む》き出しの肩や、つるりとした頰が淡いピンク色に染まっていて、背中に垂れた長い髪がしっとりと湿っていた。

僕たちは窓辺のソファに、向かい合わせに座った。

「不思議な光景ですね」

窓ガラスの向こうに目をやった三浦美紗が言い、僕は「そうですね。不思議な眺めですね」と言って頷いた。

リビングルームの窓からの夜景は、寝室からのそれとはまったく違っていた。三浦美紗が言ったように、それは僕にもかなり異様なものに見えた。

僕たちのホテルの周りには、僕たちのホテルと同じような巨大な建物が林立していた。それなのに、それらの建物には今、人がまったく暮らしていなかった。それはまるで、すべての人類が滅び去ったあとの死んだ街のようだった。

だが……実際にはそうではない。

実際には、街は死んでいるのではなく、これから生まれようとしているのだった。

コンクリートが剝き出しで、まだ窓ガラスも嵌められていない巨大なビル群は、どれもこれから僕たちのホテルと同じような超巨大ホテルになるのだ。

リッツ・カールトン、シェラトン、ギャラクシー、フォーシーズンズ・リゾート……造りかけのそれらのホテル群の上には、どれも巨大なクレーンが無数に聳《そび》えていた。

そう。夜空に聳えるそれらがクレーンだということは、僕にもわかっている。

だが僕には、それらは墓地に立ち並ぶ巨大な十字架のように見えた。

僕がビールの栓を抜き、それをふたつのグラスにゆっくりと注ぐ。白く柔らかな泡が、グラスの縁から山のように盛り上がる。グラスの表面が、たちまち汗をかいて曇る。

「それじゃあ、乾杯」

「乾杯」

僕たちはグラスを軽く触れ合わせた。カチンという硬い音がした。

いつものように三浦美紗の爪には、鮮やかなマニキュアが光っていた。爪の表面には、小さなビーズのような石がいくつも並んでいた。

グラスを傾け、中の液体を一気に飲み込む。冷たいビールが食道をピリピリと刺激しながら、空っぽの胃に流れ込んでいく。

「うまいなあ」

溜《た》め息を漏らして僕は言った。

そのビールはとてもおいしかった。乾いた体の中に染み込んでいくかのようだった。

僕はグラスのビールを一息に飲み干してしまい、空になったグラスに新たなビールを注ごうとした。

何げなく視線を上げ、大きな窓ガラスに映った三浦美紗の様子をうかがった。

僕の向かいに座った若く美しい女性ファイターは、半分ほどになった自分のグラスを無言で見つめていた。

「三浦さん……どうかしたんですか？」

「いえ……あの……何でもないんです」

三浦美紗がぎこちなく微笑む。「ただ……あの……もしかしたら、これが人生で最後のビールになるのかもしれないなって思って……」

「最後って……」

「だって、明日、わたしはリタと戦うことになるんだから……」

三浦美紗が呟《つぶや》くように言った。彼女がそんな弱音を吐くのを聞いたのは、覚えている限りでは初めてだった。

「大丈夫ですよ、三浦さん。そんなに心配することないですよ」

冗談でも聞いたように笑いながら僕は言った。そして、三浦美紗が手にしたグラスに、新たなビールを注ぎ入れた。

大丈夫ですよ――。

そう。僕は確かに、そう言った。

けれど、本当にそう思っているわけではなかった。

5.

その晩、三浦美紗が僕の部屋にやって来たのは、アドバイスを求めてのことだった。もしかしたら僕に何か秘策があるかもしれない。きっとそう思ったのだろう。

僕はファイターとしての先輩だった。彼女がまだ中学生になったばかりの頃から、僕はプロボクサーとしてリングの上で殴り合っていたのだから。

「加藤さんからリタとの対戦を知らされてからずっと、どうやったら自分が勝てるのか考えたんですけど……本当に、あれからずっと、そのことばかり考え続けているんですけど……でも、どうしてもわたしが勝つシーンが思い浮かばなくて……こんなこと、初めてで……どうしたらいいかわからなくなっちゃって……」

その大きな目で僕の顔を見つめ、まるで迷子の子供のように不安げな口調で三浦美紗が打ち明けた。

女を見つめ返し、僕は無言で頷いた。

『極東倶楽部』に所属するほかのファイターたちから、対戦相手についての相談を受けることは珍しいことではなかった。けれど、僕が三浦美紗から相談を受けるのは初めてのことだった。

きっと、彼女はそれほどに追い詰められていたのだ。おそらく、藁《わら》にもすがりたい気持ちだったのだ。

「小鹿さん、リタの試合はみんな見てるんでしょう?」

「ええ。みんなじゃないかもしれないけど、ほとんど見てます」

自分と戦う可能性のない女性ファイターに僕は興味はなかった。だが、リタ・ベルリンドは別だった。

最近の僕は、リタ・ベルリンドの試合は必ず格闘場に行って生で見ていた。過去の彼女の試合の録画も、手に入る限りはすべて見ていた。1度見ただけでなく、何度も繰り返し眺めていた。

僕にとってリタ・ベルリンドという女性ファイターは、教師であり、尊敬の対象であった。憧《あこが》れの的であり、ファイターとしての理想でもあった。リタ・ベルリンドは、それほどに魅力的だった。彼女はファイターに必要なすべてのものを持っていた。

リタ・ベルリンドは、ほとんど完璧《かんぺき》なファイターだった。まるで、戦うために生まれて来たような女だった。

あまりに強すぎるために、ここ数戦は女子では相手が見つからず、リタ・ベルリンドは男たちとの対戦を余儀なくされていた。だが、その強烈なパンチとキックで、彼女は男たちをことごとく打ち負かしていた。

ただ強いだけでなく、彼女は冷酷で残虐だった。まるで人の心を持っていないかのようだった。そしてそれは、ファイターにとって不可欠のものでもあった。

前回のクアラルンプールでのファイトでは、リタ・ベルリンドはミドル級に所属する男性ファイターと戦ったのだが、彼女はこのフランス人をハイキックで失神させた上、意識をなくした相手に数十発のキックを蹴《け》り込んで半殺しにしていた。その前、シンガポールでのファイトの時は、ライトヘビー級の男性ファイターが『ギブアップ』を告げたのを無視し、そのブラジル人の右腕をへし折っていた。

「率直な意見を聞かせてください。小鹿さんは……わたしがリタに勝てる可能性はあると思いますか？」

僕の目をのぞき込むようにして三浦美紗が訊《き》いた。

「もちろんですよ。ベルリンドだって同じ人間なんですから……」

「それじゃあ、小鹿さんは、どうしたらわたしに勝つ目が出ると思いますか？」

三浦美紗がなおも訊き、僕は腕組みをして窓ガラスの中の彼女を見つめた。

それはとても難しい質問だった。

ボクシング出身の僕と同じように、リタ・ベルリンドは基本的には立ち技系のファイターだった。かつてバンコクでムエタイを学んだという彼女の最大の武器は、凄《すさ》まじい破壊力を持つパンチとキックだった。そして、彼女は僕と同じように、抜群の反射神経と抜群のスピードを持っていた。

もちろん、今ではリタ・ベルリンドは寝技も充分にこなす。関節技や絞め技も強烈だ。だが、もし、彼女の懐に飛び込んでグラウンド上での勝負に持ち込むことができれば、プロレス出身の三浦美紗にも勝ち目はあるかもしれなかった。

それで、僕はそう言った。「グラウンドでの勝負になればチャンスはある」と。

「やっぱり、そうですよね」

「ええ。寝技だったら、三浦さんが上だと思います」

僕が言い、三浦美紗が顔を強《こわ》ばらせて笑った。

けれど、そのアドバイスには、まったく意味はなかった。そんなことは、僕に言われなくても、三浦美紗にもよくわかっているはずだった。

グラウンドでの勝負になればチャンスはある――。

けれど、あのリタ・ベルリンドが、簡単にそうさせてくれるはずがなかった。

そう。僕のアドバイスに意味はなかった。それでも、三浦美紗は僕に「ありがとうございます。すごく参考になりました」と言って微笑んだ。

6.

もう話すことはなかった。けれど、僕たちはその後もしばらく窓辺のソファで、建設中のホテル群や窓ガラスに映った自分たちを眺めながらビールを飲み続けた。

もしかしたら今夜、三浦美紗がここに来たのは、ベルリンド戦のアドバイスが欲しかったからではなく、ただ単に、誰かと——自分と同じファイターと話をしていたかったからなのかもしれない。

今夜、このホテルには1万人以上もの人が宿泊しているはずなのに、この部屋の中はとても静かだった。まるで人里離れた森の中の別荘にでもいるかのようだった。

2本のビールビンが空になると、僕はまた冷蔵庫から新たなビールを取り出して栓を抜いた。

「そんなに飲んで、明日の計量、大丈夫なんですか？」

明日、殺されることになるかもしれない女性ファイターが笑い、僕は「大丈夫ですよ」と言って笑った。

僕の向かいに座った女の顔の半分を、部屋に満ちた柔らかな光が照らしていた。その顔は知的で美しかった。思わず見とれてしまうほどだった。

「小鹿さん、明日のわたしの試合、見に来る予定ですか？」

美しい脚をゆっくりと組み直しながら三浦美紗が訊いた。

「ええ。加藤さんたちと見に行くつもりです」

「原田くんも来るのかしら？」

三浦美紗が呟いた。

もし、自分と三浦美紗が生きて日本に戻ったら、彼女に結婚を申し込む——。

昨夜、成田のホテルで、原田圭介がそう言っていたことを僕は思い出した。


明日、殺されることになるかもしれない女と僕は、ゆっくりとビールを飲み続けた。どちらももう、あまり喋《しゃべ》らなかった。

「三浦さんは、どうしてアンダーグラウンドでファイトをしてるんですか？」

無言でグラスを傾け続けている三浦美紗に、僕はそう訊いてみた。

「どうして？」

三浦美紗が僕を見つめて首を傾げた。

「ええ。だって三浦さん、女子プロレスラーとして、すごく人気者だったんでしょう？ こんなところで命を懸けて戦うより、プロレスをしていたほうが、よっぽどお金になったんじゃないですか？」

三浦美紗はグラスをテーブルに置くと、そっと腕組みをした。その腕はファイターとしては細いほうだったが、筋肉が張り詰めていて美しかった。

「そうですね。たぶん……小鹿さんと同じ理由だと思います」

明日、殺されることになるかもしれない女が微笑みながら言った。

「プロレスじゃダメなんですか？」

「あそこでは、本当の戦いはできないから……」

女が言い、僕は無言で頷《うなず》いた。

そう。僕たちは、本当の戦いがしたいのだ。アンダーグラウンドのリングで、僕たちは戦うために戦っているのだ。それだけが目的なのだ。

殺すか、殺されるか。

だとしたら……もし明日、三浦美紗が殺されたとしても、それはしかたのないことだった。


「今夜はありがとうございました」

自分の部屋に戻るためにドアを開きかけた三浦美紗が言った。

「何もアドバイスできなくて、ごめんなさい」

僕が頭を下げ、明日、殺されることになるかもしれない女が微笑みながら首を左右に振った。耳たぶで小さなピアスが光った。

「小鹿さんと話せて、とても楽になりました」

僕は無言で微笑むと、三浦美紗を送り出した。

広々とした廊下には、幾何学模様の分厚いカーペットが敷かれていた。それは本当に分厚くて、スーツケースのキャスターが沈み込んでしまって、引っ張って歩くのが大変なほどだった。

廊下を遠ざかって行く女性ファイターの背中を見つめる。

三浦美紗は振り向かない。

幸運を祈ります――。

心の中で、僕は呟《つぶや》く。

7.

その朝、僕は6時前に目を覚ました。カーテンを開けると空はぼんやりと明るくなり始めてはいたが、まだ日の出前のようだった。

トイレを済ませてから体重計に乗ってみた。すると、ミドル級のリミットを700グラム超えていた。たぶん、昨夜のビールのせいだろう。

それでホテル内のサウナに行き、1時間半ほどかけて汗を流した。サウナから上がると、僕の体重は今度はミドル級のリミットを300グラムほど下まわっていた。

喉《のど》が渇いていたので、コップに1杯半の水を飲んだ。これでたぶん、リミットちょうどだ。計量までにはさらに落ちるに違いない。

サウナの更衣室で時計を見ると、8時だった。エージェントの女との待ち合わせは、9時ちょうどだった。彼女はひどく時間に神経質だが、今朝はまだ充分に余裕があった。

スーツに着替えるために、僕はゆっくりと自室に戻った。

ふかふかのカーペットが敷き詰められた廊下を歩いていると、たくさんの人々とすれ違った。みんな日本人のようにも見えたが、そのほとんどが中国語らしい言葉を話していた。きっと北京や上海からカジノをしに来た大金持ちたちなのだろう。もしかしたら、この中の何人かは今夜、アンダーグラウンドのファイトを見に行くのかもしれない。

今夜は女子のファイトが予定されていて、そのメインイベントがリタ・ベルリンドと三浦美紗との無敗同士の一戦だった。

ホテル内は本当に広大で、自室に戻るために10分近くかかった。ようやく自室に入ると、東側の大きな窓から強い朝日が差し込み、室内にあるすべてのものを眩《まぶ》しいほどに輝かせていた。

僕は目を細めて朝日に輝く海面を眺めた。

きょうもいい天気になりそうだった。


部屋を出る前に、姉がいるはずの僕の自宅に電話を入れた。

『ああ、嘉ちゃん』

電話に出た姉の声は昨夜に比べると明るくて、それで僕は少し安心した。

「どう？　変わったことはない？」

『ええ、大丈夫』

「あいつからは電話はない？」

『ええ。今のところないわ』

「わかった。それじゃあ、何かあったら、この部屋に電話してね」

そう言って電話を切ろうとした僕を姉が『嘉ちゃん』と呼び止めた。

「何、翠ちゃん？」

『わたしのほうがお姉さんなのに……弟の嘉ちゃんに迷惑かけてごめんね』

姉が言い、僕は「そんなこと、気にしないで」と言って微笑んだ。

8.

マカオ半島の最南端に聳《そび》える超高層マンションの、33階の一室で計量が行われた。

明るくて広々としたその部屋の窓からは、僕たちのホテルとは逆に、タイパ島とコロアン島が一望できた。数千万年にわたって別々の島だったそれらの島は、人間の欲望によって今ではひとつの島にされてしまっていた。島の中央部には未完成のホテル群が林立していて、そのあいだを土埃《つちぼこり》を立ててたくさんのトラックが走っているのが見えた。

この部屋の窓の真下には、半島と島とを繋《つな》ぐ3本の長い橋が不自然なほど真っすぐに伸びていた。

だが、それらは橋には見えなかった。まるで、島がどこかに流されないように半島に繋いだ3本のロープのようだった。

計量にはエージェントの女が付き添って来ていた。今朝はミドル級の計量だが、明朝はライトヘビー級の、明後日の朝は無差別級の計量がある。だから、彼女はそのたびにファイターに付き添ってそこに居合わせなくてはならなかった。

「小鹿くん、体重は大丈夫よね？」

朝から濃く化粧をしたエージェントの女が訊《き》き、僕は「当たり前でしょう？」と素っ気なく答えた。

今朝の加藤由美子は尖《とが》った肩が剝《む》き出しになった黒いホルターネックのワンピース姿で、いつものようにとても踵《かかと》の高い華奢《きゃしゃ》なサンダルを履いていた。ワンピースのスカートはいつものように超ミニ丈で、いつものように長い髪の毛先を緩く巻き、いつものように全身に無数のアクセサリーを光らせていた。

ニコル・フローリーというアメリカ人の空手家は、計量場であるそのマンションの部屋に僕たちより10分ほど遅れてやって来た。時間にうるさい加藤由美子は、それだけのことでひどく苛々《いらいら》していた。

僕の対戦相手はがっちりとした体つきの小柄な男で、少しくすんだ金色の髪を肩まで伸ばしていた。僕より10センチ背が低いということだったが、それよりももっと低く見えた。スーツ姿の僕とは対照的に、ニコル・フローリーはTシャツにジーパンにスニーカーというラフなファッションだった。

アンダーグラウンドでのファイトはこれが初めてのせいか、アメリカ人の空手家は緊張した面持ちだった。エージェントらしい中国人の男がしきりに笑顔で話しかけていたが、ニコル・フローリーは顔を強《こわ》ばらせて頷いているだけだった。

僕たちのファイトの賭《か》け率がどうなるのかはわからない。だが、もし僕に勝てば、ニコル・フローリーにはアンダーグラウンドの主催者側から、かなりの額の金額が支払われるはずだった。

番狂わせボーナス——。

僕たちはその金のことを、そんなふうに呼んでいた。もちろん、今夜、三浦美紗がリタ・ベルリンドに勝ったとしたら、彼女にも『番狂わせボーナス』が支給されることになっていた。

まず僕がスーツを脱ぎ捨てて、ショーツだけの姿で体重計に乗った。僕の体重はミドル級のリミットを50グラム下まわっていた。

「オーケー。問題なしね」

すぐ脇で体重計の表示を見つめていたエージェントの女が満足げに頷いた。

僕の直後にニコル・フローリーが体重計に乗った。

白人の空手家はその全身にたくさんのタトゥーをまとっていた。色白の肉体はそれなりに筋肉質ではあったが、皮膚の下にはたっぷりと脂肪がついていた。彼の体重は僕よりさらに50グラムほど軽かった。

これで計量は終了だった。

アメリカ人の空手家と僕は、戦いの中で命を失うことになってもかまわないという内容の書類に署名した。それから向き合って、静かに握手を交わした。

僕の対戦相手は、僕を見上げてぎこちなく笑った。緑色をしたその目は、少し脅《おび》えているようにも見えた。

9．

計量のあと、エージェントの女と一緒にタクシーに乗り込み、ホテル・リスボアの近くにある会員制の高級レストランに向かった。計量のあったマンションからそのレストランまでは、ゆっくり歩いても10分ぐらいの距離だった。

「歩きましょうよ」

最初、僕はそう提案した。散歩がてら、急ピッチで開発が進むマカオの街を少し歩いてみたかったのだ。

だが、恐ろしく踵の高いサンダルを履いた女は、歩きたくなさそうだった。

「ダメよ。こんな石畳の上を歩いたら、ヒールがダメになっちゃうわ。このサンダル、日本で買ったら10万円近くするんだから」

それでしかたなく僕はタクシーを止めた。

いつものように、マカオ市街の道路はひどく渋滞していた。それにもかかわらず、ほんの数分走っただけでタクシーは目的地のレストランに着いた。

エージェントの女によると、そこはマカオでは最高のポルトガル料理店のようだった。ちょうど1年前にマカオで戦った時にも僕は彼女に連れて来てもらったことがあるのだが、そのレストランは古いコロニアル風の建物が素晴らしいだけではなく、ポルトガルから取り寄せたという家具や内装や調度品もシックで素敵だった。

フィリピン人らしい小柄なウェイトレスに導かれて、僕たちは通りに面したテラスに向かった。戸外は少し肌寒かったが、喫煙が許されている席はテラスにしかなかったのだ。エージェントの女は、呆《あき》れるほどのヘビースモーカーだった。

「海の香りがするわね」

テラスの縁の木製の手摺《てす》りから華奢な上半身を乗り出すようにして女が言った。

南の方から穏やかな風が吹いていた。女が言うように、南シナ海を渡って来た風からは、微《かす》かに潮の香りがした。

「そうですね」

肩甲骨がくっきりと浮き出た女の背や、少女みたいに小さくて骨張った尻《しり》や、ミニ丈のワンピースの裾《すそ》から突き出した細い二本の脚や、ハイヒールの上に張り詰めたアキレス腱《けん》を見つめて僕は頷《うなず》いた。女の左足首には、細い銀色の鎖が巻かれていた。

女と僕は通りを見下ろすテラスに並べられたテーブルに向き合って座った。僕の背後のテーブルには中国語を話す東洋人の家族連れが座っていて、加藤由美子の背後には何語なのかわからない言葉で喋《しゃべ》っている白人の老夫婦が座っていた。

亜熱帯に位置するマカオでは、こんな真冬の時季でもそれほど寒くはない。だが、肩をあらわにした加藤由美子は寒そうだった。ほっそりとした肩や腕に、細かい鳥肌がびっしりとできていた。

「寒いなら、中に変えてもらいましょうか？」

女を心配して僕は訊いてみた。

「そうしたいけど……中じゃ煙草が吸えないでしょう？」

「煙草ぐらい我慢すればいいじゃないですか？」

「嫌よ。ここでいいわ」

そう言うと、女はさっそくバッグから煙草を取り出した。

寒さを我慢してでも女が煙草を吸いたいというなら、それはそれでかまわない。僕はウェイトレスから手渡された分厚いメニューを見つめ、片言の英語で注文を始めた。

コンソメスープ、ブタの耳のサラダ、ニンニクの利いたポルトガル風の焼き肉、塩漬けタラのスフレ、ラムシチュー、アサリのワイン蒸し、塩漬けタラと根菜の卵炒《いた》め、エビのニンニク焼き、カレー風味のチキンの煮込み、タコのリゾット……デザートにはセラドゥーラというポルトガルのスイーツを頼み、『スーペルボック』というポルトガルのビールも2本注文した。

エージェントの女は煙草をふかしながら、注文を続けている僕の様子を呆れたように見つめていた。女が注文したのはグラス1杯の赤ワインだけだった。

「小鹿くん、そんなに食べられるの？」

「食べられますよ」

「ふーん。残したら承知しないわよ」

そう言うと、女はバッグからサングラスを取り出し、その整った顔にかけた。

潮の香りのする穏やかな風が、女の長い髪を静かにそよがせていた。風が吹き抜けるたびに、女はわずかに身を震わせた。

彼女からはハスの花みたいな素敵な香りがした。

やがてウェイトレスが次々と、ポルトガル料理の数々を運んで来た。前夜からずっと空腹に耐えていた僕は、丸いテーブルに並べられたそれらの料理を夢中で口に運んだ。最高の食材を使って作られたそれらは、どれもとてもおいしかった。

加藤由美子は食事はせずに、血のような色をしたポルトガルのワインをすすり、メンソールの煙草をふかしながら、テラスの向こうの通りを無言で眺めていた。

「どう、おいしい？」

「ええ。すごくおいしいですよ。加藤さんも一口いかがですか？」

「わたしはいいわ。ダイエット中だから……」

「そんなに細いんだから、ダイエットする必要なんてないのに」

「気を抜くとすぐに太るのよ」

「そうなんですか？」

「あれっ、小鹿くんって、食事の時はサウスポーじゃないの？」

エージェントの女が初めて気づいたかのように言った。

「ええ。父に直されたんです」

「へえ、そうなの？」

「字を書くのと箸《はし》を持つのは右手に決まってるって、すごく厳しく矯正されました」

そう。僕はよく覚えていないのだが、母によると、父は僕が左利きだとわかるとすぐに、その矯正を始めたらしかった。けれど、その矯正はあまりうまくいかなかった。僕は今でも字が恐ろしく下手だった。

「ふーん」

エージェントの女は僕の利き手になどたいして関心がなさそうだった。「ところで……あの人たち、どうしてあんなにこっちを見てるのかしら？」

女が通りのほうに顔を向け、不思議そうに言った。

彼女が言うように、さっきから通りを行き交う男たちが何人も、テラスで煙草をふかす女に視線を投げかけていた。そのうちの何人かは露骨に見つめていた。僕たちの前を通り過ぎたあとでも、繰り返し振り向いている男さえいた。

「加藤さんが綺麗《きれい》だからでしょう？」

「そうかしら？　小鹿くん、本当にそう思う？」

「思いますよ」

僕が言うと、女が嬉《うれ》しそうに笑った。


僕がテーブルに載った食事のほとんどを平らげ、ぼんやりと通りに視線を送りながらセラドゥーラが運ばれて来るのを待っていた時、２杯目のワインを飲んでいた加藤由美子が口を開いた。

「ねえ、小鹿くん……三浦さんは勝てると思う？」

女が僕のほうに顔を向けた。だが、濃いサングラスをかけているために、その表情ははっきりとはわからなかった。

「さあ、どうなんでしょう？」

ナプキンで口の周りを拭《ぬぐ》いながら、僕は素っ気ない口調で言った。「やってみないと何とも言えないけど、難しいかもしれませんね。ベルリンドは恐ろしく強いですからね」

「三浦さん、殺されたりしないかしら？」

女がその細い眉《まゆ》を心配そうにひそめた。けれど、彼女が本当に心配をしているかどうかは疑わしかった。

加藤由美子は時に、とても非情だった。何と言っても彼女は、何の罪もない黒部純一というプロレスラーを半分騙《だま》すようにしてマカオに連れて来て、勝てる見込みのない戦いに挑ませようとしているのだ。

「さあ？　それも、わかりませんね」

再び素っ気ない口調で僕は言った。そして、フィリピン人のウェイトレスが運んで来たセラドゥーラを食べ始めた。

マカオのスイーツはたいていおいしいのだが、そのセラドゥーラは特別においしかった。まろやかで、芳醇《ほうじゅん》で、濃厚で、舌の上でクリームがとろけていくようだった。

やがて、エージェントの女が再び口を開いた。

「わたしだって……本当は三浦さんをリタとなんて戦わせたくなかったのよ」

言い訳するかのような口調だった。

「へえ？　そうだったんですか？」

「当たり前じゃない？　だってリタは失神した相手を死ぬまで蹴《け》り続けるような、残酷で非道な女なのよ。心配に決まってるでしょう？」

「意外ですね。僕は加藤さんは、自分のファイターがひとりぐらい殺されても気にも留めない人だと思ってましたよ」

セラドゥーラを口に運び続けながら、少しおどけた口調で僕は言った。彼女と話していると、なぜか僕はいつも、茶々を入れたくなるのだ。

「バカなこと言わないでっ！」

女が急にヒステリックな声を出し、近くのテーブルの客たちが驚いて振り向いた。

けれど僕は驚かなかった。彼女が急に怒り出すのは、いつものことだった。

「小鹿くん、今の言葉を撤回しなさい」

女が唇を震わせた。厚くファンデーションを塗り込めた頬に赤みが差した。「それができないのなら、あなたにはきょうで『極東倶楽部』を辞めてもらいます」

「わかりました。今の言葉は撤回します。バカなことを言ってすみませんでした」

僕は素直に謝罪した。もし本格的なヒステリーが始まったら大事《おおごと》だった。それに僕だって、本当にそう思っていたわけではなかった。

僕の謝罪によって、女のヒステリーはたちまち沈静化した。この女は、素直に謝られると弱いところがあるのだ。

大きな声を出したことを恥じるかのように、女はそっと辺りを見まわした。それから、声をひそめるようにして言った。

「信じてもらえなくてもかまわないけど、わたしはいつも、うちのファイターたちのことをすごく心配してるのよ……本当に心配してるのよ」

「はい。わかってます」

「本当にわかってる？」

「わかってますよ」

「それにわたし、個人的に三浦さんのことがすごく好きだし……リタの強さが普通じゃないことは、わたしだってよくわかっているし……でも……あの……どうしても今回は断り切れなくて……」

さっきのヒステリーが嘘のように、女は心細げな声を出した。僕より15歳も年上だが、そんな彼女は可愛らしくさえあった。

「しかたないですよ。いつかは戦うことになるんだし……」

「でも、もし、三浦さんがリタに殺されたら……そうしたら、わたしのせいだわ……三浦さん、まだたったの25歳なのに……」

どうやら女は本当に三浦美紗のことを心配しているようだった。

そう。三浦美紗はまだたったの25歳だった。若く美しい彼女の人生には、これからまだ楽しいことが、数え切れないほど用意されているはずだった。

けれど……もし今夜、三浦美紗が殺されたとしても、それはエージェントの女の責任ではなかった。

アンダーグラウンドのファイトにおいては、殺した者には罪はない。もちろん、エージェントにも主催者にも罪はない。

その罪はすべて、殺された者にある——。

そうなのだ。この世界では、弱いということ自体が罪なのだ。だから、弱い者は罰を受けなくてはならないのだ。たとえその罰が死刑であったとしても、弱い者はその罰を甘んじて受けなくてはならないのだ。

「加藤さんに責任はありませんよ」

サングラスの向こうの女の目を見つめて僕は言った。「僕たちファイターは戦うのが仕事で、加藤さんはマッチメイクをするのが仕事です。だから加藤さんは、そんなことまで心配する必要はありません。きっと三浦さんもそう考えているはずです」

女がサングラスを外し、その大きな目で僕を見つめた。アイラインに縁取られたその目は、わずかに潤んでいた。

10.

僕たちはゆっくりと食後のコーヒーを飲んだ。

日差しは強かったが、やはり寒いのだろう。女は時折、自分の両腕を抱くようにしてさすっていた。そのたびに、長い爪に塗られたマニキュアが鮮やかに光った。

「ところで、僕のことなんですけど……加藤さんはいつまで、僕を弱いやつらと戦わせるつもりなんですか？」

強い口調にならないように気をつけながら僕は訊《き》いた。女のサングラスの表面には僕の顔が映っていた。

「いつまでって……そんなこと言われても……」

女は口を濁した。そして、僕から顔を背け、また煙草を手に取ると、その先端に火を点《つ》けた。

僕は煙草をふかす女の横顔を見つめた。栗色に染めた髪の中で、大きな輪の形をしたプラチナのピアスが光っていた。

僕は通りの向こう側に目をやった。

タイパ島やコタイ地区ほどではなかったけれど、この半島でも、そのいたるところで建設工事が行われていた。古い建物が次々と壊され、そこに悪趣味でグロテスクなホテルやカジノが建てられているのだ。

たぶんあと5年もしたら、100年間変わらなかったマカオの街は、驚くほどの変貌《へんぼう》を遂げることになるのだろう。地味なサナギから、毒々しくてグロテスクな蛾が生まれ出るように……。

やがて女が灰皿の中で煙草を揉《も》み潰《つぶ》し、僕のほうにゆっくりと顔を向けた。見慣れているにもかかわらず、その顔はハッとするほど綺麗だった。

「それじゃあ……小鹿くんは誰と戦いたいの？　誰と戦ったら満足するの？」

「加藤さんだって、わかってるでしょう？」

「誰なのよ？」

女がさらに訊いた。けれど、もちろん彼女にはわかっているはずだった。

僕は大きく息を吸った。肺の中に潮の香りが流れ込むのが感じられた。

「僕はエイリアンと戦いたいんですよ」

微笑みながら、僕は言った。

「ラムアと?」

「そうです。僕はジョン・ラムアと戦いたいんです」

そう。それが僕の望みだった。ただひとつの望みだった。

女が前歯で唇を嚙《か》み締めた。真っ白な歯の先端にルージュが付いた。

「小鹿くん、あなた……死にたいの? ラムアに……殺されたいの?」

細い眉《まゆ》を寄せ、まるで何か、とてつもなく忌まわしいことでも口にするかのように女が言った。

「殺されたいわけじゃありません。僕はただ……輝きたいだけなんです」

僕はまた微笑み、女がもう一度ルージュに彩られた唇をそっと嚙み締めた。


人には誰も輝ける場所というものがある。

女優や俳優はカメラの前で、シンガーやダンサーはステージの上で、サッカー選手は競技場で、マラソン選手はそのレース中に、パイロットはコクピットで、調理師は厨房《ちゅうぼう》で、外科医は手術室で、レーシングドライバーはサーキットで、ビジネスマンはオフィスで、登山家は山で、ギャンブラーはカジノで、売春婦はベッドの上で輝く。

そして……アンダーグラウンドのファイターは、アンダーグラウンドのリングの上でこそ輝けるのだ。

けれど、リングの上にいさえすれば、いつでも輝けるというわけではない。ファイターが輝くためには、それに相応《ふさわ》しい相手が必要なのだ。

殺すか、殺されるか。

そういう戦いをしている時に、ファイターは輝く。だからこそ……僕は最強のファイターであるジョン・ラムアと戦いたいのだ。

11．

僕がエージェントの女と初めて会ったのは、今から2年ほど前のことだった。ある晩、僕のマンションの部屋に女が「会いたい」と電話をして来たのだ。

プロボクサーを引退したあと、何をする気にもなれず、あの頃の僕は毎日を漫然と過ごしていた。所持金が乏しくなると工事現場で日雇いの肉体労働をし、そのほかの日は自室にこもって酒を飲みながら、テレビばかりを眺めていた。

相変わらず自分の中に強い暴力衝動があるのはわかっていた。だが、僕にはそれを解放する手段を見つけることができなかった。ただ、前後不覚になるまで酒を飲むことによって、何とかその衝動を紛らわせていたのだ。

そんな僕にとって、女が電話で話したアンダーグラウンドのファイトの世界はとても魅力的なものに聞こえた。

電話の翌日、僕は都内のホテルのロビーで女と会った。

こんなに綺麗な人がなぜ？

それが彼女の最初の印象だった。

あの日も女は美しく化粧をし、ミニ丈の派手なスーツをまとい、とても踵《かかと》の高いパンプスを履いていた。スーツの上には丈の長いコートを羽織っていた。

そのホテルのティーラウンジで、女は僕のボクシングの試合を見た時の話をした。驚いたことに、彼女は僕が東洋太平洋チャンピオンになってからのすべての試合を生で見ていたらしかった。

「小鹿さん、すごく強かったですよね。もし、網膜剝離《はくり》にならなければ、きっと世界チャンピオンになれたと思います」

「世界チャンピオンだなんて……そんなの、無理ですよ」

少し照れて僕は笑った。

「いいえ。わたしは、小鹿さんは日本のボクシング史上、最も優れたボクサーだったと思っています。これまで日本のボクシング界には小鹿さんほど早いボクサーはいなかったし、小鹿さんほど的確なパンチを打てるボクサーもいなかったと思います。目が良くて、ディフェンスとオフェンスのバランスが良くて、ミドル級とは思えないほどフットワークが軽快で……わたし、ボクシングの試合はかなり見ているほうだと思うんですけど、少なくともその中では、小鹿さんは最高のボクサーでした」

女がなおもお世辞を言い、僕はまた照れて笑った。

プロボクサーとしての僕をひとしきり褒めちぎったあとで、女は僕にアンダーグラウンドのファイトの世界の詳細を話した。そんな世界が本当に存在するとは、僕には少し驚きだった。

「そこはルール無用の世界なんです。時には殺されることもあるんです」

その言葉は僕の背筋を痺《しび》れさせ、下腹部を疼《うず》かせた。思わず頰が緩みそうになるのがわかった。

アンダーグラウンドの格闘の世界について、そこで行われているルール無用のファイトについて、女は延々と語り続けた。僕はまるで美しい神話でも聞くかのように、女の話に耳を傾けた。

最後に女は、自分が主宰する『極東倶楽部』のファイターとして僕に参加してほしいと要請した。次のファイトは1カ月後にホーチミンで開催されるということだった。

「お願いします。わたしには小鹿さんが必要なんです」

女が僕をじっと見つめた。

断る理由など、どこにもなかった。僕はそこで戦いたかった。殺すか、殺されるかという極限の世界で、徹底的に戦ってみたかった。

僕が承諾すると、女はホーチミンでの僕の対戦相手として、ある香港人の名を告げた。

それがジョン・ラムアだった。

「ジョン・ラムアは、あの世界のナンバーワンのファイターなんです。今までに、ただの一度も負けたことがないんです」

女によれば、その男は香港島のすぐ南西にある南丫島の出身で、その出身地にちなんでジョン・ラムアと名乗っているらしかった。ジョン・ラムアは年齢33歳、身長は１９０センチ強、体重は１１０キロ前後、技と力とスピードを兼ね備えたアンダーグラウンドの最強ファイターだということだった。

「彼は僕より40キロも重いんですけど……アンダーグラウンドのリングには体重の制限はないんですか？」

僕は訊《き》いた。ずっと体重別の世界で戦って来た僕には、40キロも体重差のある相手と戦うということが想像できなかったのだ。

「アンダーグラウンドのファイトでは、一応、ミドル級とライトヘビー級とに分かれているんですが、ヘビー級というのはなくて、その代わりに無差別級があるんです。この無差別級では、どんな体格のファイターでも戦えるんです」

女は僕に何枚かの写真を見せてくれた。その写真にはどれも、黒いショーツだけを身に着けた東洋人の男が写っていた。

写真の男は息を飲むほど素晴らしい肉体をしていた。顔立ちもとてもハンサムで、目は細かったけれど、目付きは鋭かった。

「スピードがありそうなやつですね」

男の写真を見つめて僕は言った。

「写真を見ただけでわかるんですか？」

「筋肉の付き方を見ればわかりますよ」

女に向かって僕は微笑み、それからまた手にした写真を見つめた。

筋肉にはいろいろなタイプのものがある。万力のように、スピードはないけれど、とてつもない力を秘めた筋肉がある。逆に、小鳥のように非力だけれど、素晴らしい早さで動ける筋肉もある。

その男はとてもバランスが取れた体つきをしていたが、特にスピードに抜きん出ているように感じられた。

「そうなんです。ラムアにはいろいろな長所があるんですが、最大の長所はスピードなんです。とにかく、とても早いんです。その早さに、誰もがやられてしまうんです」

女が言った。そして、その言葉が僕の気持ちをまた動かした。

その男がどれほど早くても、スピードなら負けない自信があった。少なくとも東洋人のボクサーの中で、自分よりスピードを持った者を僕は知らなかった。

「ところでこの男、どうしてティアフル・エイリアンなんて呼ばれてるんですか？　泣き虫なんですか？」

英語は得意ではなかったが、ティアフルというのは『涙ぐんだ』とか『涙もろい』という意味だったと記憶していた。

「戦いが終わったあとで、リングの上で涙を流すからだって聞いています」

「涙を流す？　どうして？」

「自分の対戦相手が死ぬからです」

「本当なんですか？」

僕は向かいに座った女の美しい顔を疑わしげに見つめた。

「本当です」

女が真面目な顔で僕を見つめ返した。「ラムアはこれまでにアンダーグラウンドのリング上で、何人ものファイターを殺しているという話です。わたしも実際に、彼が対戦相手を殺害するのを8回目撃しました」

「8回も？　そんなに強いんですか？　それじゃあ、僕が9人目の犠牲者になるかもしれないわけですね？」

笑いながら僕は言った。

ジョン・ラムアというその男は、僕より40キロ近く重いだけでなく、背も10センチほど高かった。それだけでも、とてつもなく有利だった。その上、その男はアンダーグラウンドのリングで何年も戦っているから、そこでの戦い方を熟知しているはずだった。普通に考えたなら、ミドル級の元プロボクサーのかなう相手ではなかった。

だが、僕は怖《お》じけづいていたわけではなかった。それどころか、すでにその時、僕はその男と戦いたくてたまらなくなっていたのだ。

「確かにラムアは強いファイターです。でも……小鹿さんだったら、彼に勝てる可能性があると、わたしは思っているんです」

僕の目をのぞき込むように見つめて女が言った。「ラムアにはスピードがあります。でも、小鹿さんはあいつに負けないほどのスピードがある」

女は初めてジョン・ラムアを『あいつ』と呼んだ。

「小鹿さんはフットワークもあるし、パンチ力もある……それにラムアに比べるとずっと小さくて軽いから、あいつはきっと油断すると思うんです。たぶんあいつは小鹿さんがサウスポーだっていうことも知らないはずだし……だからその隙を見てあいつの急所にパンチを……あの強烈な左を打ち込むことができれば……もし、そうできれば、小鹿さんは勝てるはずです」

女が言い、アイラインに縁取られたその目を見つめ返して僕は頷《うなず》いた。

女の説明によれば、アンダーグラウンドのリングではグローブは着けずに素手で戦うらしかった。そして、素手で殴り合うのなら、プロボクサーだった僕にも充分に勝機があるように思えた。

僕たちボクサーの拳《こぶし》は——特に僕の左拳は、一撃必殺の凶器だった。

「ぜひ、その男と戦わせてください」

僕が言うと、女は「よろしくお願いします」と言って深く頭を垂れた。それから、テーブル越しにそっと右手を差し出した。

僕はその手をしっかりと握り締めた。

女の手は驚くほど華奢《きゃしゃ》で、僕の掌《てのひら》の中で砕けてしまいそうだった。


そう。加藤由美子はあの時、僕をエイリアンの刺客に仕立て上げようとしていたのだ。僕に勝ち目はないと思いながらも、わずかな可能性を求めて、僕を捨て石のように前線に放り込もうとしていたのだ。

自分の目的のためには手段は選ばない——彼女はそういう人間だった。

けれど、僕はそんな彼女を軽蔑《けいべつ》しているわけではなかった。ひどい女だと考えているわけでもなかった。それどころか、僕は今でも彼女が好きだった。

僕がジョン・ラムアとの戦いを引き受けたのは、自分が勝つと確信していたからではない。それどころか、もしかしたら、その男にリング上で殺されることがあるかもしれないとも考えていた。

けれど、だからやめようとは思わなかった。

人はいつか必ず死ぬのだから……どんな人でも絶対に死ぬのだから……それなら死ぬ時は、あのリングの上で——あの目映《まばゆ》いほどの光の中で、自分より強いやつに殺されたい。

そう僕は思ったのだ。

結局、ジョン・ラムアと僕がホーチミンのリングで戦うことはなかった。マッチメイクの段階で、ラムアの陣営が僕との戦いを拒否したのだ。

ミドル級の元プロボクサーなんていう素人とは戦えない。それが理由だった。

あれから今にいたるまで、僕はジョン・ラムアと戦っていない。だから僕は……今もこうして生きている。

2年前は断られた。けれど、今だったらジョン・ラムアが僕との戦いを受け入れる可能性もある、と僕は考えていた。

あれから2年間、アンダーグラウンドのファイトが開催された時には僕は必ず参加し、これまでに10回に及ぶファイトをした。

ホーチミンでも戦った。上海でも戦った。バンコクでも、シンガポールでも、ジャカルタでも、香港でも、クアラルンプールでも僕は戦った。そして、そのすべてのファイトで相手をノックアウトして僕は勝った。

そう。今の僕はティアフル・エイリアンに相応《ふさわ》しいファイターのはずだった。

「加藤さん、ラムアと戦わせてください」

煙草をふかし続ける女に向かって、僕は頭を深く下げた。

「そうね……」

女が視線を遠くに投げかけた。そこには世界一悪趣味でグロテスクな建物である、ホテル・グランド・リスボアが聳《そび》えていた。

「お願いします。次のマニラで、ラムアとやらせてください。せめて……ラムアの陣営に対戦を申し込んでみてください」

僕はまた女に頭を下げた。次のファイトは2カ月後にフィリピンの首都マニラで開催されることになっていた。

「でもやっぱり……それはダメよ」

女が嫌々をするかのように首を振った。大きなピアスが光りながら揺れた。

「どうしてダメなんですか？　2年前はラムアと平気で戦わせようとしていたじゃないですか？」

「ええ。2年前はね……」

「あの時だって、僕が殺されるかもしれないと思っていたんでしょう？　負けて元々だと思っていたんでしょう？」

女の顔を見つめ、僕は畳みかけた。

「確かに、そうかもしれないけど……でも……でも、今はダメなの……小鹿くんが殺されることがわかっていて、戦わせるわけにはいかないわ」

今にも泣き出しそうな顔で女が言い、僕はふーっと溜《た》め息をついた。これ以上話し合っても、結果は同じだった。

僕が口をつぐみ、女も沈黙した。

僕はまた通りのほうに目をやった。そしてふと、僕と同じ『極東倶楽部』に所属し、今夜、このマカオで殺されることになるかもしれない女性ファイターのことを思った。

第四章

1.

その晩、僕は黒部純一と原田圭介と3人で、ホテル前からタクシーに乗り込んだ。エージェントの加藤由美子はすでに、三浦美紗と一緒に会場入りしているはずだった。

「マカオには前にも何度か来たことがあるんだけど、その時はなぜかいつも天気が悪かったんだよなあ」

タクシーの後部座席、僕の左側に窮屈そうに座った黒部純一が僕に言った。「空はいつも灰色で、雨が一日中降ったりやんだりで……考えてみたら、マカオで太陽を見たっていう記憶がないんだよなあ」

そう。マカオや香港は天気の悪い日が多いと聞いている。エージェントの女によると、冬の春から秋にかけては毎日のように、どんよりとした天気が続くのだそうだ。けれど、冬のこの季節は晴れることが多いらしかった。

マカオに観光に来るなら、冬に限るわ——。

女の言葉の通り、きょうも頭上には澄んだ星空が広がっていた。空気は少しひんやりとしてはいたが、カラリと乾いていて爽《さわ》やかだった。

「まあ、マカオではカジノと女だけが目的だから、天気なんて関係ないんだけどね」

そう言って黒部純一が、その巨体を揺らして笑った。

黒部純一は昔からギャンブルが大好きで、マカオだけでなく、ラスベガスにも何度も行っているようだった。昨夜もホテルに到着してすぐに1階のカジノに直行し、今朝まで延々とギャンブルを続けていたらしい。宵のうちは負けが続いていたが、明け方になって大当たりを連発し、最終的に5万香港ドル近くも儲《もう》けたと嬉《うれ》しそうに話してくれた。

「5万香港ドルですか？　ということは……ええっと……65万円以上じゃないですか？それはすごいですね」

僕は少し驚いた。65万円という金額は、このマカオでの僕のファイトマネーより多かった。「カジノで勝つコツみたいなものはあるんですか？」

ギャンブルには興味はなかったが、黒部純一の潰《つぶ》れた耳を見つめて僕は訊《き》いてみた。この純朴そうな大男を、いつの間にか僕は好きになりかけていた。

「カジノで勝つコツ？」

黒部純一はその太い腕を胸の前で組み、考える素振りをして見せた。

「ええ。何か必勝法みたいなものはあるんですか？」

「そうだなあ？　必勝法は俺も知らないけど、たったひとつだけ、絶対に負けない方法ならあるんだよ」

「何なんですか、それ？」

「教えてほしいかい、小鹿くん？」

3日後のメインイベントで、ティアフル・エイリアンと生死を賭《か》けて戦うことになるはずのプロレスラーが、そのいかつい顔を僕のほうに向けた。

「はい。知りたいですね」

「それはね……ギャンブルなんてやらないことだよ」

黒部純一がそう言って笑い、僕も一緒に笑った。

そうするあいだもタクシーは快調に走り続け、マカオ半島とタイパ島とを結ぶ長い橋に差しかかった。

僕たちが渡っている橋の両側にも、同じような長い光の橋が架けられていた。ライトアップされたそれらの橋は、まるで光の吊《つ》り橋のようだった。

その長い橋を渡っているあいだ、黒部純一は僕に向かってギャンブルについての取り留めもないことを話し続けていた。そのいかつい外見によらず、プロレスラーは話し好きで明るかった。

けれど、助手席に座った原田圭介は無言のままだった。きっと、恋人のことが心配でならないのだろう。助手席にいる原田圭介の強《こわ》ばった横顔を見るたびに、僕も三浦美紗のことを考えた。

橋の下の海域には、今も光を灯《とも》したたくさんの船が行き交っていた。ちょうど今、コンテナを満載した大きな貨物船が橋のひとつを潜っているところで、僕は中国国旗を掲げた貨物船のマストの先が橋に触れてしまうのではないかと心配した。

振り返ると、僕たちのタクシーの背後、タイパ島の北側にぎっしりと林立した超高層マンション群の窓の明かりがとても美しかった。タクシー正面にあるマカオ半島の街は、いつものように、目映《まばゆ》いほどの光に覆われていた。その光が海面に映っていた。

長い橋を渡り切って半島に入ると、道はとたんに混雑し始めた。けれど、どれほど混雑が激しくても、マカオ半島はとても狭いから、たいした支障があるわけではなかった。タクシーはすぐに目的地に到着した。

今回のファイトの会場はマカオ半島のほぼ中央、イエズス会記念広場のすぐ近くにある雑居ビルの地下だった。

タクシーが止まったのは細くて曲がりくねった急な坂道の途中で、道路はアスファルトではなく、ひどく凸凹《でこぼこ》とした石畳だった。道が極端に狭い上に交通量が多いため、停止した僕たちのタクシーの後ろはすぐに渋滞になった。

黒部純一が先にタクシーを降り、続いて僕が車から降りた。助手席にいた原田圭介は顔を強ばらせたまま運転手に運賃の精算をしていた。

人と人とがやっと擦れ違えるような細い歩道に佇《たたず》んで、僕は辺りを見まわした。

曲がりくねった坂道の上には、キリスト教の教会があるようだった。教会の建物は見えなかったが、鋭く尖《とが》った三角形の屋根の上に、大きな十字架が立てられているのが見えた。十字架の上ではたくさんの星が瞬き、そのすぐ左側にはオレンジ色をした上弦の月が方舟《はこぶね》みたいに浮かんでいた。

通りの向かいの1階には古くて薄汚れた食堂があり、薄暗い電灯の下でたくさんの人が食事をしていた。きっとラーメン屋のような店なのだろう。テーブルに座った人々はみんな背中を丸め、時折、店の片隅に置かれたテレビを見上げながら、長い箸《はし》を使って丼に入った麵《めん》を黙々と食べていた。

タクシーの助手席では、原田圭介が支払いに苦労しているようだった。マカオではパカタと香港ドルというレートの異なるふたつの通貨がごく普通に流通している上、どういうわけか、パカタにも香港ドルにも、同じ額面なのに2種類ずつの紙幣があるから、慣れない外国人には使いにくいのだ。

原田圭介を待ちながら、僕は10メートルほど先にある雑居ビルを見上げた。

その雑居ビルはとてつもなく古く、とてつもなく汚い4階建ての建物だった。少なく見積もっても、築50年はたっているに違いなかった。モルタルが塗られたビルの壁面はひび割れ、金属でできた部分はほとんどが錆《さ》び付いていた。

それはマカオの街にはどこにでもあるような、何の変哲もない建物だった。だが、たった今、その雑居ビルの地下室では、女性ファイターたちが生死を賭けた戦いを繰り広げているはずだった。

雑居ビルの1階部分には骨董品屋《こっとう》と不動産屋が並んでいた。どちらの店もすでに閉店していたが、シャッターは下りていなかった。不動産屋のショーウィンドウには日本と同じように、マンションの広告がベタベタと無数に張り付けられていた。

不動産屋のすぐ脇には地下へと向かう階段の入り口があり、そこに何人かの男たちが立っていた。おそらくアンダーグラウンドの格闘の主催者が雇った警備員たちだろう。

「小鹿くん、このビルかい？」

僕と同じように雑居ビルを見上げて黒部純一が尋ね、僕は加藤由美子から渡された地図入りの紙片を確認しながら、「そうみたいですね」と答えた。

「小鹿くんたちは、いつもこんな汚いところで戦ってるのかい？」

黒部純一が驚いたように言った。

そうなのだ。アンダーグラウンドのファイトはたいてい、こんな場末の薄汚れた場所で行われるのだ。

「お待たせしました」

タクシーからようやく降りて来た原田圭介が、黒部純一と僕に頭を下げた。若いファイターの顔は、相変わらずひどく強ばっていた。

僕たち3人はまっすぐに雑居ビルの階段に向かった。近づいて来る僕たちを見て、階段の入り口にいた男のひとりが何かを言った。それは中国語のようで、僕たちには理解できなかった。

中国語はわからないんだ。

僕が片言の英語で言うと、男が今度は英語で、身分証を提示しろというような意味のことを言った。それはひどく聞き取りにくい英語だった。

「身分証を見せろって言ってるみたいですね」

加藤由美子から支給された顔写真付きの身分証を男のひとりに渡しながら、僕が曖昧《あいまい》な通訳をした。黒部純一と原田圭介は無言で頷《うなず》くと、それぞれ男たちに身分証を手渡した。

男たちは僕たちの顔をまじまじと見つめたあとで、名簿と照らし合わせながら、それを入念にチェックしていた。

彼らは仲間同士では中国語で喋《しゃべ》っていた。だからもしかしたら、マカオで雇われたアルバイトなのかもしれない。明かりの下で見ると、警備の男たちはみんなとても若く、あどけなかった。

身分証のチェックが済むと、僕たち3人は原田圭介を先頭にして狭くて急な階段を下りて行った。階段の上には小さな裸電球がひとつ灯っているだけで、足元さえおぼつかなかった。両側の壁は手垢《てあか》でひどく汚れていた。

階段の突き当たりには錆の浮いた鉄の扉があって、その扉の前にも警備員らしいふたりの男がいた。

「申し訳ありませんが、身分証を見せていただけますか？」

ひとりの男が、ひどい訛《なま》りの、だが丁重な英語で言った。やはり若い男だったが、その男の顔には見覚えがあった。たぶん、前回のファイトが行われたクアラルンプールでも、その前の香港でも、会場の入り口の扉の前にはその男が立っていたはずだった。

階段の上で身分証を確かめたにもかかわらず、男たちはそこでも僕たちの身分証を入念にチェックした。

腕に嵌《は》めた時計を見ると、時刻は午後7時半になろうとしていた。ということは、間もなく、三浦美紗とリタ・ベルリンドの入場の時間だった。

今夜のメインイベントの開始は午後8時の予定だった。

身分証の確認を終えた警備員が、僕たちひとりひとりに座席番号を書いた紙片を手渡した。それから男は、ポケットから取り出した鍵《かぎ》を使って錆び付いた鉄の扉を重たそうに押し開けた。

その瞬間、人々の叫び声と、むっとするような体臭が扉の隙間から溢れ出て来た。

2.

扉のこちら側ほどではなかったが、その向こう側もまた薄暗かった。

きっと普段は倉庫として使われているのだろう。そこはひどく狭苦しい空間だった。壁も床も薄汚れていて、ひび割れたコンクリートが剝《む》き出しだった。天井も同じようにコンクリートが剝き出しになっていて、そこに何本ものパイプやダクトが縦横に張り巡らされていた。

その狭苦しい空間にたくさんの人々がいた。ほんの少しの隙間もないほどぎっしりと並べられたパイプ椅子に何人もの男や女が座り、口々に何かを言いながら前方を見つめていた。何人かは唾《つば》を飛ばして叫び声を上げていたし、何人かは拳《こぶし》を高く突き上げていた。

その人々の視線の先、地下室の中央には四角いリングが設置され、そこだけが強い光に照らされていた。

どうやら、たった今、メインイベント前のファイトが終了したところらしかった。リング上では白いワンピース型のレオタードをまとった黒人の女が、大声で叫びながら太くて筋肉質な両腕を高々と頭上に掲げていた。褐色をした女の皮膚は噴き出した汗でてらてらと光り、純白のレオタードがぴったりと体に張り付いていた。それは、なかなかセクシーでもあった。

アンダーグラウンドのファイトでは、女性ファイターはセクシーなコスチュームを身につける。男のファイターも、ビキニタイプの小さなショーツを穿《は》く。

僕たちがそんな恰好《かっこう》で戦うのは、観客たちがファイターに、よりセクシーなコスチュームで戦うことを望んでいるからだった。

そうなのだ。ここは戦いの場であると同時に、人々がファイターの肉体を観賞し、その邪《よこしま》な欲望を満たすショーの場でもあるのだ。

実際、4カ月前に香港のリングで男女混合のファイトが行われた時には、勝った東洋人の男性ファイターが失神した白人の女性ファイターのコスチュームを剝《は》ぎ取り、リングの上でレイプしたことがあった。

その時、それをやめさせようとする観客はいなかった。顔を背ける者もいなかった。それどころか、人々はその光景にファイトの時以上に興奮したのだ。

勝利の雄叫《おたけ》びを上げている黒人女の足元には、黒いビキニショーツだけを穿いた女が、乳房を剝き出しにして仰向けに横たわっていた。胸を覆っていたはずの黒いスポーツブラは引き千切られ、マットの上にぼろ切れのように落ちていた。

どうやら、負けた女は東洋人のようだった。髪が黒く、色白で、黒人の女に比べると華奢《きゃしゃ》で女らしい体つきをしているように見えた。

ただ意識を失っているだけなのだろうか？　それとも、すでに命をなくしているのだろうか？　僕のところからではっきりと確かめることはできなかったが、女はまったく身動きしていなかった。

観客たちは勝った黒人の女に向かって、しきりに何かを叫んでいた。

裸にしてしまえっ！　犯してしまえっ！　殺してしまえっ！

それらは中国語のようだったから、はっきりとはわからない。だが、きっと、そういう意味のことだった。

観客たちの声に応《こた》えるかのように、黒人の女はリングから下りる前に、負けたファイターの腹部の中央を力まかせに踏み付けた。東洋人の女の口から、どろりとした赤い液体が溢《あふ》れた。だがやはり、女はピクリとも動かなかった。

黒人のファイターがリングを下りるとすぐに、白衣を着た数人の男たちが、担架を持ってリング上に駆け上がった。男たちは3人がかりで倒れた東洋人の女を担架に乗せ、リングの外に運び出そうとしていた。目を閉じた女の顔は血にまみれ、担架からぶらりと垂れ下がった腕が力なく揺れていた。

「あの女……殺されちまったのかな？」

僕の隣でプロレスラーが呻《うめ》くように言った。

見ると、黒部純一のいかつい顔には汗が噴き出していた。

冷房の設備がいい加減なためか、ここにいる人の数が多すぎるためか、その地下室はひどく蒸し暑かった。ただ立っているだけで、息苦しさを感じるほどだった。

「さあ？　どうなんでしょうね」

僕は曖昧に首を傾げた。「でも、ファイターたちはそんなに簡単には死んだりしないものですよ」

そう。アンダーグラウンドのファイトでは、リング上でファイターが死ぬことが稀《まれ》なことではなかった。それでも、試合のたびごとに死人が出るわけではなく、平均すれば一開催で死ぬファイターはひとりかふたり、多くても3人ほどで、ひとりも殺されないということも、そんなに珍しいことではなかった。

東洋人の女を乗せた担架が下ろされると、替わりに何人かの男がリングに上がり、モップを使って拭《ふ》き掃除を始めた。ここからではよく見えないが、そこは血の海になっているのかもしれない。男たちが腕を動かすたびに、白かったモップが赤く染まっていくのがわかった。

リングが掃除されているあいだに、僕たちは原田圭介を先頭にして、指定された座席に向かって人々のあいだの細い通路を歩いた。

人々のあいだにはいまだに、終わったばかりのファイトの興奮が残っていた。何人かは顔を真っ赤にして叫び続けていた。

人々のあいだを縫うようにして歩いて行くと、ひとりの女が大きな声で「コジカっ！」と僕の名を呼んだ。

僕は立ち止まり、自分を呼んだ女の顔を見た。派手なワンピースをまとった太った中年の東洋人だった。

濃く化粧がされたその女の顔に見覚えはなかった。きっと僕のファンなのだろう。

女を見つめて頷《うなず》くと、僕はそっと微笑んだ。

「コジカ、コジカ」

興奮した口調で繰り返しながら女はパイプ椅子から立ち上がり、笑顔で僕のほうに手を突き出した。マニキュアと宝石に彩られた指には、紙幣の束が握られていた。

「コジカ、コジカ」

なおもそう繰り返しながら、女が紙幣を僕のスーツのポケットに押し込んだ。甘ったるい香水のにおいがした。女は僕の体を強く抱き締め、僕の胸の辺りに顔を埋めた。それから、僕の股間《こかん》に手を伸ばし、ズボンの上から男性器に触れた。

もちろん、僕はその手を払いのけたりはしなかった。

「ありがとうございます」

ひとしきりの抱擁が済んだあとで、僕はその中年女に頭を下げた。

僕を見上げ、女が笑った。とても嬉《うれ》しそうな笑顔だった。

「小鹿くん、人気者なんだね」

僕の背後にいた黒部純一が言った。

リングのすぐそば、青コーナーの真下に位置する最前列の座席が4つ空いていた。それが僕たちの席だった。だが、そこにエージェントの女の姿はなかった。きっと控室で三浦美紗に付き添っているのだろう。

指定された席に座るとすぐに、黒部純一は物珍しそうに辺りを見まわした。

僕たちの席の近くには、大きなテレビカメラを抱えた何人もの男たちがいた。長い金属の棒の先に取り付けたマイクを持っている者たちもいた。その映像や音声は今、インターネットの回線を通じて全世界に発信されているのだ。

僕はスーツのポケットに手を入れ、ついさっき、太った東洋人の女がくれた紙幣を取り出した。それはすべて1000香港ドルの紙幣で、全部で20枚もあった。日本円に換算したら30万円近い大金だった。

「意外とお客が少ないんだね。こんなんでビジネスとして成り立っているのかな?」

僕の右隣に腰掛けた、黒部純一が不思議そうに言った。

確かに、座席はほぼ満席ではあったが、雑居ビルの地下にあるその部屋はとても狭かった。だから、そこにいる客たちは200人にも満たなかっただろう。いつも数千人の観客の前で、時には数万人の前で戦っている黒部純一には、この観客数は少なく感じられて当然だった。

けれど、アンダーグラウンドのファイトにおいては、リングを囲んでいる観客の数にはあまり意味はなかった。

ファイトの模様はインターネットを通し、全世界に有料で発信されていた。その視聴者は数百万人に上るという噂だったから、それだけでも主催者にはかなりの儲《もう》けになるはずだった。その上、すべてのファイトで賭《か》けが行われていて、主催者は賭けの手数料としても巨額の利益を得ているらしかった。

やがてリング上からモップを持った清掃員たちが下りた。直後に、会場に英語のアナウンスが響いた。いよいよ今夜のメインイベントが始まるのだ。

僕は黒部純一の向こう側に座っている原田圭介の横顔をうかがった。

何かを祈っているのだろうか？

若いファイターは膝《ひざ》の上で両手を握り締め、ぎゅっと目を閉じ、短く刈り込んだ頭を深く垂れていた。

その時、地下室に大きな音で音楽が響き渡った。それは三浦美紗がいつも入場の際に使っている、モーツァルトのピアノ協奏曲だった。

直後に、スポットライトの硬質な光が部屋の一角、僕たちが入って来たのとは反対側にある鉄の扉を強く照らし出した。

アナウンスが三浦美紗の名を告げた。ほぼ同時に扉が開き、そこに銀色のマントに身を包んだ若く美しい日本人ファイターが姿を現した。

巨大な歓声が地下の密室に響き渡った。

3.

銀色に輝くマントの下に、三浦美紗は銀色のレオタードをまとっていた。マントと同じようにピカピカと輝く、ワンピース型のレオタードだった。

三浦美紗は長い黒髪を後頭部の高い位置でポニーテールにまとめ、整った顔に濃く化粧を施していた。それがファイトに臨む時の彼女のいつものスタイルだった。

強い光に照らし出されながら、三浦美紗は人々のあいだをリングに向かって歩いた。ファイターの背後には白いスーツ姿の加藤由美子が、寄り添うようにして歩いていた。

エージェントの女はいつものように美しかった。だが、今夜ばかりは前を行くファイターの美しさにかなわなかった。スポットライトの中を歩く三浦美紗は、それほどに美しかった。そして、神々しいほどに輝いていた。

リングに向かってゆっくりと歩き続けながら、三浦美紗は人々の声援に応えるかのように頭上に何度か両腕を掲げた。いつものようにその手の爪には、鮮やかなマニキュアが光っていた。

ついさっき太った東洋人の女が僕にしたように、何人かが三浦美紗に紙幣を渡していた。男たちの何人かは、三浦美紗の銀色のレオタードの胸の谷間のところに折った紙幣を押し込んでいた。

三浦美紗はそんな人々のひとりひとりと握手を交わしていた。男たちのひとりが、嫌らしい手つきで彼女の尻《しり》の辺りを撫《な》でたが、その手を払いのけたりはしなかった。『極東の真珠』と呼ばれる三浦美紗の顔には、いつものように魅惑的な笑みが浮かんでいた。鮮やかなルージュに彩られた唇のあいだからは、真っ白な歯がのぞいていた。

加藤由美子を従者のように背後に引き連れ、人込みを縫うようにして三浦美紗は僕たちのすぐ脇までやって来た。

このリングではブーツやシューズは禁止されていたから、当然ながら、三浦美紗は裸足だった。その足の爪には、手と同じように鮮やかなペディキュアが光っていた。

「三浦さんっ！ 頑張ってくださいっ！」

それまで無言だった原田圭介が、叫ぶように言った。「絶対に勝ってくださいっ！」

三浦美紗は立ち止まり、自分の恋人を見つめた。それから、「ありがとう」と言って微笑んだ。

いや、観客たちの声があまりに大きいために、実際には僕には女性ファイターの声は聞こえなかった。

三浦美紗が銀色に輝くマントを脱ぎ、それを隣にいたエージェントの女に手渡した。マントを受け取った加藤由美子が何かを言い、その言葉に女性ファイターが頷いた。

直後に、三浦美紗は僕たちに背を向け、リングの周りに張り巡らされたロープの1本に右手をかけた。そして、いつもそうしているように、ヒラリと高く空中に舞い上がり、次の瞬間にはリング上に舞い降りていた。

リングの真上に設置されているたくさんのライトが、銀色のレオタードに包まれた美しい日本人ファイターの全身を強く照らした。

光、光、光──。

そう。彼女は今、羨《うらや》ましくなるほどの光の中にいた。

早く僕もあそこに立ちたい。

日陰に生えた植物のように、僕はそれを切望した。

極東の真珠、ミサ・ミウラ！

場内アナウンスが再び彼女の名を高らかに告げると、場内に大歓声が湧き起こった。

若く美しい女性ファイターがもう一度、両腕を高々と突き上げてそれらの歓声に応じた。全身の筋肉が逞《たくま》しく盛り上がり、ワセリンを塗り込めた皮膚がつややかに光った。薄いレオタードの布の向こうに、割れた腹筋がくっきりと見えた。

「三浦さん、すごく鍛えてるんだなあ」

僕の隣で黒部純一が感心したように呟《つぶや》いた。「完璧《かんぺき》だよ……無駄な肉がひとかけらも付いていないじゃないか」

黒部純一が言うように、三浦美紗の肉体は完璧だった。すべての部分が完全に引き締まり、すべての部分が完全に研ぎ澄まされていた。その肉体は野生の肉食獣のようで、そこには戦いに使う以外の肉がまったくない、と言ってもいいほどだった。

やがて加藤由美子はリング下を離れ、すぐ背後に座っている僕たちを振り向いた。僕たち3人を順番に見つめ、強《こわ》ばった顔で頷き、それから、三浦美紗から預かった大量の紙幣と銀色のマントを手にしたまま僕の左隣に腰を下ろした。

「お疲れさまです」

僕が声をかけ、女が僕のほうにその美しい顔を向けた。

嗅《か》ぎ慣れた香水のにおいが僕の鼻孔をくすぐった。

4.

音楽がモーツァルトから、アップテンポのロックンロールに変わった。スポットライトが、ついさっき三浦美紗が入場してきた扉を照らし出した。直後にアナウンスが、最強の女性ファイターの名を高らかに叫んだ。

北欧の殺人鬼、リタ・ベルリンド！

次の瞬間、錆《さ》び付いた扉の向こうから、金色のレオタードをまとった美しい白人の女が姿を現した。アンダーグラウンドの格闘界でもっとも強く、もっとも美しいと言われる女性ファイター、リタ・ベルリンドだった。

彼女がまとった金色のレオタードは、ワンピース型ではなく、ビキニの水着のような形のセパレートタイプだった。マントは羽織っていなかった。それが彼女のいつものスタイルだった。

ベルリンドが登場した瞬間、悲鳴にも似た大歓声が地下室に響き渡った。それは、さっき三浦美紗が入場した時の何倍もの歓声だった。

そう。リタ・ベルリンドは、もっとも強くもっとも美しいだけでなく、もっとも人気のあるファイターのひとりでもあるのだ。

リタ・ベルリンドは背が高く、手足がとても長かった。そして、驚くほど逞しい肉体をしていた。ベルリンドは金色に輝く髪を短く刈り込み、ただでさえ冷たくさえ見える整った顔に、その冷たさをことさら強調するかのようなきつい化粧を施していた。

入場するベルリンドの後ろには、いつものように化粧の濃い6〜7人の女たちが付き添っていた。女たちは人種も年齢もさまざまだったが、誰もが白いノースリーブのワンピースをまとい、誰もがとても小柄で、誰もがとても華奢《きゃしゃ》な体つきをしていた。そして、その全員が、今にも泣き出しそうな悲しげな顔立ちをしていた。

その小柄な女たちは、全員がリタ・ベルリンドのパートナーらしかった。噂によればベルリンドは同性愛者であり、サディストでもあり、その悲しげな顔の小柄な女たちを相手に、暴力に満ちた激しい性行為を繰り返しているということだった。

リタ・ベルリンドやジョン・ラムアのようなスーパースターの私生活については、さまざまな風説が飛び交っていた。

ベルリンドが女たちを裸でベッドに縛り付け、毎夜のように女たちの体に鞭《むち》を振り下ろしていると言う者もいた。ベルリンド自身が裸になって、女たちに全身を隈《くま》なくなめさせているという者もいた。女たちとの性行為のために、ベルリンドが無数のバイブレーターをコレクションしていると言う者たちもいた。

それらはあくまで噂に過ぎなかった。だが、その悲しげな顔の小柄な女たちを見るたびに、僕は逞しいベルリンドと、痩《や》せてひ弱そうな彼女たちの性行為の場面を想像しないわけにはいかなかった。

小柄で悲しげな顔をした白い服の女たちを背後に従え、アイラインに縁取られた青く大きな目で人々を見据えながら、リタ・ベルリンドはゆっくりとリングに向かって歩いた。その悠然とした姿は自信と誇りに満ち、優雅さと気品に溢《あふ》れていた。

彼女はまさに、アンダーグラウンドの世界の女王だった。

三浦美紗にしたように、客たちはベルリンドにもさかんに紙幣を手渡していた。けれど、三浦美紗にしたように、ベルリンドの胸の谷間に紙幣を突っ込もうとする男はひとりもいなかった。もちろん、その体に触れようとする男もいなかった。

人々の歓声が一段と高まる中、リタ・ベルリンドはゆっくりとリングに上がった。強い光が、筋肉の上に薄い皮を1枚貼っただけというような鍛え上げられた肉体を照らした。たっぷりとワセリンを塗り込んだ皮膚は、濡《ぬ》れたように光っていた。

「すごい体だな、あの女……男みたいだ……いや、それ以上だ……三浦さん、あんなのと戦わなきゃならないのか……」

黒部純一が呻《うめ》くように言い、その言葉に僕は無言で頷《うなず》いた。

彼の言う通りだった。ベルリンドの太腿《ふともも》は短距離ランナーのそれのように逞しく、その太さはエージェントの加藤由美子のウェストほどもあった。首も腕も僕より太そうだったし、肩の筋肉は明らかに僕より逞しかった。

リタ・ベルリンドが登場するまでは、三浦美紗の肉体はファイターとして完璧なものに思われた。けれど、ベルリンドを見たあとでは、三浦美紗の肉体はすべての面で劣っているように感じられた。

リングに上がったベルリンドは、すでにそこにいた日本人ファイターを冷たく一瞥《いちべつ》した。それは女王が奴隷を見るかのような、蔑《さげす》みに満ちた視線だった。

三浦美紗がベルリンドを見つめ返した。けれど、ベルリンドのほうはまったく視線を合わせようとはしなかった。まるで、そんなものには見る価値がないとでも言いたげな態度だった。

すぐにベルリンドは日本人ファイターに背中を向けた。そして、両手でロープを握り締めて静かにウォームアップを始めた。彼女が腰を屈《かが》めるたびに、剝《む》き出しの肩や背中に逞しい筋肉が浮き上がった。ベルリンドは手の爪にも足の爪にも、金色に輝くエナメルを塗っていた。

「ベルリンドのやつ、ちょっとワセリンを塗り過ぎじゃないですか?」

黒部純一の向こう側で原田圭介が興奮したような口調で言った。「加藤さん、抗議して来てください。あれじゃあ滑って、捕まえられませんよ」

ここでの戦いには、ルールはほとんどない。だが、戦いの時にファイターたちが皮膚に塗るワセリンの量は、ある程度は制限されている。僕の目にもベルリンドの皮膚に塗られたワセリンの量は、いくらか多いようにも感じられた。

ベルリンドは今では組み技も寝技も得意だ。だが、基本的には立ち技系のファイターだったから、相手に捕まえられたくないのだろう。それでワセリンを多めに塗るのだろう。それでも、ベルリンドの皮膚に塗られたワセリンの量は、わざわざ抗議するほど多いようには思えなかった。

けれど、神経質になっている加藤由美子はすぐに立ち上がった。そして、リング上のレフェリーに向かってベルリンドのワセリンの件を大声で抗議した。原田圭介までがリングに駆け寄り、レフェリーに激しく抗議していた。

ふたりの気持ちはわからなくはなかった。少しでも三浦美紗に有利に戦わせたい一心なのだ。

だが、案の定、彼らの抗議は受け入れられなかった。

ふたりはそれでも諦《あきら》めず、すぐ近くにある審判席まで行って抗議していた。原田圭介の怒鳴り声と、加藤由美子のヒステリックな声が僕の耳にも届いた。けれど、それもやはり無駄なようだった。

さっき確かめてみたら、このファイトの賭《か》け率は8対1とされていた。それは僕には驚きだった。

ベルリンドには比べるべくもないが、三浦美紗もまたアンダーグラウンドの花形であり、ベルリンドと同じように無敗のファイターだった。だから、賭け率はせいぜい2対1、あるいは3対2ぐらいだと僕は予想していた。

けれど、多くの人々はそうは思っていないようだった。

今、ここにいるほとんどの人が——いや、世界中でこのリングを見つめている人々のほとんどが、三浦美紗が負けると予想していた。そしておそらく、その中の少なくない人々が、今夜、リングの上で三浦美紗が殺されると予想していた。

ここ数戦、女性ファイターの中に相手を見つけられず、ベルリンドは男子との対戦を繰り返していた。そして、そのすべてに勝っていた。そんな彼女が、女性ファイターに負けるはずがないと考えるのは普通のことだった。

「ダメだったわ」

興奮で顔を真っ赤にした加藤由美子が僕の隣に戻って来た。原田圭介の顔も同じように赤くなっていた。

僕は再びリング上に視線を戻した。

僕と同じ飛行機に乗って日本からやって来た美しい女性ファイターは、目映《まばゆ》いほどの光の中で入念なウォームアップを続けていた。

会場の照明がさらに落とされた。そのことによって、リングの上はさらに明るくなったように感じられた。

いよいよ戦いが始まるのだ。

やがて大柄な白人のレフェリーが、ふたりの女性ファイターをリング中央に呼び寄せた。そして、彼女たちにいくつかの注意を与えていた。

一般的に、格闘技の試合ではレフェリーはとても重要な役割を持っている。けれど、この世界では、レフェリーの存在意味はないに等しかった。自分の肉体以外の武器を使わない限り、ファイターたちは何をしてもいいことになっているのだから。

形式だけの注意はすぐに終わり、ふたりの女性ファイターは軽く握手を交わしたあとで、それぞれのコーナーに戻った。三浦美紗は僕たちのいる席のすぐ前、コーナーポストに寄りかかるようにして立ち、戦いの開始を待っていた。

僕は背後から三浦美紗の肩や背中や尻《しり》を見つめた。

筋肉の鎧《よろい》をまとったリタ・ベルリンドを見たあとでは、三浦美紗のそれらは、どれもとても小さく、とても華奢で、とても頼りなげに思えた。

女子のファイトはすべて無差別級で体重の制限はなかった。三浦美紗の身長はベルリンドより10センチ近く低く、体重は15キロ以上少なかった。

彼女に何か声をかけてやりたかった。

けれど、こんな時に何を言ったらいいのか、僕にはわからなかった。

あのリングに上がってしまった以上、誰ひとり、手を貸すことなどできないのだ。あそこは強い者が勝ち、弱い者が敗れ去るという、とても簡単なルールが支配する、とても単純でとても公平な空間なのだ。

すぐ右側から黒部純一が唾液《だえき》を飲む音がした。左側では加藤由美子が、その細い指を強く握り合わせていた。

会場の歓声が一際大きくなった。

「始まるわ」

誰にともなくエージェントの女が言った。

その瞬間、鈍い音を立ててゴングが鳴った。

5.

ゴングが鳴ると同時に、三浦美紗はゆっくりとコーナーを離れた。そして、ぐっと顎《あご》を引き、腰をやや落とし、ぴったりとしたレオタードに包まれた体を前傾させ、少し曲げた両腕を突き出すような姿勢でベルリンドに向かっていった。

対するリタ・ベルリンドは、ほとんどその場を動かなかった。ただ、わずかにコーナーから離れただけだった。最初の格闘技としてムエタイを学んだ彼女はしっかりと直立し、胸の前で拳《こぶし》を前後に構えるボクシングスタイルのファイティングポーズを取っていた。

三浦美紗は真っすぐにベルリンドに近づいていったが、1メートル50センチほどまで近づいたところで、その足を止めた。接近戦に持ち込みたい彼女としては、本当はもっと近づきたいのだが、無防備に近寄るのは危険だった。その内側は、リタ・ベルリンドの領域だった。

しばらくその距離での睨《にら》み合いが続いた。ベルリンドの右手と右足から離れるかのように、三浦美紗はゆっくりと右側にまわっていた。それはベルリンドと対戦するほとんどすべてのファイターがしていることだった。グラウンドでの勝負に持ち込みたい三浦美紗は、明らかにベルリンドの下半身を狙っていた。

何度かベルリンドが蹴《け》りを仕掛けようとした。そのたびに、左右の太腿やふくら脛《はぎ》や、金色のショーツに包まれた尻の筋肉がぴくりと動いた。彼女の蹴りは一撃必殺の破壊力を秘めたものだった。

けれど、ベルリンドはなかなか得意の蹴りを繰り出さなかった。たぶん、蹴った瞬間にその足を三浦美紗に捕まえられるのを恐れているのだろう。女性ファイター相手に、それほど慎重な彼女を見るのは初めてだった。

さっきまでとは打って変わって、会場は水を打ったかのように静まり返っていた。誰ひとり声を立てず、ほとんど身動きさえせず、ただ、リングの上のふたりの女を見つめていた。僕たちの反対側のリングサイドでは、悲しい顔をした女たちが眉《まゆ》を寄せて心配そうにリングを見上げていた。

じりじりとするような睨み合いが続いた。けれど、その睨み合いを退屈だと感じている人はいないはずだった。ふたりの姿はまさに、真剣と真剣を突き合わせて決闘に臨んでいる武士のようだった。

ベルリンドは相変わらず仕掛けなかった。三浦美紗もまた仕掛けなかった。

だが、僕の経験からすれば、こういう場面では、気圧《けお》されているほうが先に仕掛けるのが常だった。弱い者にとっては、睨み合いを続けていること自体が苦しいことなのだ。ということは……間もなく、三浦美紗のほうが耐え切れずに仕掛けるはずだった。

僕の思った通りになった。三浦美紗が打って出たのだ。

それはベルリンドが蹴りを出そうとしてためらった瞬間だった。その瞬間、三浦美紗がベルリンドの下半身に飛び込んだ。

それはいい判断だったようにも思えた。けれど、その動きは、ベルリンドに完全に見切られていた。

次の瞬間、リタ・ベルリンドの右の拳が三浦美紗の左耳の付近をまともに捕らえた。小さなフックだったが、とても鋭くて、強烈な破壊力を持った渾身《こんしん》のパンチだった。

ばちん。

鈍い音が響くと同時に、三浦美紗の顔が真横を向いた。

「いやっ」

僕の隣で、エージェントの女が小さな悲鳴を漏らした。

だが、三浦美紗は勇敢だった。

強いパンチをもらいながらも彼女は前進をやめず、そのままベルリンドの腰の辺りに抱き着いた。そして、相撲の外掛けのような足技を使って、相手を押し倒そうとした。もし、ベルリンドと一緒にリングの上に倒れ込むことができれば……そうすれば、彼女にも勝機が来るはずだった。

けれど、三浦美紗がベルリンドを倒すことはできなかった。それどころか、窮屈な姿勢で抱きかかえられ、動きが取れなくなってしまった。

どうやら一瞬にして、ベルリンドに右腕をかんぬきのように極められてしまったようだった。太く筋肉質なベルリンドの左腕の中に、不自然に反り返った三浦美紗の右腕が見えた。三浦美紗の腕は、悲しくなるくらいに華奢《きゃしゃ》に感じられた。

右腕をがっちりと決められたまま、三浦美紗は体をふたつに折り曲げ、頭をベルリンドの股間《こかん》の辺りに押し付けるような姿勢になった。動きたくても動くことができないようだった。ベルリンドはそれほどまでに力が強かった。

左手一本で三浦美紗の動きを封じたベルリンドは、自由な右手を使った攻撃に出た。無防備に剝《む》き出しになった三浦美紗の首や後頭部や肩甲骨の付近に、右の肘《ひじ》を真上から打ち下ろしたのだ。

ずん……ずん……ぐちゃっ……ばちん……。

それは強烈な肘打ちだった。ベルリンドの肘が三浦美紗の体に深々とめり込むたびに、骨や肉が軋《きし》むような鈍い音がした。同時に、三浦美紗が漏らす「あっ」「うっ」という低い呻《うめ》きが聞こえた。

　ベルリンドの下半身にタックルするという作戦は完全に失敗だった。危険を感じた三浦美紗は必死でベルリンドから離れようとした。だが、ベルリンドは簡単にはそうさせてくれなかった。

　左腕で三浦美紗の右腕を決めたまま、ベルリンドは右手で三浦美紗の髪のポニーテールの部分をがっちりと鷲摑《わしづか》みにした。そして、今度は相手の顔面に向かって右膝《ひざ》を突き上げた。その膝蹴りは肘打ち以上に強烈だった。

　もちろん、三浦美紗は自由が利く左腕で顔面をガードした。だが、ベルリンドはそのガードの上から渾身の膝蹴りを浴びせ続けた。

　1発……2発……3発……4発……5発……。

「いやっ……もうやめてっ！」

　叫んだのは三浦美紗ではなく、エージェントの女だった。「小鹿くん、今すぐやめさせてっ！」

　けれど、始まってしまった以上、もはや誰にもファイトを止めることはできなかった。ファイトをやめる権利を有しているのは、戦いの勝者だけだった。

　三浦美紗が6発目の膝蹴りを辛うじてかわし、決められた右腕を振りほどいて奇跡的にベルリンドから離れた時には、美しかった彼女の顔はひどいことになっていた。

　顔のいたるところが腫《は》れ上がり、顔のいたるところが鮮血にまみれていた。たぶん、ポニーテールに結んでいたゴムが切れたのだろう。振り乱された長い髪が、血と汗に濡《ぬ》れた体に張り付いていた。

「ダメだ……勝負にならない」

エージェントの女が僕の腕を強く握り締めた。その声が震えていた。

「いや、まだ大丈夫」

僕は言った。「まだチャンスはある」

三浦美紗は両方の目の周りを切り、両方の鼻から血を流していた。口からも多量の血が溢《あふ》れ、銀色のレオタードに滴り落ちていた。たぶん、歯が何本か折れているのだろう。最初に殴りつけられた左の耳からも出血していた。

けれど、幸いなことに右腕は骨折もしていなければ、脱臼《だっきゅう》もしていないようだった。それならまだ充分に戦えるはずだった。

もちろん、三浦美紗もまだまだ戦うつもりだった。顔は血まみれだったが、その目は死んではいなかった。

三浦美紗は決められていた右腕を何度かさすったあとで、再び低いファイティングポーズを取った。尖《とが》った顎の先に鮮血が溜《た》まり、マットにポタポタと滴った。

6.

リタ・ベルリンドが、いよいよ得意の蹴りを繰り出し始めた。最初はムエタイ仕込みの右のまわし蹴りだった。

その強烈な一撃を三浦美紗は何とかガードでしのいだ。2発目の左の蹴りも何とかしのいだ。けれど、次に繰り出された右の蹴りをかわすことはできなかった。たぶん、後頭部に執拗《しつよう》な肘打ちを受けたことによって、反射神経が鈍り始めているのだろう。

ベルリンドの右足首が、血まみれのレオタードに包まれた三浦美紗の左脇腹、いちばん下の肋骨《ろっこつ》の付近をまともに捕らえ、そこに深くめり込んでいったのを僕は見た。

ばずっ。

鈍くくぐもった音が響き、その瞬間、三浦美紗の顔が苦痛に歪《ゆが》んだ。口からは「うっ」という苦しげな呻きが漏れた。

蹴りを食らった三浦美紗は腰を落とし、大きくよろけた。息も止まるほどの苦痛が、彼女の肉体を蝕《むしば》んでいるのは明らかだった。

倒れる。

僕はそう思った。

だが、三浦美紗は倒れなかった。

それは、彼女がまだ立っていられるのが不思議なくらいに強烈な蹴りだった。それを受けたのが僕だったら、間違いなく倒れていただろう。

三浦美紗は倒れはしなかった。だが、その一撃で明らかにひるんだ。もしかしたら、肋骨の何本かが折れたのかもしれなかった。

そう。その蹴《け》りを受けてしまったことは、決定的なダメージに僕には思えた。

次も蹴りだ。

誰もがそう思った。もう一撃、今度は頭部に、あるいはさっきと同じ脇腹に蹴りを打ち込むことができれば、それでもう三浦美紗は絶対に立っていられないはずだった。

けれど、ベルリンドが次に繰り出した攻撃は蹴りではなかった。彼女は時に、とてもトリッキーで、とてもクリエイティブだった。

次の瞬間、ベルリンドはひるんだ相手の懐に素早く飛び込んだ。そして、三浦美紗の眉《み》間《けん》の付近に強烈な頭突きを食らわせた。

がちっ。

ベルリンドにそんな技があったとは意外だった。彼女が頭突きをするのを見るのは初めてだった。

三浦美紗も頭突きは予想していなかったに違いない。彼女はそれを、まともに受けてしまった。

割れた眉間から血を流しながら、三浦美紗はふらふらと後ずさった。そして、そのまま、その場に尻餅《しりもち》を付くように崩れ落ちた。

その瞬間をベルリンドが見逃すはずがなかった。

獣のような叫び声を上げて、ベルリンドは三浦美紗に襲いかかった。そして、仰向けに倒れた三浦美紗の腹部に馬乗りになると、その顔面に上から拳《こぶし》を振り下ろした。三浦美紗は両手で必死に頭部を守ろうとした。けれど、その努力はほとんど報われなかった。ベルリンドが力の限りに振り下ろす拳は、三浦美紗の耳やこめかみや、顎《あご》や頬を的確に捕らえ続けた。

ばすっ……どすっ……ばちっ……ばすっ……。

もはや勝敗は誰の目にも明らかだった。やはり三浦美紗は、ベルリンドの敵ではなかったのだ。リタ・ベルリンドは三浦美紗の何倍も早く、何倍も力があり、何倍も利口で、何倍も強かったのだ。

強烈なパンチを頭部に受け続けた三浦美紗は、間もなく意識を失うはずだった。そして、その時が終わりの始まりだった。

三浦美紗が意識をなくしたとしても、ベルリンドは攻撃の手を緩めないだろう。それどころか、さらに徹底的に痛め付けるのだろう。徹底的に殴りつけ、徹底的に蹴りつけ、腹部を踏み抜き、顔面をリングに叩《たた》きつけ、手足の骨をへし折って再起不能にさせるのだろう。もしかしたら、殺してしまうかもしれなかった。

すべての罪は敗者にある——。

それはわかっているつもりだった。だが、一方的に殴られ続けている三浦美紗を見ているのは、やはり辛《つら》かった。

「ああっ、ダメ……殺されちゃう」

エージェントの女が両手で顔を覆った。

次で終わる。次のパンチで三浦美紗は意識をなくし、そして、すべてが終わる。

僕もまたその瞬間を覚悟した。もはや三浦美紗に勝ち目はなかった。それどころか、生きて明日を迎えられる可能性さえ少なかった。

けれど、三浦美紗はまだ諦《あきら》めてはいなかった。

そうだ。彼女は諦めてはいなかったのだ。殴られ続けながらも三浦美紗は両足を大きく振り上げた。そして、自分の腹部に跨《また》がっているベルリンドの頭を、その二本の足で挟むことに成功したのだ。

三浦美紗が両足でベルリンドの首をねじった。たまらずベルリンドは背後に倒れ、そのままリングを転がった。

その隙に三浦美紗は何とか再び立ち上がることに成功した。


最初の危機は辛うじて脱した。だが、それはただ、殺される時が少し遅くなったというだけのことだった。

立ち上がった三浦美紗は血まみれだった。

銀色のレオタードの胸と腹部は、真っ赤な血でドロドロになっていた。両目はほぼ完全に塞《ふさ》がり、切れた唇がタラコのように腫れ上がっていた。顔は別人のように歪んでしまい、もはやあの美しい女の面影はどこにも残っていなかった。

三浦美紗は肩を上下に激しく動かし、喘《あえ》ぐような呼吸を繰り返していた。大量の鼻血が続いているために、鼻で呼吸することができないのだ。口の中のあちらこちらが切れ、歯が何本も折れているようで、口からも血が溢れ続けていた。立ってはいたが、立っているのがやっとという状態に見えた。

対するベルリンドは、まったくと言っていいほどダメージを受けていなかった。彼女はファイトが始まる前とまったく変わらず、涼しげでさえあった。顔にはいくらか血が飛び散っていたし、金色のショーツの股間《こかん》の部分と太腿《ふともも》の内側にはべっとりと血液が付着していた。だが、それらはすべて三浦美紗が流した血であり、ベルリンド自身は小さな切り傷さえ負っていなかった。

立ち上がったベルリンドは、リングの下の悲しげな顔の女たちのほうに顔を向けた。そして、少し笑った。

すぐにベルリンドは三浦美紗に向き直り、またしても攻勢に出た。今度は拳による連続攻撃だった。

防戦一方の三浦美紗に向かって、ベルリンドは素晴らしいパンチの数々を繰り出した。プロボクサーだった僕が感心するほど、強く、早く、多彩で的確なパンチだった。

左フック、左ジャブ、右ボディブロウ……左フック、右ストレート、左ボディブロウ……左ジャブ、右ストレート、右アッパーカット……こめかみに、顎に、腹部に……顎に、腹部に、下腹部に……眉間に、こめかみに、そして耳に……。ベルリンドの拳が三浦美紗の肉体を捕らえるたびに、血と汗が飛び散り、強いライトに光った。

三浦美紗はあっと言う間にロープ際に後退した。そして、ロープに背中を擦《こす》り付けて寄りかかるような姿勢になった。彼女にできることは、ただ両方の腕で頭を覆い続けることだけだった。

「いやっ！　もういやっ！」

僕の隣でエージェントの女が悲鳴を上げた。

三浦美紗にはもう打つ手がなかった。ただ、最後のパンチが自分の息の根を止めるのを待っているだけだった。

ベルリンドが右のフックを放った。ショートパンチではなく、かなり大きなパンチだった。もしかしたら、とどめの一撃のつもりだったのかもしれない。

けれど、そのパンチには少し力が入り過ぎていた。

三浦美紗はその強烈な一撃を、上半身を背後に逸《そ》らし、背中をロープに押し付けるようにしてかわした。ベルリンドの拳が、血まみれになった三浦美紗の鼻面を擦るようにして流れた。

その空振りによって、体が大きく泳ぎ、ベルリンドは真横を向いた。

今だっ！

心の中で僕は叫んだ。

もちろん、三浦美紗もその瞬間を見逃さなかった。

次の瞬間、今度は三浦美紗が敵の右のこめかみに、左の肘《ひじ》を強く打ち込んだのだ。

それは凄《すさ》まじい一撃だった。

ばちんっ。

鈍い音がした。

たったその一発で、踊るように動き続けていたベルリンドの肉体が硬直した。

「あっ」

僕の右にいた黒部純一が短く叫んだ。その向こう側では原田圭介が、同じように叫んでいた。

直後にリタ・ベルリンドは目を見開いたまま、筋肉の鎧《よろい》に覆われた全身を銅像のように硬直させた。そして、ゆっくり、ゆっくり……本当にゆっくり……群衆に引き倒されるスターリンの像のように……ゆっくりと横向きにマットの上に倒れていった。それはまるで、スローモーションの映像を見ているかのようだった。

耳をつんざくような大歓声が会場を包み込んだ。

7.

絵に描いたような逆転の一撃だった。

その瞬間、三浦美紗は高々と両腕を突き上げた。そして、獣が吠《ほ》えるような雄叫《おたけ》びを上げた。

それは勝利を確信した雄叫びだった。血まみれになった三浦美紗の口から、血まみれの唾液《だえき》が飛んだ。

「やったっ！」

エージェントの女が甲高く叫んだ。

リングの向こう側では、悲しげな顔をした小柄な女たちが悲鳴を上げていた。何人かは両手で顔を覆い、何人かは倒れたベルリンドに向かって、今にも泣き出しそうな顔で何かを叫んでいた。

叫び終えると、三浦美紗は足元のベルリンドを見下ろした。

仰向けに倒れたベルリンドは意識を失っているようだった。筋肉に覆われた腕や脚が痙攣《けいれん》していたが、立ち上がる気配はなかった。

「やれっ、三浦さんっ！　やっつけろっ！」

原田圭介が叫ぶのが聞こえた。

その声が耳に届いたのだろう。三浦美紗はちらりとこちらに目をやった。そして、血まみれの顔を歪《ゆが》めるようにして笑った。

直後に三浦美紗は素早く身を屈《かが》めた。そして、倒れたままのベルリンドの股間に腕を入れ、その筋肉質な体を高々と担ぎ上げた。

「叩《たた》きつけろっ！」

原田圭介が再び叫んだ。

もちろん、三浦美紗はその通りにした。意識を失ったベルリンドの体を、頭のほうから力任せに足元に叩きつけたのだ。

ずしん。

マットが軋《きし》み、金色のレオタードに包まれたベルリンドの体が、堅いマットの上で大きくバウンドした。

肉体がマットに叩きつけられた瞬間、ベルリンドは意識を取り戻した。彼女は反射的にマットの上を這《は》って逃れようとした。

そんなベルリンドの背中に三浦美紗が襲いかかった。

マットを這うベルリンドの短い金髪を、三浦美紗が背後から鷲摑《わしづか》みにした。そして、その顔面を力の限りマットに叩きつけた。

1度、2度、3度、4度、5度……。

髪を鷲摑みにして三浦美紗が顔を引っ張り上げるたびに、美しかったベルリンドの顔が歪み、そのたびに血にまみれていった。

ベルリンドの顔面を嫌と言うほどマットに叩きつけたあとで、三浦美紗はその髪を鷲摑みにしたまま無理やり立ち上がらせた。そして、弓のように体をしならせると、朦朧《もうろう》となっているベルリンドの腹部に凄まじい膝蹴《ひざげ》りを入れた。三浦美紗の膝が、剝《む》き出しの腹の中央に深々とめり込むのが見えた。

「ぐぶっ」

三浦美紗の膝蹴りを受けて、ベルリンドは体をふたつに折り曲げた。そして、苦しげな呻《うめ》き声とともに真っ赤な液体を吐き出した。

次の瞬間、三浦美紗は再びベルリンドの腹部に膝蹴りを加えた。膝頭が腹の中央に、背骨にまで突き抜けるかという凄まじさでめり込んだ。その音が聞こえた。

「ぐほっ」

おそらく内臓が破裂したのだろう。その一撃でベルリンドは再び意識を失いかけた。血まみれの胃液を大量に吐き出し、そのままうずくまりそうになった。

けれど、三浦美紗はベルリンドがしゃがみ込むことを許さなかった。

極東の真珠と呼ばれる女性ファイターは、北欧の殺人鬼と呼ばれる女性ファイターの金髪を鷲摑みにしたまま、僕たちの目の前にあるコーナーポストのところまで無理やり引きずって来た。そして、意識をなくしかけている敵の顔面を、金属製のコーナーポストに渾《こん》身《しん》の力を込めて叩きつけた。

がつん……がつん……がちん……がつん……。

敵の顔面をコーナーポストに執拗《しつよう》に打ちつける女の顔を僕は見た。

そこにいたのは三浦美紗ではなかった。

それは、殺意につき動かされた狂った獣だった。

そう。彼女はベルリンドを殺そうとしていた。

5度目に金属製のポールに顔面を打ち付けられた時、リタ・ベルリンドは完全に意識を失った。三浦美紗が手を放すと同時に、北欧の殺人鬼は尻《しり》からマットに崩れ落ち、仰向けに倒れて動かなくなった。

ベルリンドの顔は僕たちのすぐ目の前にあった。だから僕には、血まみれになった女の顔がはっきりと見えた。どうやら、額の骨が陥没しているようだった。

リングの向こう側では、悲しげな顔をした女たちが大声で叫び続けていた。彼女らは、戦いを止めるようにレフェリーに訴えているらしかった。

けれど、レフェリーは止めに入らなかった。

「まだやらせるのか？」

僕の隣で黒部純一が呻いた。

もちろん、レフェリーはまだやらせるつもりだった。彼にはファイトを中止させる権利はなかった。

仰向けに倒れたベルリンドの胸に、三浦美紗が手を伸ばした。そして、ベルリンドの胸部を覆っていた金色の小さな布を、力任せに引き千切った。

びりっ。

次の瞬間、ベルリンドの乳房が剝き出しになった。それは豊胸手術でもしているのではと疑いたくなるほど、美しくて形のいい乳房だった。

リングの外にいたカメラマンが駆け寄り、その乳房にカメラのレンズを向けた。

もちろん、ベルリンドがそれほどの屈辱を受けるのは初めてのことだった。

ベルリンドの胸から引き千切った布をリングの外に放り出すと、三浦美紗は仰向けの敵を両手で転がして俯《うつぶ》せにした。そして、その背中に後ろ向きに馬乗りになった。逆蝦《えび》固めをかけて、敵の背骨をへし折ってしまうつもりらしかった。

僕たちに背中を見せるようにしてベルリンドの腰の上に尻を載せた三浦美紗は、ぐったりとなった敵の両足の膝の裏を両腕でがっちりと抱え込んだ。そして、しっかりと両足を踏ん張り、ベルリンドの足首を頭のほう――こちら側に向かって力任せに引き上げた。ベルリンドの背が弓のようにしなった。

「うぐっ……」

あまりの苦痛にベルリンドは意識を取り戻した。

僕は、こちらに向けられたベルリンドの血まみれの顔を見た。その顔は苦痛に歪み、大きく見開かれた青い目には強い恐怖の色が浮かんでいた。

そうだ。ベルリンドは怖がっているのだ。おそらく生まれて初めて、迫り来る死の恐怖におののいているのだ。

僕は驚きをもってそれを見た。

アンダーグラウンドの女王である彼女に、そんな瞬間が訪れることがあるとは想像してみたことさえなかった。

「Give up!……Help!……Help me!……」

絞り出すようにベルリンドが呻き、真っ赤に染まった泡が口から溢れた。

けれど、三浦美紗はその命乞いを受け入れなかった。

ベルリンドの体がサーカスの軽業師のように弓形に反り返り、ふたつの乳房がマットの上に押し潰《つぶ》される。ベルリンドが必死で手を伸ばし、僕たちのすぐ目の前に張られたロープを摑む。血まみれの指先で金色のマニキュアが鮮やかに光る。

リングの向こう側にいる、悲しげな顔の女たちが悲鳴を上げる。何人かは涙を流し、何人かは恐怖のあまり、自分の髪を掻《か》き毟《むし》っている。

三浦美紗はマットに両足を踏ん張って、敵の体をギリギリと締め上げ続けた。やはり殺してしまうつもりらしかった。汗と血にまみれた三浦美紗の背中が、強いライトに美しく光っていた。

やがて……鈍い音が僕の耳に届いた。

背骨が折れた音だった。

ロープを握り締めていたベルリンドの手が力を失い、ついにそれを放した。

三浦美紗はしばらくのあいだ、なおも執拗に逆蝦固めを続けていた。だが、やがて手を放してベルリンドの背から下りた。それから、もう動かないベルリンドの脇腹を、二度、三度と、力の限りに蹴り上げた。

三浦美紗の足が倒れたファイターの腹を捕らえるたびに、その口から血まみれの胃液が溢《あふ》れ出た。けれど、もはやベルリンドはまったく反応しなかった。ぐったりとなった手足がわずかに痙攣《けいれん》しただけだった。

三浦美紗がレフェリーに戦いの終わりを告げた。

「やった！」

僕の隣でエージェントの女が叫んだ。

見ると、女の目からは大粒の涙が溢れていた。

ゴングが鳴り、担架を持った白衣の男たちがリングに駆け上がった。悲しい顔をした女たちも、半狂乱になってリングによじ登っていた。

勝利した女性ファイターが頭上に腕を高々と突き上げた。女王交代の瞬間だった。

割れんばかりの大歓声が、すっぽりと会場を包み込んだ。

そして、その瞬間――僕はほとんど三浦美紗に恋をしていた。

第五章

1.

その晩、もう時計の針が午前0時をまわってから、僕はエージェントの加藤由美子の部屋に行った。

本当は明日の晩、僕のファイトが終わってからという約束だった。けれど、今夜はどうしても彼女に会いたかった。

なぜ？

それはたぶん、三浦美紗のファイトを見たせいだった。ついさっき目の前で繰り広げられた彼女の壮絶な戦いが、なぜか僕の性的な欲望を激しく掻き立てたのだ。

拒否されるかとも思った。時間にうるさい彼女は、約束にもまたうるさかったから。

けれど、女は拒まなかった。

『いらっしゃい、小鹿くん……待ってるわ』

電話の向こうでエージェントの女が囁《ささや》いた。女の湿った息が、受話器を通して耳に吹きかかったような気がした。

戦いに勝った晩にはいつもそうしているように、僕はその晩もまたエージェントの女と体を重ねた。そして、戦いに勝った晩にはいつもそうしているように、そのしなやかな肉体を徹底的に貪《むさぼ》った。

柔らかな彼女の髪を片手で強く摑《つか》み、もう片方の手でその骨張った背中を強く抱き締める。硬直した男性器を潤んだ女性器に宛《あて》がい、腰を突き上げるようにして、ゆっくりとそれを女の中へと沈めていく。

奥へ、奥へ、もっと奥へ……。

痛いほどに膨張した男性器が、狭い膣《ちつ》をじわりと押し広げ、粘膜に覆われたその内側を擦《こす》るようにして女の奥へと進んでいく。

「あっ……いやっ……」

女がシーツを蹴《け》り、僕の下で身を反らせる。口から切なげな声を漏らし、細い腕を僕の背にまわす。鋭く尖《とが》った爪をそこに突き立てる。

男性器を根元の部分まで挿入したところで、僕は動きを止める。女がさらに強く僕の背を抱き締め、僕もまた女の体を抱き締める。

自分の顔のすぐ下にある女の顔を見る。女はその大きな目をいっぱいに見開き、僕を見つめている。

しばらくじっとしていたあとで、ぬるぬるとした液体に包まれた男性器を女の中から静かに引く。

「うっ……ううっ……」

また声を漏らしながら、女が目を閉じる。

僕は閉じられた女の瞼《まぶた》を見つめ、唾液《だえき》に濡《ぬ》れた女の唇を見つめる。それから再び、男性器を女の中に、さっきより強く突き入れる。

女が再び身を反らし、上に乗った僕の体が浮き上がる。

「ああっ……ダメっ……」

女が呻《うめ》き、僕はその口を夢中で貪る。

スペアミントの香りがする女の口の中を舌で夢中で掻きまわしながら、僕はまた女の中からゆっくりと男性器を引く。そして、次の瞬間にはまた、それを深々と突き入れる。

「うぶっ……ぶむう……」

女が身を震わせ、僕の口の中にくぐもった声を漏らす。ふたりの歯が硬質な音を立ててぶつかり合う。

45歳という年齢にもかかわらず、女は信じられないほど若々しい肉体をしていた。皮膚の下にはまったくと言っていいほど脂肪がなく、腕にも脚にも腹部にもしっかりと筋肉が付いていた。それはファイターたちのような筋肉ではなく、有酸素運動を長く続けることによってできる、しなやかで細い筋肉だった。

声を上げ続ける女の上で、僕は動き続けた。最初はゆっくりと優しく。それから、少しずつ早く激しく。最後は激しく、荒々しく、暴力的に……。

セックスは暴力に、とてもよく似ている。

女に身を重ねるたびに、僕はつくづくそう思う。

力で押さえ込んだ女の肉体を、硬直した男性器で深々と刺し貫き……悲鳴にも似た叫びを上げさせ……その整った顔を苦しげに歪《ゆが》ませ……自分の下で打ち震える女の肉体をベッドに押さえ付けるたびに……僕はいつも女に暴力を振るっているような気になる。

そう。少なくとも僕は、性交時に女を慈しんではいなかった。僕は男性器を武器にして女を刺し貫き、その肉体を責め苛《さいな》んでいたのだ。そのことから快楽を得ていたのだ。

それはロープにもたれて防戦一方になった相手を、なおも殴り続けている時の気分にそっくりだった。

汗まみれになって身を悶《もだ》えさせる女に、僕は荒々しく男性器を突き入れ続けた。時には骨張った女の手首を押さえ付け、時には髪が抜けるほど強く鷲摑《わしづか》みにし、時には唇を貪り、時には乳房を荒々しく揉《も》みしだきながら……激しく、激しく、激しく、それを続けた。

「あっ、いやっ……ダメよっ、小鹿くんっ……うっ、ダメっ……」

肉体を荒々しく刺し貫かれるたびに、女は苦しげに呻き、切なげに喘《あえ》ぎ、身をのけ反らせて激しく悶絶《もんぜつ》した。時には僕の肩に歯を立て、時には両足で僕の体を挟みつけ、時には下から僕の髪を鷲掴みにして悶絶し続けた。

その姿は、防戦一方になったファイターによく似ていた。

「いっ……ダメっ……もう、やめてっ……うっ……ううっ……」

耳元で続く苦しげな喘ぎを聞きながら、僕は女を執拗《しつよう》に凌辱《りようじよく》し続けた。

ふだんは彼女が僕の支配者だった。僕が彼女に逆らうことは許されなかった。

だが、今はそうではなかった。この瞬間には、僕はその女を——自分の下で悶え続ける女のすべてを支配していた。

「ああっ……小鹿くんっ……もうダメっ……あっ……ああっ……あああああっ……」

叫ぶような女の声が広い部屋に響き渡り、僕は全身をぶるぶると震わせて女の中に……その華奢《きやしや》な肉体の奥に、煮え立った熱い体液を注ぎ入れた。

2.

性交のあとで、女はベッドに裸の体を起こし、重ね合わせた枕に寄りかかって煙草を吸った。尖ったふたつの乳房が、まるで未熟な果物のように、室内に漂う弱々しい光に照らされていた。

僕も裸のまま女と並んで枕にもたれた。そして、女の口から吐き出される白い煙をぼんやりと眺めた。

　室内の照明はすべて消されていた。けれど、真っ暗というわけではなかった。カーテンを開け放った窓からほのかな光が差し込み、部屋の隅々にまで満ちていた。それらは眠らない街が放つ光だった。

　僕が宿泊している部屋はとても広かったけれど、女がいるこの最上階の部屋は、それより遥《はる》かに広かった。僕たち4人のファイターが一緒に寝泊まりしても、まだ余裕があると思えるほどだった。

　僕の部屋と同じように、大きな窓の向こうにはマカオ半島が見えた。こんな深夜だというのに、半島はいまだに目映《まばゆ》いほどの光に満ちていた。半島と島とを繋《つな》ぐ橋には今も車が行き交っていたし、暗い海面にも無数の船舶が行き来していた。

「三浦さん、もう眠ってるんでしょうかね？」

　柔らかな毛布の下で、ほっそりとした女の腿《もも》を撫《な》でながら僕は言った。

「たぶんね……鎮痛剤を注射してもらったから……」

　女が僕のほうに顔を向けて低く言った。そして、自分の太腿を撫でている僕の手を、毛布の下でそっと握り締めた。

　女はすっかり化粧を落としていたが、今も充分に美しかった。少なくとも彼女にとっては、化粧をすることになど意味はないのではないかと思わせるほどだった。

「今夜の三浦さん、すごくかっこよかったですね」

「そうね……随分と痛め付けられちゃったけど……勝ってよかった」

女が視線を前方に移し、しみじみとした口調で言った。

リタ・ベルリンド戦で鼻骨と顎《あご》の骨と奥歯3本と、肋骨《ろっこつ》を3本も折る大怪我をした三浦美紗は、アンダーグラウンドの主催者が指定したマカオ市内の病院に入院した。だが、病院まで付き添っていった女によると、三浦美紗は思いのほか元気で、意識もはっきりとしていて、予定通り、みんなと一緒の飛行機で帰国できそうだということだった。

「三浦さん、何か言ってましたか？」

掌の下に汗ばんだ女の太腿を感じながら僕は訊《き》いた。

「リタは生きてるのかって……そう訊かれたわ」

「それで、加藤さんは何て答えたんですか？」

「死んだって答えたわ」

最初の煙草を吸い終わると、女はすぐに2本目に火を点《つ》けた。立ちのぼったライターの炎が、冷たく見えるほどに整った女の顔を照らし出した。

広々とした部屋の中はとても静かだった。僕たちふたりの息遣いが、はっきりと聞こえるほどだった。

「三浦さんが勝ったのは嬉《うれ》しかったけど……ベルリンドは何だか哀れでしたね。あんなふうな死に方をするなんて……」

煙草の煙をくゆらせ続ける女の横顔に僕は言った。そして、逆蝦《えび》固めを受けながらロープを握り締めていたベルリンドの、苦痛と恐怖に歪んだ顔を思い出した。

「哀れじゃないわ……最初からわかっていたことよ」

すぼめた唇から細く煙を吐き出したあとで女が言った。呟《つぶや》くような小さな声だった。

「最初から？」

僕は再び女の横顔を見つめた。けれど、女はこちらに顔を向けなかった。

「そうよ。誰だって、いつかはこうなるのよ」

僕を見ずに女が言った。「誰だって、いつまでも戦い続けていたら、いつかは……リタと同じ運命をたどることになるのよ」

「僕もですか？」

「決まってるじゃない？」

僕に冷たい視線を向けて、女が即答した。「そんなこと、絶対にあってほしくないけど……でも、あそこで戦いを続けていたら、いつかは小鹿くんも殺されるのよ」

そんなこと、絶対にあってほしくない――。

女の言葉が僕には嬉しかった。僕はその女が好きだった。

「だから加藤さんは、ラムアと僕を戦わせたくないんですよね？　もし戦ったら、僕が殺されると思っているんですよね？」

僕は再び訊いた。

けれど、女は答えなかった。ただ、ほっそりとした指のあいだに挟んだ煙草を唇につけ、そっと吸い込んだだけだった。

僕は窓の外に目をやった。

女の答えを待つ必要はなかった。彼女は僕が殺されることを心配して、僕の対戦相手に弱いファイターばかりを選んでいるのだ。それどころか、僕にファイターをやめてもらいたいと思っているのだ。

窓の外を見つめながら、僕は今夜、戦いの中で命をなくした女王のことを思った。

救護班がリングに駆け上がった時、リタ・ベルリンドの心臓はまだ動いていたらしかった。だが、医務室に運び込まれてすぐに、それは停止したということだった。

背骨をへし折られて殺されたベルリンドは今、どこにいるのだろう？　悲しげな顔をした小柄な女たちは、女王の死体にすがって泣くことができたのだろうか？

戦いによって命を失ったファイターの死体は、アンダーグラウンドのファイトの主催者が内密に処分し、遺骨も彼らが破棄することになっていた。

そう。たとえ殺されたのが夫であろうと、妻はその遺骨を受け取ることはできないのだ。それがこの世界のルールなのだ。

女がサイドテーブルの灰皿で煙草の火を消したのを見届けてから、僕は女の乳房に手を伸ばした。

女の乳房は少女のように小さく、少女のように固く尖《とが》っていた。

「まだするつもりなの？」

僕の手を押さえながら女が笑った。「ダメよ……小鹿くん、明日の晩は戦わなくちゃならないのよ。もう寝たほうがいいわ」

そんな女の乳房を揉《も》みしだきながら、僕は女の唇に自分の唇を重ね合わせた。

女の口からは強い煙草のにおいがした。

「むむっ……むむうっ……」

ぴったりと合わさった唇の隙間から、女がくぐもった声を漏らす。自分の乳房を愛撫《あいぶ》する男の手を握り締める。

「ああっ、ダメよ、小鹿くん……明日、勝ったら、またさせてあげる……だから……今夜はもうダメ……」

唇を離した女が、声を喘がせながらそう繰り返す。

けれど、そんな言葉とは裏腹に、女は抵抗はしなかった。

僕は女を易々とベッドに押し倒し、その華奢な肉体に再び身を重ね合わせた。ふたり分の体重を受けたベッドマットが、微《かす》かな軋《きし》みを立てた。

彼女の夫だった男も、こんなふうに妻の上に乗ったのだろうか？

女の上でふと、そんなことを思う。彼女の夫は、僕よりも50キロ近くも体重が重かったらしかった。

その男はどんなふうにして妻を抱いたのたろう？　妻は重たいと感じなかったのだろうか？

すでに潤んでいる女性器の入り口に硬直した男性器を再び宛《あて》がい、それを再びゆっくりと挿入していく。

「ああっ、小鹿くん……ダメっ……ダメっ……」

女がなおも同じ言葉を繰り返しながら、僕の背を両手で強く抱き締めた。

3.

エージェントの加藤由美子は、都心の高層マンションにひとりきりで暮らしていた。

僕も何度か招かれたことがあるが、彼女の部屋は僕が窓の清掃をしているような超高層ビルの28階にあって、息を飲むほど眺めがよかった。賃貸だとは聞いているが、部屋はひとりで暮らすには贅沢《ぜいたく》すぎるほど広々としていたし、交通の便もすごくよかったから、家賃も安くはなさそうだった。

だから、女の経済状態は悪くはないのだろう。少なくとも、日々の生活に困っているということはないのだろう。彼女の両親は、東京郊外にたくさんの土地を所有する資産家だとも聞いていた。

けれど僕は、彼女の資産や経済状態についてはよく知らなかった。同じように、『極東倶楽部』の経営状態についても知らなかった。そんなことには関心もなかった。たぶん、それは『極東倶楽部』に所属するほかのファイターたちも同じだろう。彼らの関心は、自分がどんな相手と、どんなふうに戦うか、ということだけで、ファイトマネーは二の次だった。

けれど、エージェントの女と個人的に親しくなってしまった僕は、今では彼女が『極東倶楽部』を設立した本当の理由を知っていた。おそらく、『極東倶楽部』に所属するファイターの中で僕だけが、その理由を知っていた。

加藤由美子が『極東倶楽部』を設立した理由——それは、夫だった男の仇《かたき》を討つためだった。もっとはっきり言えば、夫を殺したジョン・ラムアというファイターを葬り去るためだった。

加藤由美子の夫だった男は加藤武彦《たけひこ》という名前で、かつてはアンダーグラウンドのファイターだった。

と言っても、加藤武彦は最初からアンダーグラウンドでファイトしていたわけではなく、それ以前の彼は、テレビの格闘技番組にしばしば登場するような総合格闘技の人気ファイターだった。

総合格闘技にはあまり関心のなかった僕でさえ加藤武彦の名は知っていたし、格闘技の専門誌やスポーツ新聞では、しばしば彼の写真を見かけたものだった。

加藤武彦はアメリカンフットボールの世界から、総合格闘技の世界に転身したという経歴の持ち主だった。身長195センチ、体重120キロという堂々たる体格の持ち主だったが、動きは敏捷《びんしょう》で、技も豊富で、瞬発力だけでなく持久力もあった。インタヴューへの受け答えが爽《さわ》やかで、涼しげな目をした好青年だったということもあって、その世界ではかなりの人気を博したファイターだった。

今から15年ほど前、エージェントの女と加藤武彦とは友人の結婚式で知り合った。その頃、女は大手銀行系のシンクタンクで主任研究員として将来を嘱望されていた。

生きて来た境遇はまったく違っていたが、すぐにふたりは引かれ合った。そして、親しく付き合うようになり、やがて結婚したと聞いている。結婚と同時に女は仕事を辞めて家庭に入った。夫がそれを望んだからだ。そのことを惜しむ人たちもいたが、彼女自身はキャリアを捨てることを惜しいとは思わなかった。

数年後には男の子が生まれた。赤ん坊には夫が悠哉《ゆうや》という名前をつけた。

加藤武彦は家庭ではいい夫であり、いい父親だった。明るくて、社交的で、思いやりがあり、どんな時でも頼りになった。そして、加藤由美子自身の言葉によれば、彼女もまたいい妻であり、いい母親だったという。

今の加藤由美子からは想像もできないが、彼女は赤ん坊の世話をし、炊事や掃除や買い物などの家事に勤《いそ》しみ、肉体を使って仕事をする夫のために毎晩のように豪勢な食事を作った。

彼ら家族は幸せな日々を過ごした。それは本当に夢のような毎日だったという。

「あんまり幸せすぎて怖かったわ」

いつだったか、女が僕にそう言ったことがあった。「昔、誰かから、一生のあいだに人に与えられる幸せの総量は決まってるって聞いたことがあったから、いつか自分の幸せが尽きてしまうんじゃないかって……そんなことを心配していたの。だって、わたしは生まれてからずっと幸せだったんだから……」

いつか幸せが尽きる——女の心配は的中した。

そう。ある日、突然、彼女の幸せは尽きてしまったのだ。無尽蔵に思われた井戸の水が尽きるように、ある日、突然、彼女の幸せの井戸は涸《か》れてしまったのだ。

それは長男の悠哉が3ヵ月を迎えた時だった。

いつものように、その朝も加藤由美子は、目を覚ますと最初にベビーベッドの中をのぞいた。そして、いつものように、ぐっすりと眠っている赤ん坊をうっとりと見つめた。

眠っている？

いや、そうでないことは、すぐにわかった。

赤ん坊は息をしていなかったのだ。

嘘でしょ？……どうして？……嘘でしょ？

恐怖に身を凍らせながらもベビー服をまくり上げ、母親は息子の小さな胸に耳を押し当てた。

けれど、そこからは微かな鼓動も聞こえなかった。

彼女は凄《すさ》まじい悲鳴を上げた。そして、パニックの中で119番通報をした。

それから救急車がやって来るまでのあいだ、女は半狂乱になって泣きわめきながら赤ん坊の体を揺すり続けた。夫は試合のために遠征中で、家の中にいるのは、もう息をしていない赤ん坊と彼女だけだった。

救急車が来るまでに随分と時間がかかったように思えた。けれど、実際には10分もたたないうちに救急救命隊員が駆けつけ、取り乱す加藤由美子の目の前で赤ん坊に蘇生《そせい》術を行っていた。

生き返って。お願い。生き返って。

赤ん坊を蘇生させようと懸命の作業を続ける救命隊員の背中を見つめながら、女は心から神に願った。

けれど、神は彼女の願いを聞き入れてはくれなかった。

乳幼児突然死症候群――。

それが悠哉の死因だとされた。女が赤ん坊の異変に気づいた時には、すでに死後3時間ほどが経過していたと医師は推定した。

「誰の責任でもありません。乳幼児突然死症候群は現在の医学では、まだその原因がはっきりしていないんです。だから……ご自分をお責めにならないでください」

まだ若い医師が彼女に、哀れみと同情を寄せるような口調でそう言った。

彼女の隣には遠征先から駆けつけて来た夫もいた。夫は妻の脇で、その巨体を震わせていた。


女は自分を責めた。ベビーベッドをすぐ脇に置いて寝ていたにもかかわらず、赤ん坊の呼吸が止まっていることに3時間も気づかなかった自分を激しく責め続けた。

わたしさえ気づいていれば……悠哉の呼吸が止まった時にすぐに何かをしていれば……その時にすぐに救急車を呼んでいれば……わたしがすぐに人工呼吸と心臓マッサージをしていれば……そうすれば悠哉は死なずに済んだのではないか……。

女はさらに思った。

悠哉が死んだのは、わたしの責任なのではないか……今までわたしがあんまり幸せを独占して来たから、それで神様が罰を与えたのではないか……わたしは悠哉の分の幸せを先取りして使ってしまっていたのではないか……。

何日も何日も、女は自分を責めた。責めて責めて、責め続けた。

夫である男は彼女を責めなかった。それどころか、「由美子、君の責任じゃないよ」と言って、彼女を優しく慰めてくれた。

「医者もそう言ってたじゃないか？　君には何ひとつ悪いことなんかないんだ」

そう。夫は彼女を責めなかった。

けれど……その直後から、夫は変わった。

彼は妻には相談もせず、所属していた格闘技の団体を辞め、総合格闘技の世界から身を引いた。そして、驚き、その理由を問い詰める妻に向かって、自分は新たな戦いの場を求めることにしたと宣言した。

夫が求めた新たな戦いの場——それがアンダーグラウンドの格闘の世界だった。殺すことも、殺されることも厭《いと》わないという、愚かしくて、バカバカしい世界だった。

「悠哉や由美子のことを思うと、今まではできなかった。どうしても思い切りがつかなかったんだ」

妻である彼女の顔を、じっと見つめて夫が言った。「だけど……こうなった今、俺はずっとやりたくて、でもずっとできなかったことをやろうと思うんだ。今じゃなきゃ、できないんだ。だから……認めてくれ……我がままで、自分勝手なことだとはわかってはいるが……頼むから、認めてくれ」

夫はひどく思い詰めた顔で彼女に頭を下げた。いつも陽気で快活だった彼が、そんな顔をしているのを見るのは初めてだった。

女には夫の言っていることがほとんど理解できなかった。彼女はアンダーグラウンドの格闘の世界については何も知らなかった。聞いたこともなかった。そこはルール無用の殺し合いの世界だというから、できることなら反対したかった。夫をそんな危険なところで戦わせたくなかった。

アンダーグラウンドの世界で戦っても、ファイターたちに支払われる金は信じられないほどに安かった。世間から認められた格闘家である彼が、どうしてわざわざそんなところで、そんな無名の戦士たちと命を懸けて戦わなくてはならないのかが、彼女にはまったくわからなかった。

けれど、彼女は反対しなかった。

行くと決めたら必ず行く。彼女が愛したファイターは、そういう男だった。

4.

息子の四十九日の法要が終わるとすぐに、夫は旅立った。最初の行き先はマレーシアの首都、クアラルンプールだった。

「わたしも連れて行って」

加藤由美子は夫に嘆願した。「そばにいて応援したいの。だからお願い……一緒に連れて行って」

けれど、夫はそれを認めなかった。

「ダメだ。君がいたら、戦えない」

そんな答えには納得できなかった。親しく付き合うようになってからはいつも、彼女は夫のファイトを間近で見守って来たのだから。

「わたしがいると、どうして戦えないの？」

夫はしばらく考えた。それから、言った。

「リングサイドに君がいたら俺は、命が惜しいと思ってしまうかもしれない。死にたくないと思ってしまうかもしれない。もし、そうなったら、もう戦えない。命が惜しいような人間には、あそこで戦うことはできないんだ」

奥歯を強く嚙《か》み締め、夫はじっと妻を見つめた。

彼女にはもう言い返す言葉が見つからなかった。

夫はひとりきりで日本を立った。そして、5日後に、ほんのわずかなファイトマネーを携えて妻の元に生きて戻って来た。

帰国した夫の姿を見て、彼女は悲鳴を上げそうになった。夫は全身アザだらけの上、左の肋骨《ろっこつ》を1本骨折していた。両の瞼《まぶた》と唇は腫《は》れ上がり、人相も変わっていた。

「負けたの？」

傷だらけの夫に彼女は訊《き》いた。そして、もっと強く反対しなかった自分を責めた。

「いや、勝ったよ」

妻を見つめ返し、得意げな口調で夫は言った。

「勝った？」

「ああ。勝った。散々ぶん殴って、ノックアウトしてやったよ」

そう言って笑うと、夫はクアラルンプールでの自分のファイトの様子を妻に嬉々《きき》として語った。

そう。傷だらけのひどい様相とは裏腹に、夫はとても生き生きとしていた。

クアラルンプールでの戦いを、夫は無我夢中で語った。自分のファイトについて彼が語るのを聞くのは初めてだった。

それは聞いているだけで鳥肌が立つほど凄惨《せいさん》なものだった。けれど、嬉《うれ》しそうに語る夫の顔を見ているのは嫌ではなかった。


その後も夫はほぼ2カ月おきに、海外で開催されるアンダーグラウンドのリングへと出かけていった。そして、そのたびにひどい怪我をしながらも生きて戻って来た。

帰国するといつも、自分のファイトとその相手について、妻を相手にほとんど夜通し、夢中になって語り続けた。自分のファイトについてだけでなく、アンダーグラウンドの戦いの様子も細々と話した。

「あそこは素晴らしいところなんだ。力だけが支配する最高の場所なんだ。俺はあそこで戦えて、本当によかったと思ってるんだ」

そんな夫の話の中で、しばしば話題に上ったファイターがいた。

「とにかく、ものすごいやつなんだ。とてつもなくスピードがあって、力もあって、技も冴《さ》えてて……とてもクールで、とてもシビアで、すごく頭がよくて……本当に完璧《かんぺき》で完全なファイターなんだ。おまけに、顔もかっこいいんだぜ」

「そんなに強いの？」

彼女はまだ半信半疑だった。そんなに強いファイターなら、アンダーグラウンドの格闘の世界に身を置いている必要などないと思ったのだ。

「ああ。強いなんてもんじゃない。化け物だよ。まるで予知能力でもあるんじゃないかと思うほど、相手の動きを完全に予測してるんだ。そして、びっくりするぐらいスピードがある。だから、絶対にやられないんだ」

「そんなに早いの？」

「ああ、早い。すごく早い。畜生……こんなこと、いくら言葉で言っても、君にはわかってもらえないだろうなあ……とにかく、やつは完全なんだ。実際にティアフル・エイリアンって呼ばれてるんだけどね、本当にエイリアンみたいなやつなんだ。何ひとつ付け加える必要のない、完全なファイターなんだ」

夫はうっとりとなってその男を称《たた》えた。それはまるで、神について語る狂信的な信者のようでさえあった。

加藤由美子の夫はその後もアンダーグラウンドのリングでの戦いを続け、夫によれば、そのすべての戦いに勝利していた。

かなりひどい怪我を負わされることもあったが、彼はいつも必ず生きて彼女の元に戻って来た。そして、帰国するといつも必ず、目を輝かせて自分の戦いについて語った。

日本で総合格闘技のファイターとして戦っていた頃に比べると、夫の収入は激減した。それでも、彼女は「これでいいのかもしれない」とも思うようになっていた。

その頃の夫はそれほど生き生きとしていた。目を覚ますとまずランニングに出かけ、毎日のようにジムに通い、週末ごとに近くの格闘技の道場にも通っていた。鍛え上げられた肉体は目を見張るほどで、日本で総合格闘技をしていた頃より何倍も素晴らしいものになっていた。

充実した日々を送っているという満足感からだろうか？　その頃の夫は、以前にも増して妻に優しくなっていた。妻にだけでなく、周囲の人々に対しても寛容で親切だった。そんな夫を彼女は、以前にも増して愛するようになった。

そう。あの頃、彼女の夫は光り輝いていた。そして、彼女は、光り輝いている者が好きだった。

ある日、夫が彼女に「由美子、次の試合に来てくれないか？」と言った。

それを聞いた女は意外に思った。アンダーグラウンドの戦いに夫が彼女を誘うのは初めてのことだった。

「今度はどこで、どんな人と戦うの？」

夫を見上げて彼女は訊いた。何となく、嫌な予感がしていた。

夫は少しためらった。それから、彼女が恐れていた人物の名を口にした。

5.

その日、香港で加藤由美子は初めてジョン・ラムアを見た。

その晩のアンダーグラウンドのリングが作られていたのは、港のそばに立ち並んだ古い倉庫群のひとつだった。かつては海産物の保存に使われていたのかもしれない。小学校の体育館ほどの広さの倉庫の中は、ひどくみすぼらしい上に、ひどく生臭かった。

そんな生臭い倉庫の中央に、驚くほどみすぼらしいリングが作られていた。それは花形ボクサーのいないうらぶれたボクシングジムにあるような、本当にみすぼらしいリングだった。

そのみすぼらしいリングを囲むように、やはりみすぼらしいパイプ椅子がぎっしりと並べられ、そこに200人ほどの男と女が座っていた。

倉庫やリングのみすぼらしさとは対照的に、観客たちはみんな派手に着飾っていた。香港人なのだろうか？　それとも北京や上海から来た人々なのだろうか？　彼らの多くは中国語を話しているように彼女には聞こえた。

初めて見るアンダーグラウンドの戦いは、彼女には衝撃的だった。

夫から聞いてはいたが、そこにはルールらしいルールがなかった。男たちは裸の体にビキニ型の小さなショーツ一枚をまとっただけの姿で、自分の肉体だけを武器にして壮絶に戦った。敵がマットに倒れても、ギブアップしても攻撃をやめず、倒れた相手を半殺しにするまで殴りつけ、蹴《け》りつけた。敗れた者のほとんどはぐったりとなって、中には死んでしまったのではないかと思える者もいた。

野蛮だ。

最初はそう思った。けれど、見ているうちに、全身が痺《しび》れるような興奮に包まれていくのがわかった。

ルール無用の凄惨な戦いが5つか6つ繰り広げられたあとで……その晩のメインイベンターとして、ついに彼女の夫がアンダーグラウンドの戦いの場に姿を現した。

その姿を目にした瞬間、彼女は失神してしまいそうになった。

ああっ、あの人がわたしの夫なんだ。あの人は、わたしだけのものなんだ。

大きな歓声を浴び、スポットライトに照らされた夫は、妻である彼女が目を見張るほど輝いていた。筋肉の鎧《よろい》に覆われたその体からは、オーラが立ちのぼっているようにさえ感じられた。

かつて日本の総合格闘技の世界で戦っていた時のように、人々の声援の中をリングに向かって夫は悠然と歩いた。けれど、その姿はかつて日本で戦っていた時より遥《はる》かに凛《り》々しかった。砲弾の飛び交う前線に向かう兵士のようだった。

人々の声援と祝福を一身に受けて、彼女の夫はゆっくりと歩き続けた。そして、ゆっくりとリングに上がった。

「加藤っ！　加藤っ！」

リング上の夫に向かって、彼女は大声で叫んだ。「加藤っ、負けるなっ！　加藤っ、やっつけろっ！」

自分の名字が彼と同じであるということを、その時、女はとても誇らしく感じた。生まれて初めて、そう感じた。

妻の声が聞こえたのだろう。夫は少し辺りを見まわしたあとで、リングサイドに座った自分の妻を見つけた。男は彼女をじっと見つめ、それから深く頷《うなず》いた。

夫と目が合った瞬間、全身が痺れるように感じたのを彼女は今も覚えているという。

夫に続いて、もうひとりのファイターが会場に姿を現した。夫に送られた何倍もの歓声が、その香港人ファイターを包み込んだ。

あの男が……ジョン・ラムアなのか……。

彼女の予想とは裏腹に、その男は彼女の夫より細かった。

そう。エイリアンとさえ呼ばれている最強のファイターは、彼女が思っていたよりずっと華奢《きゃしゃ》だったのだ。

ジョン・ラムアは筋骨隆々とした彼女の夫よりかなり華奢で、腕も脚も首も彼女の夫よりかなり細く、彼女の夫より尻《しり》も小さく、体重も彼女の夫より10キロ……いや、それよりもっと軽そうだった。

そのことに彼女は少し安堵《あんど》した。無差別級の格闘の世界では、体の大きいほうが絶対的に有利なはずだった。

夫が言っていたように、ジョン・ラムアはとても整った顔をしていた。それはファイターというよりは、香港映画のスターのようでさえあった。東洋人だということだったが、その瞳《ひとみ》は青みがかっているように見えた。

リングに上がったジョン・ラムアは、人々の歓声に応《こた》えるかのように高く腕を上げた。だが、その表情は沈痛で悲しげだった。まるで葬儀の会場にいるかのようだった。

ふたりのファイターはリングの中央に歩み寄ると握手を交わした。彼女の夫が何かを言い、ジョン・ラムアが何かを言い返した。

けれど、その声は彼女には聞こえなかった。それほどの大歓声が、みすぼらしいリングを包み込んでいたのだ。

「あなたっ！　勝ってっ！」

彼女はリングに向かって大声を上げた。

けれど、その声もまた夫の耳には届かなかったかもしれない。

耳を聾《ろう》するほどの巨大な歓声が響き渡る中で——戦いの開始を告げるゴングが、ついに鳴らされた。

彼女の夫はアマチュアレスリングの選手のように重心を低く保ち、体をやや前傾させるファイティングポーズを取った。それは総合格闘技のファイターとして戦っていた頃の彼のスタイルとは違っていた。

対するジョン・ラムアも、夫と同じようなポーズで構えた。もしかしたらそのファイティングポーズが、アンダーグラウンドでは主流なのかもしれない。

彼女がそう思った瞬間だった。

その瞬間、ジョン・ラムアが動いた。

まずラムアは、ごく無造作に右手を前方に突き出した。彼女の夫は反射的にその腕を捕らえようとした。

けれど、ラムアの腕を捕まえることはできなかった。

次の瞬間、ラムアはその腕を素早く引っ込め、わずかに体を前方に泳がせた夫の背後に、一瞬にしてまわり込んだのだ。

えっ？　どうして？

何が起きたのか、彼女にはわからなかった。ジョン・ラムアの動きはそれほど無造作で、それほどさりげなく、それほど自然で、そして……それほど早かったのだ。

そう。ジョン・ラムアは恐ろしく早かった。それはまるで、渓流の魚に襲いかかるカワセミのようだった。

戦いの開始からほんの数秒で、彼女の夫は決定的な不覚を喫した。それはもはや挽回《ばんかい》不可能に思えるほどの不覚だった。

彼女の夫は窮屈に体をひねり、自分の背中についた相手を捕まえにかかった。けれど、それもできなかった。

次の瞬間にはジョン・ラムアは、彼女の夫を俯《うつぶ》せにマットの上にねじ伏せていたのだ。踏ん張ろうとして広げられた夫の両脚に、ラムアは内側から自分の両脚を絡ませ、難なくそれを成し遂げたのだ。

それほど素早く、それほどトリッキーな動きを彼女は知らなかった。

ほとんどなす術《すべ》もなく、彼女の夫はばったりと前のめりに倒れた。大きな音が響き、汗が飛び散った。

ジョン・ラムアに背後からのしかかられながらも、彼女の夫は必死になって身を起こそうとした。

けれど、それもまたできなかった。

腕立て伏せでもするかのように夫がマットに両腕を突いた時には、すでにジョン・ラムアは夫の背に馬乗りになっていた。

「いやっ」

両手を握り締めて、彼女は悲鳴を上げた。

その時にはもう、ラムアは夫の頭に背後から腕を絡ませていた。

ジョン・ラムアは早かった。それはまるで、スローモーションフィルムの中で、自分だけが普通の速度で動いているかのようだった。

夫の背に跨《また》がったまま、その頭に腕を絡ませたラムアはしっかりと両足を踏ん張り、夫の頭を自分のほうに向かって渾身《こんしん》の力を込めて引き上げた。苦しみに歪《ゆが》んだ夫の顔が真上を向くのが見えた。

そうだ。ラムアは残忍にも、彼女の夫の首をへし折ろうとしたのだ。

彼女の夫に抵抗する時間はなかった。降伏を告げる時間も、呻《うめ》き声を上げる時間もなかった。

彼女の夫がそれらの行動に出る前に、ジョン・ラムアは夫の首を難なくへし折った。

戦いの始まりから、わずか10秒ほどの出来事だった。

耳がおかしくなるほどの大歓声が響き渡っていたにもかかわらず、彼女の耳はその音を――最愛の男の首の骨が無残に折れて砕けた瞬間の音を、確かに聞き取った。

6.

彼女の夫はすぐには死ななかった。運び込まれた病院のベッドの上で、意識不明のまま半月にわたって生き続けたのだ。

女は夫を日本に移送しようと考えた。けれど、それは許されないことのようだった。

「アンダーグラウンドのリングで倒れたファイターは、その怪我が治癒するまで、または死ぬまで、わたしたち主催者が指定した病院を出られないという約束になっているんです。だから、ご主人を日本に連れ帰ることはできません」

主催者のひとりだという若い中国人の男が申し訳なさそうに彼女に告げ、夫が署名した契約書を見せた。

もちろん、力ずくで夫を日本に連れ帰ることもできたかもしれない。だが、彼女はそうしなかった。そんなことをしようとしたら、何をされるかわからなかった。

その男は優しげだったが、アンダーグラウンドを主催する者たちは、とても怖い人間たちのように彼女には思えたのだ。

彼女は夫を日本に移送することを断念した。そして、夫のベッドの傍らで、人工呼吸器によって何とか生きながらえている夫を見つめて半月を過ごした。

それは辛《つら》くて長い半月だった。悲しみのための涙をどれほど流したのか、わからないほどだった。

あなた、目を覚まして。お願い、目を覚まして。

香港の片隅の小さな病院のみすぼらしい病室で、彼女は必死に祈った。来る日も来る日も祈り続けた。

けれど今回も神は彼女の願いを聞き届けてはくれなかった。

ジョン・ラムアとの戦いの15日後、香港の片隅の小さな病院のみすぼらしい病室で、彼女の夫は妻に見守られて息を引き取った。

不思議なことに、彼女はもう泣かなかった。ただ、夫の死体を見つめ、ひとつのことを心に誓っただけだった。


契約に従って、夫の遺体はアンダーグラウンドの格闘の主催者が処分した。本当はルール違反だということだったが、主催者のひとりだというあの若い中国人の男が、彼女に火葬された夫の遺骨のひとつを手渡してくれた。

「お気の毒です」

男は綺麗《きれい》な発音の日本語でそう言った。

「あなた、日本語が話せるの？」

少し驚いて彼女は訊《き》いた。それまで、その男は何度か夫の病室を訪ねて来たが、話す言葉はいつも英語で、日本語を使うことはなかったから。

「ええ。何年か前まで、日本の大学に通っていたんです。でも、日本語は難しくて……結局、うまく話せるようにはなりませんでした」

「そんなことはないわ。とても上手よ」

彼女が言うと、男は「ありがとうございます」と言って、照れたように笑った。その顔はなかなか可愛らしかった。

その可愛らしい笑顔に勇気づけられて、彼女はこの半月、ずっと考えていたことを男に尋ねた。

「わたし、ジョン・ラムアに復讐《ふくしゅう》をしたいの。あの男を、夫と同じ目に合わせてやりたいのよ。どうしたらいいのか教えてくれない？」

「あなたがラムアに復讐する？」

男は意外そうに彼女を見つめた。

「ええ。あいつに復讐したいの……どうしても、あの男を夫と同じ目に合わせてやりたいの」

「うーん。それは難しいことです。とてもとても、難しいことです。でも……」

そこまで言って、男は口をつぐんだ。

彼女は押し黙ったまま、男の言葉を待った。

男は腕組みしてしばらく考えていた。それからようやく言葉を続けた。

「でも……ラムアに復讐する方法が、まったくないというわけではありません」

「方法って？　どうしたらいいの？」

先をせかすように彼女は訊いた。

「それは……あなたが、ラムアより強い男を連れて、わたしたちのリングに戻って来ることです」

「ラムアより強い男を？」

「ええ。もし、世の中にそんな男がいれば、という話ですが……」

彼女の目をじっと見つめて男が言った。それから、少し笑った。

ジョン・ラムアより強い男を連れて、アンダーグラウンドのリングに戻る――。

それは素晴らしいアイディアだった。

加藤由美子は即座に、そうすることに決めた。

7.

2度目の性交のあとで、女はまた重ねた枕に寄りかかって煙草を吸った。

そんな女の隣で、僕はまた女の横顔や、鎖骨の浮き出た肩や、つんと尖《とが》ったふたつの乳房を見つめていた。

照明を消したままの部屋の中には、相変わらず柔らかな光が漂っていた。

いつの間にか、雨が降り始めたようだった。窓ガラスの向こう側を雨粒が流れていくのが見えた。

「ねえ、小鹿くん……」

前方の暗がりを見つめたまま、女が小声で僕を呼んだ。

女の視線の先には、ヴェネチアの運河と、そこに浮かぶゴンドラを描いた大きな油絵があるはずだった。だが、部屋を満たした柔らかな闇のために、その細部をはっきりと見ることはできなかった。

僕は無言で女の横顔を見つめた。

「小鹿くんはどうして……そんなにまでラムアと戦いたいの？　殺されることになるかもしれないのに……どうしてなの？」

僕のほうには顔を向けずに女が訊いた。

女の問いかけに、僕は答えなかった。

質問を無視しようとしていたわけではない。ただ、自分がジョン・ラムアと戦いたがっている理由を……その本当の理由を、自分自身で確認していただけだ。

「もしかしたら……わたしのためなの？」

今度は女がゆっくりと僕のほうに顔を向けた。その見慣れた顔が、またしても僕をときめかせた。

そう。僕の上司であり愛人でもある女の顔は、見るたびに驚くほど美しく、見るたびに驚くほど官能的だった。

「小鹿くん……ラムアを倒して、わたしを喜ばせようとしているんでしょう？　本当は戦いたくないのに……わたしのために、無理をしようとしているんでしょう？」

暗がりに見開かれた女の目を、僕はじっと見つめた。それから静かに言った。

「いいえ……それは違います。僕がラムアを倒したら加藤さんは喜ぶだろうし、僕も加藤さんを喜ばせたくないわけじゃないけれど……でも、それは違うんです」

「それじゃあ、どうして……」

女が訊いた。大きな目が暗がりで光った。

「僕はいちばん強い男と戦いたいんです……それだけが理由なんです」

そうなのだ。それが僕の本心なのだ。僕はいちばん強い男と戦いたいのだ。そのほかに理由はないのだ。

「わたしの夫だった男みたいに、殺されてしまうかもしれないのよ。小鹿くん……それでもいいの？」

女がのぞき込むように僕の目を見つめた。

「殺されていいと思っているわけじゃありません。でも……でも、いつか誰かに殺されることになるのなら……僕はラムアに殺されたいと思っています」

女が暗がりの中で唇を嚙《か》み締めた。困ったようなその顔は、さらに官能的で、さらに美しかった。

「ねえ、加藤さん」

しばらくの沈黙のあとで、僕は女に話しかけた。女はちょうど、煙草の火を消したところだった。

「なあに、小鹿くん?」

女がゆっくりと僕のほうに顔を向け、僕はまたときめいた。

「あの……もう一度させてください」

僕が言い、次の瞬間、女が呆《あき》れたような顔をした。

「まだできるの?」

「いつもみたいに、口に含んでもらえれば……できると思うんですけど……」

少し照れながら、僕は言った。「あの……ちょっと、くわえてもらえませんか?」

女はしばらく無言で僕の顔を見つめていた。それは本当に呆れたような顔だった。

「今夜はもうダメ。絶対にダメ」

女が言った。「明日はファイトがあるのよ。わかってる? いつまでもそんなことをしてたら、体力を消耗して、勝てるものも勝てなくなるわ。だから、もう自分の部屋に戻って寝なさい」

「でも……」

「明日、小鹿くんがフローリーに勝ったら、くわえてあげる」

「本当ですか?」

「ええ。約束する。小鹿くんがフローリーに勝ったら、何度でも何度でも、嫌と言うほどくわえてあげる。だから、ねっ……今夜はもう自分の部屋に戻って休みなさい」

幼い子供にでも言い聞かせるかのように女が言い、しかたなく僕は、その晩の3度目の性交を諦《あきら》めた。

8.

女の部屋から15分かけて自分の部屋に戻り、ドアを開けたとたん、サイドテーブルの上の電話が鳴った。

もしかしたら女の気が変わって、今すぐオーラルセックスをしてくれるという電話かもしれない。

そんな淡い期待を抱きながら、僕は受話器を取った。

『もしもし……嘉ちゃん？』

電話の主はエージェントの女ではなく、僕の部屋にいるはずの下の姉からだった。

「ああ、翠ちゃん……どうかしたの？……何かあったの？」

とっさに僕は訊《き》いた。心臓が激しく高鳴り始めた。

『今夜もあの人が来たの……』

消え入りそうな声で姉が言った。

受話器を握り締め、僕は姉の夫である内科医の神経質そうな顔を思い浮かべた。掌が汗を噴き出したのがわかった。

『夜の10時頃にやって来て……大きな声で怒鳴りながらドアを叩いて……それから2時間近くもドアの前で粘っていたの……』

「それで……それで、翠ちゃんはどうしたの？　まさか……声を出したり、物音を立てたりはしてないよね？」

『うん。そんなことしてない。ただ、部屋の中で、あの人がいなくなるのを、ずっと待ってただけ……怖かったわ。すごく怖かった……』

ドアの向こうで怒鳴り続ける夫の声を聞きながら、部屋の中で震えていた姉の姿を僕は思い浮かべた。そして、姉にそんな思いをさせている男のことを、心から憎んだ。

「それでいいよ。辛《つら》いと思うけど、翠ちゃん、僕が帰国するまで、部屋から絶対に出ちゃダメだよ。そこにいれば、翠ちゃんは安全だからね」

『ええ、でも……』

姉はひどく不安げな声を出した。その声が僕をも不安にさせた。

「どうかしたの？」

僕はまた、小さくて華奢《きゃしゃ》な姉の体や、気の弱そうな顔にできていた、無数のアザや傷を思い出した。

姉の話によると、彼女の夫は頭に血が上ると何をするかわからない男だということだった。だとしたら……僕がいないあいだに、あの男が部屋に入るようなことがあれば……その時こそ本当に、姉は殺されてしまうかもしれなかった。

『ええ。あの人、ドアの向こうから、お前たちが中にいるのはわかってるぞって怒鳴ってたわ……電気のメーターや水道のメーターを見れば、お前らが中にいることはわかるんだぞって……』

姉がさらに不安げな声を出し、僕は明日いちばんの飛行機に乗って帰国したいという強い衝動に駆られた。

僕さえ家にいれば、姉の夫が部屋に押し入って来ようと、姉が傷付けられる恐れはなかった。たとえ相手がこん棒を持っていたとしても、いや、もし刃物を携えていたとしても、暴力の世界においては、相手より僕のほうが何倍も上だった。

そう。僕は暴力のスペシャリストだった。

帰りたい……今すぐに帰りたい……。

壁を見つめて僕は思った。

けれど、帰国することはできなかった。

僕はファイターなのだ。試合を放り出して帰国することなど、絶対にできなかった。

「大丈夫だよ、翠ちゃん」

僕は自分自身に言い聞かせるかのように言った。「たとえ相手が何を言っても、翠ちゃんはそこでじっとしていればいいんだからね。いいね？　わかったね？」

僕が言い、電話の向こうで姉が『うん。わかった』と呟《つぶや》くように言った。

9.

翌日の晩――前夜、三浦美紗がリタ・ベルリンドと死闘を繰り広げたリングで、僕はアメリカ人の空手家と戦った。

光、光、光――。

その晩も、アンダーグラウンドのリングの上には光が満ちていた。

けれど……リング上にそれほどの光が渦巻いていたにもかかわらず……僕は前夜の三浦美紗のように輝けなかった。

理由はわかっている。

僕が三浦美紗のように輝けなかったのは……彼女の10分の1も輝けなかったのは……その対戦相手が僕に相応《ふさわ》しいファイターではなかったからだ。

そう。ニコル・フローリーという空手家は、それほど取るに足らない相手だった。噛ませ犬ですらなかった。

もしかしたら、僕たちの前のファイトで、やはりアメリカの白人ファイターが、フランスの黒人ファイターに失神させられ、半殺しにされたせいもあるのかもしれない。リングに上がった瞬間から、ニコル・フローリーはひどく脅《おび》えていた。そして、ゴングが鳴ってからは逃げることだけを考えていた。

そんなアメリカ人空手家を僕は徹底的に追いまわし、コーナーに追い詰め、ついにその顔面に左の拳《こぶし》を打ち込むことに成功した。

その一発でニコル・フローリーはマットに沈んだ。

僕は倒れた空手家の脇に立って、彼が立ち上がるのを待った。

けれど、男は立ち上がらなかった。そのまま這《は》うようにして、リングから下りてしまったのだ。

あまりに呆気《あっけ》ない幕切れに、観客たちはひどく失望し、逃げ出したアメリカ人空手家にブーイングを浴びせた。

リングのすぐ下ではエージェントの女が歓喜していた。女は顔を真っ赤にし、「やったわ、小鹿くん！　やったわ！」と繰り返しながら、何度も拳を突き上げていた。その後は原田圭介に手伝ってもらってリングによじ登り、ミニ丈の洒落《しゃれ》たスーツが汗に濡《ぬ》れるのも厭《いと》わず、僕の体をぎゅっと強く抱き締めた。

「ありがとうございます」

香水のにおいを漂わせながら僕を抱き締める女に、僕は言った。

けれど、僕は観客たち以上に失望していた。あんな相手と戦うために、僕はマカオまで来たつもりはなかった。

戦いが終わってホテルの部屋に戻るとすぐに、僕は自分の部屋にいるはずの姉に電話を入れた。姉の状況しだいでは、明日のできるだけ早い時間の航空券を予約し、すぐに帰国するつもりだった。

けれど、電話に出た姉は前夜に比べると随分と落ち着いていた。そして僕に、そんなに慌てて戻って来る必要はないと言った。

「翠ちゃん、大丈夫。大丈夫なの？」

『ええ。大丈夫。昨夜はちょっと興奮しちゃったけど、もう何ともないわ。今夜はあの人も来なかったし……それに、もしまた来たとしても、嘉ちゃんの言う通り、放っておけばいいだけだし……だから大丈夫よ。心配しないで』

落ち着いた口調で姉が言った。

それで僕は予定通り、ラムアと黒部純一との戦いを見届けてから、エージェントの女やほかのファイターたちと一緒に帰国の飛行機に乗ることにした。幸いなことに三浦美紗は僕たちと一緒に帰国できそうだった。

その晩、前夜の約束通り、女は僕にオーラルセックスをしてくれた。たとえどんな約束でも、約束したことは守るというのが彼女の信条だった。

僕は2回続けて女の口の中に熱い体液を注ぎ入れ、そのたびに女は喉《のど》を鳴らしてそれを飲み下した。

3度目には射精までにとても時間がかかり、女は1時間近くものあいだ男性器を口に含み続けることになった。

けれど、女は文句は言わなかった。何度か咳《せ》き込み、10秒足らずの短い休憩を何度か挟みながら、延々とそれを口に含み、延々と頭を上下に振り続けてくれた。

硬直した男性器と女の唇が擦《こす》れ合う音、それに女が少し苦しげに鼻で呼吸をする音とが、静かな部屋の中に延々と繰り返されていた。

僕はそんな女の頭を静かに撫《な》で続けながら、すぼめられた女の口から出入りする濡れた男性器を眺めていた。

長いあいだ、じっと見つめていると、まるで僕の性器ではなく別の生き物が、女の口を出たり入ったりしているように感じられた。

だが結局、3度目はオーラルセックスでは射精に至らず、僕は女をベッドの上に四つん這いにさせ、その乳房を揉《も》みしだきながら背後から犯した。

「ああっ、いやっ……あっ、いっ……ああっ、ダメっ……」

両足を大きく開いて四つん這いになった女は、両手でシーツを握り締め、細い体を野生の獣のようにしならせ、長い髪を振り乱して声を上げ続けた。その姿はとても淫《みだ》らで、とても魅力的で……そして、とても美しかった。

その晩は自分の部屋には戻らず、僕は女の隣で眠った。女は明日の朝いちばんで、今度は黒部純一と無差別級の計量に行く予定になっていた。

「明日はラムアも来るんですよね？」

僕の腕に頭を乗せた女に僕は言った。そして、アンダーグラウンドの格闘界最強の男の顔や、目を見張るほどに美しい男の肉体を思い浮かべた。

「ええ。もちろん、来るわ」

目を閉じたまま、その頰を僕の腕に擦り付けるようにして女が言った。

僕にとって、ジョン・ラムアという男はヒーローだった。そして、明日の朝、そんな男を間近に見ることのできる加藤由美子を僕は羨《うらや》ましく思った。

「計量の時にはラムアはいつもスーツなんですか？」

「ええ。たいてい、スーツで来るわね」

「マネージャーの女性も一緒なんですか？」

「ええ。そうだと思うわ」

その大きな目を開いて女が答え、僕はいつもラムアに寄り添っている小柄な中年の女の姿を思い浮かべた。

「あのマネージャーの女の人、ラムアの何なんです？」

「噂によると、恋人みたいね」

「だって、年が違うでしょう？」

そう。いつもラムアに付き添っているその女は、彼よりかなり年上に見えた。

「年が違っちゃ、いけないの？」

女が僕を見つめ、少し怒ったように唇を尖《とが》らせた。その甘えた様子が僕にはとても可愛らしく感じられた。彼女は僕より15歳年上だった。

「いや、そんなことはありませんけど……」

僕は笑った。そして、自分の腕に乗った女の頭をそっと撫でた。

そんな僕の脚に女はすべすべとした自分の脚を絡ませて来た。

「あの……加藤さん」

「なあに、小鹿くん？」

「あの……もう1回やってもいいですか？」

僕が訊き、女が呆れたように僕を見つめた。

「いいわよ、小鹿くんができるなら……」

僕の腰に下半身を押し付けながら女が答え、僕が彼女を抱き寄せようとした時……サイドテーブルの電話が鳴った。

「誰かしら、こんな時間に？」

裸の上半身を起こし、その細い腕を電話のほうに伸ばしながら女が言った。

時計を見ると、すでに午前3時をまわっていた。

「もしもし……えっ、黒部さん？……今、どこなの？……えっ、そんな……それで香港のどこにいるの……そんなのダメよ……そんな……約束が違うじゃない？」

どうしたというのだろう？　エージェントの女は、ひどく戸惑った様子だった。

電話の相手は、明後日の晩（もう午前3時だから、正確には明日の晩だ）、ジョン・ラムアと戦うことになっている黒部純一らしかった。

「とにかく戻って来て……ダメよ、そんなの。契約違反よ……ちょっと、黒部さん……ちょっと、電話を切らないで……もしもし……もしもし……」

女が口をつぐんだ。どうやら、電話が切れたようだった。

「黒部さん、どうかしたんですか？」

受話器を握り締めたまま、女が僕のほうに顔を向けた。その美しい顔には怒りと苛立《いらだ》ちと戸惑いの色が浮かんでいた。

「黒部さん、ラムアと戦うのはやめるって……」

「やめる？」

「ええ。やっぱりラムアとは戦えないって……」

女が唇を嚙《か》み締めた。

僕は手を伸ばし、サイドテーブルの上の笠付きの電気スタンドを灯《とも》した。眩《まぶ》しいほどの光が、広々とした部屋の中に満ちた。

「それで黒部さん、今、どこにいるんです？」

眩しさに目を瞬《しばた》かせながら僕は訊いた。

「香港だって言ってたけど……」

「香港？」

「ええ。小鹿くんのファイトのあと、いったんここに戻って、すぐにタクシーでフェリー乗り場に行ったみたい……でも、それ以上は言わないのよ。どこにいるか、教えてくれないの。だからもう……手の打ちようがないわ」

女はひどく戸惑った様子だった。「困ったわ……明日の朝には計量が控えてるっていうのに……どうしたらいいのかしら？」

僕はふーっと息を吐き出した。

黒部純一のしたことがフェアなことではないとはわかっていた。彼は約束を破って、戦いの場から逃げ出したのだ。ファイターであるにもかかわらず、戦わずにその場から逃走したのだ。

けれど……彼を責めるつもりにはなれなかった。

そう。黒部純一は正しいことをしたのだ。殺されるより、卑怯《ひきょう》者と呼ばれるほうを選んだのだ。

それは当然の選択に思えた。

第六章

1.

エアコンの利いた、静かで薄暗い部屋の中――男は一糸まとわぬ姿で、大きな机の前のゆったりとした椅子に座っている。机の上のパソコンの画面では、ふたりのファイターによる壮絶な格闘が繰り広げられている。

ルール無用の地下室の格闘――。

けれど、男はそれを見ていなかった。それは素人同士の、見るに堪えない喧嘩《けんか》のようなものだった。見る必要はなかった。

パソコンの画面を見る代わりに、男は視線を落とした。

大きな机の下――そこにはいつものように全裸の若い女がうずくまり、いつものように硬直した男性器を口に含んで頭を上下させていた。

静かだった。男の耳に入って来るのは、口をふさがれた女が鼻で呼吸をする音、女の唇と男性器の擦《こす》れ合う音、それにエアコンの立てる微《かす》かな音だけだった。

ゆっくりと高まりつつある快楽に身をゆだねながら、男はそっと息を吐いた。そして、リズミカルに動き続けている女の頭をもっと激しく動かすために、その柔らかな髪を逞《たくま》しい両手でがっちりと鷲摑《わしづか》みにした。

髪を鷲摑みにしたまま、女の頭を真上から強く押し付ける。鉄のように硬直した男性器の先端が、女の喉《のど》を激しく突く。

「うむむっ……うむうっ……」

ふさがれた口のあいだから、女がくぐもった呻《うめ》き声を漏らす。

女の頭を引き上げ、直後にまた、真上から強く押し付ける。男性器の先端が再び女の喉を突く。

「うぶっ……うむうっ……」

女が苦しがり、男性器を吐き出そうとする。

けれど、男はそれを許さない。それどころか、さらに強く女の頭を上下に動かす。

強く、強く、より強く……激しく、激しく、より激しく……。

何度目かに男性器が喉を突いた時、女が嘔吐《おうと》しそうになった。

男はすぐにそれを察した。そういうことには、すっかり慣れていた。

その瞬間、男は机の上にあったボウルを素早く女の顔の下に差し出した。次の瞬間、口から男性器を吐き出した女は、顔の下に差し出されたボウルの中に嘔吐した。

「おえーっ！　ううっ！　おえーっ！」

女はステンレス製のボウルに顔を伏せ、華奢《きゃしゃ》な体をよじるようにして嘔吐を続けていた。その苦しげな声が静かな部屋の中に響いた。

「おえーっ！　えっ！　おえーっ！」

だが、女の胃から吐き出されたのは、黄色っぽい泡のような胃液だけだった。

オーラルセックスの前には食事はするな。

女にはいつも、そう言い聞かせてあった。

いつものように男は、女の嘔吐が終わるのを辛抱強く待った。そして、隣の部屋にいるはずの、愛する女性のことを思った。

そう。薄い壁を隔てた隣の部屋には彼の愛する女性がいた。だから、その女性にも、女が嘔吐している音は聞こえているはずだった。

けれど今では、男はその女性のことは気にしていなかった。彼がその女を相手に性欲の処理をしていることは、その女性の了承済みだった。

彼は足元の女を愛しているわけではなかった。そこにいる女と彼とは、ただ金銭契約で繋《つな》がっているだけだった。

足元で女が嘔吐を続けているあいだに、いつものように男は机の上にあったボトルのウィスキーをグラスに注いだ。そして、女の嘔吐が終わるのを待って、それで女に口をすすがせた。

「よく、すすげ」

男が命じ、机の下の女が彼を見上げた。

涙で潤んでいたけれど、女の目には怒りはなかった。

女がうがいを終えると、男は再び無言で女に男性器を含むように命じた。それはいまだに彼の股間《こかん》で、痛いほどの硬直を続けていた。

もちろん、女は逆らいはしなかった。

机の下の女が再び男性器を深く口に含んだ。女の口の中に残ったアルコールが、男性器をピリピリと刺激した。それが心地よかった。

男は再び女の髪を鷲摑みにした。そして、再び乱暴に女の頭を上下に動かし始めた。

静かな部屋の中に再び、女が鼻で呼吸をする音と、女の唇と男性器の擦れ合う音が響き始めた。

2.

女に体液を嚥下《えんか》させたあとで、男はキッチンの冷蔵庫に向かった。彼がボトルとグラスを手に書斎に戻ると、すでに机の下から女の姿は消えていた。

用が済んだらすぐに出て行く。それが約束だった。

男はパソコンの画面に目をやった。そこでは、ちょうど今夜の目当てのファイターの入場が始まるところだった。

再び机の前の椅子に腰を下ろし、男は引き出しの中からソムリエナイフを取り出し、慣れた手つきでコルクを抜いた。そして、深緑色をしたボトルを静かに傾けて、華奢なグラスにワインを注ぎ入れた。

よく冷えたポルトガル産の白ワインが、背の高いグラスに満ちる。透き通っていたグラスが、たちまち曇りガラスのように変わる。そっとグラスを持ち上げ、その縁に鼻を近づける。青い果実を思わせる香りが立ちのぼり、男の鼻孔を心地よく刺激する。

男はグラスの縁に唇を寄せ、中の液体をそっと口に含んだ。よくこなれた柔らかな香りが、口の中に静かに広がり、鼻孔からそっと抜けていった。

辛口のワインをしばらく味わっていたあとで、男はパソコンの画面に目をやった。そこには今、ミドル級の日本人ファイターが映し出されていた。

ファイターの背後にはいつものように、ミニ丈のスーツをまとった華奢な日本人の女が付き添っていた。その女は髪が長く、ほっそりとしていて、とても美しかった。

男が彼女を初めて見た時から、すでに10年の時間が経過していた。けれど、女の容姿や体つきは、その10年のあいだ、まったくと言っていいほど変わっていなかった。いつものようにそのことが、彼を少し驚かせた。

カトウ・ユミコというその女は、『キョクトウ・クラブ』という格闘技組織のリーダーだった。この10年、彼女は自分のファイターたちを次々とアンダーグラウンドのリングに送り込み続けていた。

　こんなに綺麗な女が、なぜ、あんなことに携わらなくてはならないのだろう？

　もちろん、男は女の目的を知っていた。

　彼女がファイターを送り込み続ける目的は、たったひとつ。それはひとりの男を――あの世界の帝王として君臨する男を倒し、その男から命を奪い取ることだった。

　けれど、10年にわたってそんなことを続けているにもかかわらず、女はいまだに、その目的を達成できないでいた。

　いや、おそらく、彼女が目的を達する日は永久に来ないだろう。

　男はそんなふうに考えていた。

　エイリアンと呼ばれる男は、それほどに強かった。それに引き換え、彼女が日本から連れてくる男たちは、誰も彼もがあまりにも弱かった。

　そう。カトウ・ユミコが連れて来る男たちは弱い。それでも……今夜は、女の前を歩いているミドル級の日本人ファイターが勝つと彼は確信していた。だから、そのファイターに10万香港ドルという大金を賭《か》けていた。

　本当はもっと賭けてもよかった。別格であるエイリアンの戦いを除けば、今開催のすべてのファイトの中で、この日本人ファイターの試合がいちばん堅そうだった。カトウ・ユミコが率いるファイターたちの中では、そのミドル級のファイターは抜きん出て強かったし、今夜の彼の相手は嚙《か》ませ犬のような男だったから。

だが、あのリングでは何が起こるかわからなかった。だから、一回の賭け金は10万香港ドルまでと決めていた。現に昨夜も、リタ・ベルリンドが敗れる大波乱があり、男は賭けた10万香港ドルを失っていた。

今、パソコンの画面に映っている日本人ファイターと、リタ・ベルリンドを殺したミウラという女性ファイターは、ふたりともカトウ・ユミコの組織に所属していた。そして明後日、エイリアンが対戦する予定のクロベという日本人も、ふたりと同じようにカトウ・ユミコが送り込んだファイターだった。

それにしても、あのリタ・ベルリンドに負ける日が来るとは……あのリタ・ベルリンドが、もうこの世にいないとは……。

空になったグラスに新たなワインを注ぎ入れながら、男はしみじみと思った。そして、逆蝦《えび》固めを決められたベルリンドが、リング上で失神した瞬間のことを思い出した。

今朝、親しくしている主催者のひとりから聞いたところによれば、ベルリンドは死んだということだった。電話でそれを聞いた時、まるで自分のことのように体が震えたことを彼は思い出した。

男はオフになっていたパソコンの音声をオンにした。グラスの縁に唇を寄せ、また中の液体を口に含んだ。そして、パソコンの画面に目をやった。

ちょうど今、人込みを搔《か》き分けるようにして歩いて来た日本人ファイターが、リングに上がったところだった。黒いショーツだけを身に着けた日本人ファイターの皮膚が、照りつけるライトに強く光った。

男はいつものように、そのファイターの肉体を美しいと思った。

バンビとあだ名されているその日本人は、元はミドル級のプロボクサーで、アジアのチャンピオンだったと聞いていた。

バンビはミドル級にしては背が高く、手足が長く、ほっそりとした体つきをしていた。体にはまったくと言っていいほど皮下脂肪がなく、細いけれど柔らかそうな筋肉がついていた。骨張った背中には、くっきりと肩甲骨が浮き上がっていた。アンダーグラウンドのファイターの中に、そういう体つきをしている者は少なかった。

パソコンの画面の中で、観客の歓声に応《こた》えるかのように、バンビがその長い腕を高く突き上げた。その瞬間、さらに大きな歓声が響き渡った。

最近は嚙ませ犬みたいな相手とばかり戦っているくせに、バンビは人気があった。少なくともミドル級では、バンビはいちばんの人気者だった。

冷たいワインを味わいながら、男はそんな日本人ファイターのほっそりとした体を目を細めて見つめた。

いつかこの男と戦ってみたい。

そんなふうに思った。

そう。パソコンを見つめている男もまたファイターだった。彼はもう10年以上も、アンダーグラウンドのリングで戦い続けて来た。

アンダーグラウンドのリングは、彼の人生のほとんどすべてだった。いや、それ以上かもしれなかった。

彼はあの格闘の世界に感謝していた。もし、あの世界に出会わなかったら……そう考えると、ぞっとした。

彼の取り柄はただひとつ、戦うことだけだった。

彼のこれまでの対戦相手の中には、手ごわい敵も何人かいた。彼より体の大きな敵もいたし、彼より力が強い敵もいた。彼より多彩な技を持っている敵もいたし、彼より老獪《ろうかい》で頭のいい敵もいた。

だが、『やられる』と感じたことは一度もなかった。

そう。彼はアンダーグラウンドの格闘の世界の帝王だった。皇帝だった。

彼があまりに強すぎるために、ここ数年は誰もが彼との戦いを避けるようになっていた。最近では対戦相手がどうしても見つからず、マッチメイクができないということも少なくなかった。たとえ相手が現れたとしても、彼らはみんな取るに足らない相手で、ファイトマネーを持ち逃げすることだけを考えているような連中だった。

もう何年も、彼は満足できる相手と、満足いくまで戦えたという記憶がなかった。

それでも彼は戦っていた。それしかできることがないから……リングの上以外には居場所がないから……という理由で戦っていた。

惰性で戦うことが危険なことだとはわかっている。あの世界では、ほんの少しの油断が敗北に繋《つな》がるのだ。そして、敗北はしばしば死を意味するのだ。

こんなふうに惰性で戦い続けていたら、俺もいつか、ベルリンドのように負ける日が来るかもしれない。取るに足らない相手に不覚を取り、殺される日が来るかもしれない。

昔はこうではなかった。かつての彼は、常に死を意識し、常に無我夢中で、常に死に物狂いで戦いに臨んだのだ。

殺さなければ、殺される――彼はそう感じていた。だからこそ、実際に何人もの男たちを殺して来た。だからこそ、これまで負けずにいられた。そして、だからこそ……あんなにまで輝けた。

そう。かつての彼は輝いていた。あのリングの上で、誰よりも強く光り輝いていた。

だが、最近の彼は輝いてはいなかった。誰が何と言おうと、彼自身がそのことを知っていた。

そろそろ潮時かもしれない。

誰もがいつかは年を取り、いつかは負ける日が来るのだ。だとしたら、俺もそろそろ引退すべきなのかもしれない……。

彼の愛する女性は常々、彼に引退するように言っていた。いや、嘆願していた。

「いったいいつまで、続けるつもりなの？　殺されるまで戦うつもりなの？　お願い、もうやめて。もう引退して……」

彼だって、それを考えないではなかった。けれど、格闘の世界のほかに、彼は世の中を知らなかった。彼から格闘を取ったら、何もできない『でくの坊』だった。だだから、本当は引退なんて、したくなかった。いつまでも、戦い続けていたかった。だが、もはやあの世界には、自分に相応《ふさわ》しい敵はいないように彼には思えた。

それでも……ひとりだけ……あのバンビとだったら、戦う価値があるかもしれない。あのバンビを殺したら、俺はまた輝けるかもしれない。あのバンビを殺したら、俺はリングにさようならを言えるかもしれない。

最近、彼はそんなふうに思うようになっていた。

2年ほど前、カトウ・ユミコが彼に、バンビとの対戦を申し入れて来たことがあった。夫を殺された仇《かたき》を討つために、彼女はしばしば彼に対戦を申し入れていた。

けれど、彼はバンビとの対戦を断った。自分よりも40キロ近く軽いミドル級の男と戦うのは、プライドが許さなかったのだ。当時のバンビは、アンダーグラウンドでのファイトの経験さえなかった。

けれど、今だったら、戦ってもいい。

男はそう思っていた。バンビと呼ばれるその男には、そう思わせる何かがあった。

バンビはとてつもなく早かった。おそらく、彼の知っているファイターの中で、いちばん早かった。さらにバンビは目がよかった。動体視力と、反射神経が抜群だった。フットワークも軽快だったし、パンチも正確で強かった。最近は立ち技だけでなく、寝技もうまくなっていた。そして、何より……バンビというファイターは輝いていた。

そうだ。バンビは輝くのだ。

それはおそらく、彼が生まれ持っている天性のものだった。

俺もまた輝きたい。かつてのように光り輝きたい。

彼はそれを熱望していた。そのためには、輝きを持った者と戦う必要があった。

グラスに新たなワインを注ぎ入れたあとで、男は視線をパソコンに戻した。

リングの上では今、ふたりのファイターが歩み寄り、握手を交わしていた。

バンビの対戦相手のアメリカ人空手家はがっちりとした体つきをしていたが、明らかに気圧《けお》され、脅《おび》えていた。それが、パソコンの画面からもはっきりとわかった。

ふたりのファイターがそれぞれのコーナーに別れた。直後にゴングが鳴った。

彼はグラスを置くと、バンビの戦いを見るためにパソコンの画面を見つめた。

戦い？

いや、それは戦いではなかった。空手家崩れのアメリカ人は、戦おうとしなかったのだ。それどころか、逃げることだけを考えていたのだ。

まるで磁石のN極同士を近づけた時のように、バンビが1歩踏み出すと、アメリカ人は1歩後ずさった。バンビが2歩踏み出すと、アメリカ人は2歩後ずさった。それはファイトではなく、鬼ごっこをしているかのようだった。

空手家崩れのアメリカ人は、そんなふうにしてバンビから逃げまわり続け、観客たちのブーイングを浴び続けた。しかし、最後はコーナーに追い詰められ、バンビの左拳《こぶし》を顔面に受けてマットに崩れ落ちた。

おまけにそのアメリカ人は立ち上がろうともせず、そのままマットの上を這《は》ってリングを下りてしまったのだ。

見るに堪えない茶番だった。

ふーっと大きく息を吐くと、ジョン・ラムアはパソコンの電源を切った。

3.

その朝、ジョン・ラムアはアラームを使って午前6時に目を覚ました。分厚いカーテンが外光を遮っているために、寝室は夜のように暗かった。

いつもは自然に目が覚めるまで眠っている。けれど、今朝はそうはいかなかった。8時にはここを出てフェリー乗り場に向かい、マカオに向かわなくてはならなかった。

彼はベッドを出ると、全裸のまま広々とした寝室の窓辺に向かった。そして、南西を向いたその窓に掛けられた分厚いカーテンの向こう側に体を入れた。

反射的に目を細める。

光、光、光——。

カーテンの向こうには眩《まぶ》しいほどの太陽光が満ちていた。

目を細めたまま、窓の向こうに広がる海と、緩やかなカーブを描いた水平線を見つめる。それから視線を真下に下ろし、33階に位置する窓の下にある海峡を眺める。島と島とに挟まれた狭くて細い海は、金色の絵の具を注ぎ入れたかのように輝いていた。その光り輝く海面を、数え切れないほどたくさんの船舶が、それぞれの航跡を長く曳《ひ》いて行き来していた。

きょうは空気が澄んでいた。幅2キロほどの狭い海——東博寮海峡の向こう側に、南丫《ラムア》島がくっきりと見えた。

巨大な窓ガラスに額を押し付けるようにして、彼はその島を見つめた。毎日のように変化を続けている香港島のすぐ隣にあるというのに、その島はまったくと言っていいほどに変わらなかった。約1万人という島の人口は、彼がいた頃から減ってはいなかったけれど、増えてもいなかった。島には高層建築物はまったく見当たらず、土地の大半が鬱蒼《うっそう》とした木々に覆われていた。

このマンションが聳《そび》えているのは、香港島の南端に隣接した鴨脷洲《アップレイザウ》という小さな島だった。いや、島というよりは、小さな突起のような土地だった。

鴨脷洲はかつては何もないところだった。だが、今では豪華な邸宅が立ち並び、彼が暮らしているような超高層マンションが林立していた。洒落《しゃれ》たブランドショップがいくつもできていたし、巨大なアウトレットモールも建設されていた。

そう。鴨脷洲は香港でも有数の高級住宅街であり、有数の開発地帯だった。

けれど、彼がここに暮らすことにしたのは、それが理由ではなかった。ジョン・ラムアがそこに居住地を決めた理由はただひとつ、それは生まれ故郷の南丫島がすぐそこに見えるからだった。

けれど……こんなに近いところで、こんなふうに毎日のように眺めながら暮らしているというのに、島を出てから彼は一度もそこに足を踏み入れたことがなかった。

南丫島には今も彼と血の繋がった人々が暮らしているはずだった。けれど、たぶん彼を見て、それとわかる人はもういないだろう。たとえ、彼だとわかったとしても、島の人々は彼を歓迎しないだろう。

窓ガラスとカーテンのあいだに佇《たたず》んで、しばらく南丫島を見つめていたあとで、ジョン・ラムアはふーっと長く息を吐いた。それから、自分の背後にあったカーテンをいっぱいに開け放った。

直後に、寝室に満ちていた夜の闇を、朝の光が一掃した。

「さあ、ファラ。そろそろ起きる時間だよ」

寝室の片隅に置かれた巨大なベッドに向かって彼は声をかけた。

羽毛の掛け布団がもそもそと動き、やがてベッドの上に華奢《きゃしゃ》で小柄な女がゆっくりと身を起こした。もうずっと前に若さを失った……けれど、今もなお美しい女だった。剝《む》き出しの小さな乳房が、取ったばかりの桃の実のように初々しく光っていた。

綺麗《きれい》だな。

寝起きの女の顔を見つめて、いつものように彼はそう思った。

そう。もう何年も一緒に暮らしているというのに、彼は見るたびに、その女を綺麗だと思った。

小さくて美しい中年の女は、その細い腕を天井に向かって突き上げ、大きく伸びをした。白い腋《わき》の下が汗で光っていた。

「おはよう、ジョン」

女が笑顔で言った。笑うと、目の脇に小さな皺《しわ》ができた。

「おはよう、ファラ」

アンダーグラウンドの格闘界の帝王はベッドに歩み寄った。そして、毎朝そうしているように、ほっそりとした女の裸体を強く抱き締めた。

母親に抱かれている赤ん坊のようなやすらぎが――いつものように体の隅々にまで広がっていった。

4.

香港やマカオと同じ気候のはずなのに、この島の木々の緑は色が違う――。

かつて島にやって来た何人もの観光客たちから、彼は同じような言葉を聞いた。

土が違うのかなあ？　それとも、ほかに何か原因があるのかなあ？　ここの森は、まるで熱帯のジャングルみたいじゃないか。

観光客たちはみんな不思議そうだった。

けれど、その島しか知らなかったジョン・ラムアには、そんなことを言われてもピンと来なかった。

16歳になるまで彼にとっては、生まれ育った南丫島が全世界だった。


香港と同じように、南丫島も1999年まではイギリスが領有する植民地だった。

南丫島は香港の離島の中では2番目に大きい島である。東博寮海峡を挟んですぐ北西に位置する香港島とはわずか2キロしか離れておらず、香港島の中心地、中環《ツォンワン》からフェリーに乗れば、たったの25分で南丫島に到着できる。

世界の自由貿易港として賑《にぎ》わう香港島と、南丫島はそれほど近いところにあった。それにもかかわらず、この島は香港とはまったく違っていた。開発から取り残され、世界中の人々から忘れ去られていたのだ。

南丫島には平らな土地がほとんどない。そのため、飛行場を作ったり、ホテルを建てたり、レジャー施設やショッピングモールを建設したりという大規模な観光地化を進めることができなかった。同じ理由から、大がかりな農業をすることもできなかった。

そんなわけで、南丫島の大半は今も、亜熱帯の木々に覆われた原生林のままに放置されている。

中国に返還されてから10年近くが過ぎ、すぐそばにあるマカオが驚異的な発展を遂げた今も、この南丫島には産業と呼べるような産業はない。海水浴場もないし、観光スポットもない。イギリスの領有地だった頃と同じように、南丫島の島民の多くは漁業に従事し、残りの人々は狭い土地を利用しての小規模な農業と、香港から遊びに来るわずかな観光客が落とす金を頼りに生きている。

ただ、香港島にとても近い上に、のどかで静かだということもあって、香港在住の欧米人にはこの島の人気は高かった。休暇を利用して観光に来る欧米人は少なくなかったし、別荘を建てる欧米人もいた。

そんなわけで、島民の半分は欧米人だと言われるほどにたくさんの欧米人が、この南丫島にはいた。商店の多くが漢字の看板のほかに英語の看板を掲げているのは、そういった理由からである。

ジョン・ラムアはそんな島の北側に位置する、榕樹灣《ヨンシーワン》で生まれた。

榕樹灣はこぢんまりとした船着き場を中心にした、小さな集落だった。湾のいちばん奥まったところにある船着き場には、香港の中環から一日に数便のフェリーがやって来て、一日に数便が中環に向かって出て行った。

榕樹灣は本当に小さくて、本当に何もない集落だった。それでも、寂れ果てた南丫島の中ではもっとも賑わっている場所でもあった。ちっぽけな船着き場を囲むようにして、百数十メートルの商店街があり、観光客向けの飲食店や土産物店や民宿などが立ち並んでいた。それがこの島で唯一の商店街だった。

その榕樹灣でジョン・ラムアの母親が彼を妊娠した時、そのことを祝福した者はひとりもいなかった。

彼の母がまだ17歳で、その上、もう父親が島にはいなかったからだ。

船着き場のすぐそばで小さな海鮮料理店を経営していた母の両親は、娘の妊娠を知って驚いた。

ジョン・ラムアの祖父母にあたる娘の両親は、嘆き、うろたえ、おろおろと取り乱し、最後に激怒した。

父親は娘を折檻《せっかん》しながら、胎児の父親の名を問いただした。けれど、流産しかけるほどの折檻を受けたにもかかわらず、娘はその男の名を言わなかった。

いや、娘だって、胎児の父親のことを隠そうとしていたわけではなかった。彼女は、胎児の父親の正確な名を知らなかったのだ。

そう。彼女が知っていたのは、男の呼び名だけだった。

娘が泣きながら話したところによれば、胎児の父親は、イギリス本土から香港支店に赴任していたイギリス系銀行の行員のようだった。5カ月ほど前、その男は休暇を利用して南丫島に遊びに来て、榕樹灣の小さな民宿に数日間宿泊した。そして、彼女の両親の海鮮料理店を何度か訪れたらしかった。

どうやら、娘と男とはその時に出会ったようだった。店が忙しい夕方にはしばしば、両親は娘に店の手伝いをさせていた。

娘によれば、そのイギリス人は若い白人で、ハリウッドの俳優のようにハンサムだった。男は痩《や》せて背が高く、ウェイブのかかった金色の髪と、透き通るような青い目をしていた。手足がとても長く、指がほっそりとしていて、マスカラでもしているのではないかと思うほど睫毛《まつげ》が長かった。そしていつも、オペラ歌手のようによく響く、低い声で優しく話したという。

男は夕方の5時過ぎに、毎日のようにひとりきりで娘の父親の海鮮料理店にやって来た。そして、そのたびにサンミゲルというフィリピンのビールを注文し、塩茹《ゆ》でにしたエビと、アサリの浜納豆炒《いた》めと、スペアリブが乗った焼きそばを注文した。時にはチャンツァイの炒め物を注文した。

男はいつもほぼ同じ時間に店にやって来た。そして、同じ窓辺のテーブルに座って、船着き場のほうを眺めながらゆっくりと食事をした。たいていは半袖《そで》のポロシャツに、木綿の短パンとサンダルというファッションだった。右の腕に小さな龍のタトゥーがあるのが、シャツの袖から垣間見《かいまみ》えた。その腕は太くはなかったけれど、筋肉質で逞《たくま》しかった。細くて長い右手の薬指には、複雑な彫刻が施された銀の指輪が嵌《は》まっていた。

男は知的で上品な雰囲気を漂わせていた。そして、どことなく悲しげで、寂しげだった。少なくとも、娘にはそう感じられた。そんな男は島の住民にはひとりもいなかった。会計の時に男は、いつも少し多めのチップを娘に手渡した。そして、透き通るように青い目で娘を見つめ、「ごちそうさま。おいしかったです」と爽《さわ》やかに微笑んだ。その笑顔を見るたびに、娘はとても幸せな気持ちになった。

けれど、男について娘が知っていたのは、そんなどうでもいいことばかりだった。娘は男が勤務するというイギリス系銀行の名も、その支店のある場所も知らなかった。彼の故郷の地名も、家族のことも、学歴も経歴も何も知らなかった。娘は男の年齢さえ聞いていなかったのだ。

ある日の午後、そのイギリス人と娘は商店街でばったりと出会った。娘はそれを運命的なものに感じた。

けれど、それは運命的なものだとは言いがたかった。商店街はそれほどに小さく、ふたりが同じ時刻にそこをうろついていれば、出会わないほうが不思議なくらいだった。

榕樹灣の船着き場に出入りするフェリーを眺めながら、男と娘はしばらくのあいだ取り留めのない立ち話をしていた。

吹き抜ける風が、柔らかな男の金髪を美しくなびかせていた。娘には英語はあまり理解できなかったけれど、それでも、男の声をうっとりとして聞いた。それはまるで音楽のようだった。

しばらく立ち話をしていたあとで……男が娘を自分の泊まる民宿へと誘った。

娘は一瞬ためらった。けれど、拒みはしなかった。彼女はすでに、そのイギリス人に恋をしていたのだ。

ふたりは彼が宿泊している民宿へと向かった。男が先に行き、娘は人目を気にして、彼から少し離れて歩いた。

その民宿は娘の両親の海鮮料理店から、数軒しか離れていないところにあった。民宿の経営者は、娘の両親とはもちろん、娘とも昔からの顔馴染《なじ》みだった。けれど、娘は誰にも見られずに男の部屋に忍び込むことに成功した。

狭く、薄暗く、じめじめとしたその部屋で、男は娘の体を求めた。娘は怖《お》ず怖ずとそれに応じた。娘にとって、それは初めての性体験だった。

性交のあと、薄汚れた布団の上で裸にした娘の華奢《きやしや》な体を愛撫《あいぶ》しながら、男は娘の耳元で囁《ささや》いた。

自分の任期が終了したら、一緒にイギリスに行こう。イギリスの郊外に家を買い、イギリス製の乗用車を買い、大きな犬を飼おう。家の壁は白いペンキで塗り、庭には緑の芝生を敷き詰め、垣根には薔薇《ばら》を巡らそう。ベッドルームは白で統一し、そこにキングサイズのベッドを置こう。その家で君と僕とは幸せに暮らすんだ。

イギリスで暮らす——その言葉が娘を魅了した。

男が島にいるあいだ、娘は毎夜のように自宅を抜け出し、男のいる民宿に通った。

休暇が終わって南Y島を発《た》つ前にイギリス人は、2カ月後には、どんなに遅くても3カ月後には戻って来ると娘に約束した。だから、待っていてくれるように、と。

娘はそれを信じた。

けれど、両親にはそんなことは信じられなかった。これまでに、自分の娘のような目に合わされた島の女たちを、彼らは何人も知っていた。

両親は娘に堕胎するように命じた。けれど、娘は頑固にそれを拒んだ。そして、生まれて来る赤ん坊とふたりで男が戻って来るのを待つと言い張った。

だが、いつまでたっても男は戻って来なかった。手紙さえ一度も届かなかった。

やがて、娘は赤ん坊を産んだ。大きな男の子だった。

娘が言ったとおり、男は青い目をした白人だったらしい。生まれた赤ん坊は肌の色がとても白く、青味がかった美しい目をしていた。


遅くとも3カ月後には——。

男は娘とそう約束したはずだった。

けれど……約束の3カ月が過ぎても……半年が過ぎても……1年がたっても……イギリ

ス人は南丫島に戻って来なかった。

5.

赤ん坊が1歳を迎える頃には、娘も男は戻って来ないのだと考えるようになった。自分はただ、欧米人観光客のひとりに騙《だま》され、もてあそばれただけなのだ、と。

榕樹灣のような小さな集落では、住民のほとんど全員が顔見知りだった。そんなところで、非嫡出子を抱えて生きていくのは容易なことではなかった。住民たちの半分は娘を哀れみ、残りの半分の人々は彼女を蔑《さげす》んだ。けれど、娘を哀れんだ人々だって、心の中では娘のことを尻《しり》の軽い、バカな女だとあざ笑っているに違いなかった。

出産後もしばらくのあいだ、娘は両親の海鮮料理店の手伝いを続けていた。だが、赤ん坊が1歳の誕生日を迎える直前に、息子を島に残し、香港に働きに出ることにした。人々の好奇の視線に苛《さいな》まれ、息が詰まって、もう島にはいることができなかったのだ。

そんなわけで、混血の赤ん坊は祖父母の手によって育てられた。

最初の頃は週末ごとに、赤ん坊の母はフェリーに乗って南丫島に戻って来た。彼女は香港の中国料理店でウェイトレスをしているということだった。

けれど、時間が経過するうちに、母は月に1度しか戻って来なくなり、半年に1度しか戻って来なくなり、やがて戻って来なくなった。

幼い子供にとって、それは辛《つら》く寂しいことだったに違いない。けれど、彼は辛いとは言わなかった。寂しいとも言わなかった。

いや、彼はほとんど何も喋《しゃべ》らなかった。

混血の少年は、ひどく無口だった。

母親は二度と島に戻って来なかった。手紙さえ来なかった。

けれど、母がいなくても、少年は成長を続けた。6歳になると、少年はほかの子供たちと同じように島の小学校に通うようになった。

少年にとって、小学校での生活は楽しいものではなかった。級友たちのほとんど全員が、彼の生い立ちを知っていた。教師たちも全員が、彼が非嫡出子であると知っていた。

彼の容姿がみんなとは違うということも手伝って、学校に通い始めた最初の頃には、あからさまな苛《いじ》めを受けたこともあった。

けれど、何年かが過ぎると、そういうことはまったくなくなった。

苛めがなくなったのは、混血の少年に対する理解が深まったからではなかった。自分を苛めようとした子供たちを、少年が徹底的にぶちのめしたからだ。

少年はほかの子供たちよりずっと体が大きく、ずっと力が強かった。そして、ずっと俊敏で喧嘩《けんか》が強かった。

少年は父親について何も知らなかった。けれど、たぶん、その人はとても喧嘩が強かったのだろう。そう少年は思った。

少年は暗く憂鬱《ゆううつ》な目をしていた。決して笑わず、誰にも懐かず、誰とも打ち解けなかった。それはまるで、野生のオオカミのようだった。

ちょっとでも自分に危害を加えようとする者や、ちょっとでも自分をバカにする者があれば、少年はその相手を容赦なく叩《たた》きのめした。いや、時には、肩が触れたという理由だけで、あるいはバカにしたような目で自分を見たという理由だけで、少年は級友たちを嫌と言うほどぶちのめした。

やがて、少年に近づこうとする者は誰もいなくなった。話をしようとする者さえいなくなった。


オオカミのような目をした混血の少年は、しばしば北角山にひとりで行った。北角山は島の北側にある、山とは呼べないような低い丘陵地だった。

そんな北角山の頂上付近に立ち、木々のあいだから北に目をやる。すると狭い海峡を挟んだすぐそこ──泳いで渡れるのではと思うほど近くに、香港島が見えた。

超高層建築物が林立する香港島は、鬱蒼《うっそう》とした木々に覆われた南丫島とはまったく違っていた。それは未来の都市のようだった。いや、別の次元の、別の世界のようだった。

俺もいつか母のように、この島を出て香港に行く。そして、俺のことを誰も知らない新天地で、自分の人生を自分の力で切り開く。

海峡を行き交う無数の船舶を見下ろしながら、少年はいつもそう心に誓った。

6.

混血の少年は15歳の時に南丫島を出て香港島に向かった。

最初は祖父母は反対した。けれど、どうしても行くと少年が言い張ると、もうそれ以上は言わなかった。

少年の祖父は、「何かあったら、いつでも戻って来るんだよ」と言い、孫の手にいくらかの紙幣を握らせた。祖母は少年を抱き締め、ただ涙を流しているだけだった。

少年も祖父母と別れるのは辛かった。彼はふたりが好きだった。

けれど、もうこれ以上、島にいることはできなかった。こんな狭い島に閉じ込められていたら、未来は限られていた。

少年は榕樹灣の船着き場からフェリーに乗った。船着き場まで祖父母が見送りに来たが、船が動き出すともう、少年が背後の南丫島を振り返ることはなかった。

フェリーの甲板に立ち、正面からの海風を顔面に受けながら、彼はただ、前方に近づいて来る香港島だけを見つめていた。

最初、少年は香港の広東料理店で皿洗いをして働いた。その後は、その店のオーナーが経営しているディスコの用心棒になった。大きくて喧嘩っ早い混血の少年には、皿洗いよりも用心棒のほうが向いているとオーナーが判断したからだ。

用心棒は皿洗いより、遥《はる》かに楽な仕事だった。何もせず、ただ、そこにいるだけでよかったのだから。

そう。少年は何もしなかった。だが、ある種の女たちは、整った顔をした混血の少年に強く引き付けられた。

ディスコにやって来た女たちは、毎夜のように少年を誘惑した。たいていの女たちは、少年よりずっと年上だった。

少年は金のない女とは付き合わなかった。だが、女が金を払うと言えば関係を持った。自分の体以外に資本を持たない彼にとって、それはとても自然な選択だった。

体を売って女から金をもらうと、少年はその金で今度は売春婦を買った。女たちからもらった金だけでは足らず、給料のほとんどすべてをつぎ込んで売春婦を買いまくった。

少年は性欲が旺盛《おうせい》だった。女の中に体液のすべてを注ぎ入れたと思っても、その直後には、また女に身を重ねたくなった。

たぶん、俺には母親に抱き締められた記憶がないせいだろう。だから俺は、こんなにも女の肉体を求めるのだろう。こんなにも女の皮膚が恋しいのだろう。

少年はそう想像した。

女に買われ、女を買う——そんなふうにして、無為で虚無な数年の歳月が流れた。

その頃の少年は、暇さえあれば繁華街をうろつき、喧嘩に明け暮れていた。いつもひどく苛々《いらいら》していた上に、あり余る力のやり場に困っていたから、喧嘩をしたくてたまらなかったのだ。

喧嘩の相手には事欠かなかった。香港の繁華街は彼のような男たち——いつも苛々していて、エネルギーを持て余しているような男たちで溢《あふ》れ返っていたからだ。

誰に教えられたわけではなかったが、少年は喧嘩がとてつもなく強かった。一対一の喧嘩ではまず負けることはなかった。相手がふたりでも、たいていは少年が勝った。３人の相手を一度にぶちのめすことも稀《まれ》ではなかった。

喧嘩が強い。それは少年が生まれ持った唯一の才能にさえ思えた。

つまらない才能だ。

少年は思った。そして、そんなバカバカしい才能しか自分に与えてくれなかった母を恨み、父を憎んだ。

ああっ、地上に文明が現れる前に生まれて来たかった。そうしたら、俺は世界を支配できたかもしれないのに……。

少年はしばしば、そんな途方もないことを考えた。

そんなある時、いつものように喧嘩の相手を見つけ、路地裏で相手を叩きのめしていた少年に、ひとりの老人が声をかけてきた。

「お前、随分と喧嘩が強いんだな」

少年は肩を上下させながら、老人を見つめた。少年にぶちのめされたふたりの喧嘩相手は、血まみれになって逃げ出していくところだった。

その老人はとても小柄で、皺《しわ》だらけで、細い目は皺の中に埋もれてしまいそうだった。もう70歳はとうに過ぎているのだろう。腰が曲がり、髪は真っ白だった。杖《つえ》を突いているところを見ると、足も悪いのだろう。けれど、老人はとても身なりがよくて、とても金がありそうだった。

「ちょっと俺と話をしないか」

北京語訛《なま》りの広東語で老人が言った。

少年は訝《いぶか》りながらも、その小柄な老人について行った。その老人は金がありそうだったから、もしかしたら、何かおいしい話があるのかと思ったのだ。

中環の繁華街にある高級中国料理店の窓辺のテーブルで、その皺だらけの老人は少年に、ある格闘の世界の話をした。

力の優れた者こそ正義であるという、とてもシンプルで、とてもナチュラルで、とても美しく、とても確かなルールを持った格闘の世界の話を——。

その老人はその格闘の世界に、何人ものファイターを送り込んでいるエージェントのひとりだった。

「俺の組織で戦ってみる気はないか？　命の保証はできないけどな」

豪華な広州料理の数々を前にしながら、皺だらけの老人は少年に言った。

命の保証はできない——。

少年は目を輝かせた。それこそ、彼が求めていたものだった。

混血の少年はディスコの用心棒を辞め、翌日から老人が運営する格闘技道場で修行を始めた。そこでは、大勢のファイターが鍛練に明け暮れていた。

彼はその格闘技道場で、数年に渡ってさまざまな中国武術を徹底的に叩き込まれることになった。

7.

格闘技道場に通っているあいだも、少年はこっそりと体を売り、その金で女を買うということを続けていた。溢れるほどの性欲を、どうしても満たす必要があったのだ。

女を好きになることはなかった。女たちはただ、自分の性欲を処理するための道具に過ぎなかった。

もしかしたら俺は、女を憎んでいるのかもしれない。

そんなふうに思うこともあった。

彼にとっての性交は、女を愛することではなく、女を苛《いじ》め、いたぶり、苦痛に呻《うめ》かせることだった。

きっと母親のせいだろう。彼はそう考えた。俺はきっと性交で女を苦しめることによって、自分を見捨てた母親に仕返しをしているのだろう。

自分は女を愛せない。

けれど、それが間違っていたことに、やがて彼は気づいた。


それは老人の格闘技道場に通い始めて2年近くが過ぎた頃だった。

その晩、格闘技の練習のあとで、少年はいつものように街外れの売春宿に出かけた。

週末だったということもあって、その晩の売春宿は盛況のようだった。もうすっかり顔馴染《なじ》みになった宿の女将《おかみ》が少年に「きょうは若い子たちは、みんな売り切れなんだよ」と申し訳なさそうに言った。

「若くなければいるの?」

少年は訊《き》いた。

「若くなくてもいいのかい？」

宿の女将が怪訝《けげん》そうな顔をした。

「かまわないよ」

少年は即答した。

そう。彼が女に求めているのは若さではなかった。美貌《びぼう》でもなかった。はっきり言えば、女だったら誰でもよかったのだ。

少年は狭く薄汚れた売春宿の一室に案内された。そこは彼のホームグラウンドのようなものだった。

すぐに女がやって来た。

「こんばんは。よろしくお願いします」

部屋に入って来た女が彼に頭を下げた。

「こちらこそ、よろしく」

そう言って少年は女を見た。とても小柄な女だった。

女が顔を上げた。そこにいたのは、美しくはあったが、もうとうの昔に若さを失った、30代半ばの女だった。

そして、その瞬間、少年は驚愕《きょうがく》した。かつてそれほど驚いたことはなかった。

「あの……どうかしましたか？」

少年の顔を見て、女が気弱そうに微笑んだ。

少年は女の問いかけに答えなかった。ただ、さらにまじまじと女の顔を見つめただけだった。

「あの……わたしじゃ嫌ですか？　あの……やっぱり、もっと若い子のほうがよかったですか？」

おどおどとした口調で女が言った。

「いや……そうじゃないんです。あの……ただ、知り合いの人に似てたから……それで、あの……ちょっと驚いただけなんです」

少年はようやく、それだけ言った。

「知り合いって、どなたなんですか？」

女がさらに尋ねた。その口調は相変わらず、自信なげで、おどおどとしていた。

「いや……何でもないんです。ただの知り合いです」

少年は言った。そして、ぎこちなく微笑んだ。

何でもない？　ただの知り合い？

それは違っていた。

目の前にいた売春婦は、少年の知り合いに似ていたわけではなかった。

そうなのだ。似ていたのではないのだ。

そこにいたのは、かつて自分を見捨てた実の母親だったのだ。

少年には母の顔を見た記憶はなかった。けれど、母の写真は何度も見ていた。繰り返し、繰り返し、穴の開くほど見ていた。

見間違うはずはなかった。

ああっ、こんなことがあっていいのだろうか？

けれど、少年がためらうことはなかった。


その晩、香港の街外れの薄汚れた売春宿の一室で――少年は実の母と交わった。女には真実を告げずに、何度も繰り返し交わった。

ほとんど一晩中、少年は母と交わり続けた。やがて母は疲れ切って眠りに落ちた。

夜が明けて、窓の向こうがうっすらと明るくなり始めた時、眠っている女の顔を見つめながら、少年は自分がその女を愛していることを知った。

ファラ。それが女の呼び名だった。

少年は自分の生い立ちについて、女に嘘をついた。父はイギリス人の外交官で、母は香港人で、自分は若くして家出をし、その後は両親に会ったことはないのだと言った。

けれど、女は自分の生い立ちを隠さなかった。

女は自分が南丫島の出身だということを少年に語った。まだ若かった頃、その島にやって来た欧米人と関係を持ったが、その男は二度と島に戻って来なかったこと……それでも女は彼を信じ続け、男の赤ん坊を産んだということ……だが、不義の子を抱えてあの島に居続ける暮らしに耐えられず、子供を両親に預けて島を出たこと……いずれは島に戻るつもりだったが、結局は戻れず、売春婦に身をやつしてしまったこと……。

女は真実を語っている。そう少年は思った。

「今もその子のことを思い出すことはある？」

ある晩、性交のあとで、少年は女に訊いた。

「あるわ……」

暗がりを見つめて女が答えた。「今も毎日のように……いいえ、一日に何度も、その子のことを思い出すわ」

「その子に会いたい？」

「ええ。会いたいわ。でも……会いになんて行けない……わたしは、あの子を見捨てたんだから……」

女は涙を流した。

少年はその涙を信じた。


自分を産んだ女の中に戻る。

実の母と交わるというのは、素晴らしいことだった。

ファラとの性交によって、少年は初めて愛を感じた。

そうだ。やはり、性交は、復讐《ふくしゅう》のためにではなく、愛のためになされるべきものだったんだ。

それを少年は知った。そして、強い愛に包まれた。

8.

少年は実の母であるファラと暮らすようになった。そして、さらに精力的に格闘技道場での修行を続けた。

やがてデビューの日がやって来た。

リングネームは彼が自分でつけた。

ジョン・ラムア――。

ファラの最初の相手であるという男の呼び名と、ファラの生まれ故郷の島のリングネームを合わせたものだった。

もし、自分が格闘の世界で有名になったら……そうしたら、父親がそのリングネームに何かを感じて、自分に会いに来てくれるかもしれない。

そんな思いからだった。

「どうして、そんな男の名前をつけるの？」

ファラは不思議そうにしたが、反対はしなかった。

シンガポールの雑居ビルの地下室で行われたその最初のファイトで、少年は若いロシア人ファイターを殺害した。

いや、実を言うと、どんなふうに戦ったのか、よく覚えていなかった。だが、気がついた時には相手は血まみれになって倒れ、もう息をしていなかったのだ。

あとで録画された戦いの様子を見ると、ジョン・ラムアは失神して倒れた相手を執拗《しつよう》に蹴《け》りつけ、執拗に殴りつけていた。最後は相手の髪を鷲摑《わしづか》みにして立ち上がらせ、頭蓋《ずがい》骨が砕けるほど執拗にコーナーポストに叩《たた》きつけていた。

殺すつもりではなかった。ジョン・ラムアはただ、無我夢中で戦っただけだった。もし負けたら殺される。だから絶対に勝たなくてはならない。そう考えて、がむしゃらに戦っただけだった。

相手を殺したことを後悔はしなかった。だが、あの日、ジョン・ラムアと名乗り始めた彼は、若くして命をなくしたファイターのために、リングの上で涙を流した。そして、死んだ男のために祈った。

ティアフル・エイリアンはそんなふうにして誕生した。

9.

その朝、ファラは人生のパートナーであるジョン・ラムアに付き添い、香港島の上環《ションワン》から高速フェリーに乗って、マカオに向かった。いつものように、ジョンの性欲処理を担当するランランも一緒だった。

戦いの地に赴く時にはいつもそうしているように、ジョンは黒っぽいシックなスーツに身を包んでいた。ファラも彼と同じような色のスーツに、シックなハイヒールというファッションだった。

いつもマカオに渡る時にはそうしているように、彼らはフェリー2階のエグゼクティブラウンジの、ゆったりとしたソファ席に座った。ランランは1階のエコノミークラスに追いやった。

チャイナドレス姿のウェイトレスが運んで来たコーヒーを飲みながら、ファラはぼんやりと窓の外に目をやった。

何本もの河川が流れ込む珠海と呼ばれる海域には、いつものようにフェリーや漁船や貨物船やタンカーが、衝突しないのが不思議になるほどの密度で行き来していた。

珠海はきょうも濁っていたけれど、その海面は眩《まぶ》しいほどに光っていた。長い翼を持ったたくさんの海鳥が、海面上を低く高く舞っていた。ちょうど今、ほんの数十メートルのところを、マカオからやって来たターボジェットがこの船とは逆方向に進んで行った。ターボジェットの作った波が彼らのフェリーを左右に揺らし、彼らの体もゆっくりと左右に揺れた。

コーヒーカップを手に窓の外を眺め続けている愛する男の横顔を、ファラはじっと見つめた。エアコンディショナーからの乾いた風が、男の髪をそよがせていった。

そこにいるのは、彼女の愛《いと》しい男だった。同時に彼は、彼女の息子でもあった。

息子は長いあいだ、それを隠していた。けれど、数年前、ついに彼女はそれを知ってしまった。


切っ掛けは、ジョン宛に届いた郵便だった。

マンションの集合ポストに投げ込まれている郵便物の中に、南丫島に暮らすファラの両親からの手紙があったのだ。

どうしてここを知っているんだろう？

ファラは不思議に思った。もう何年も両親とは音信不通だった。

けれど、もっと不思議だったのは、その手紙の宛先が彼女ではなく、ジョンだったということだった。

どういうことなんだろう？

両親からの手紙を見つめて彼女は長いあいだ考えた。

どういうことなんだろう？　なぜ、わたしの両親はジョンを知っているんだろう？

ファラは考え続け、やがて、あることを思いついた。

瞬間、電流のような衝撃が肉体を走り抜けた。

すぐにファラはフェリーに乗って、20数年ぶりに生まれ故郷の島に向かった。そして、20数年ぶりに両親と再会し、島を出て行く直前の息子の写真を見せてもらった。

思っていたとおり、そこには彼の愛する混血の男が写っていた。息子は彼女の両親と、ずっと手紙でのやり取りを続けていたらしかった。

真実を知った瞬間、彼女は愕然《がくぜん》とした。

次に嫌悪を覚えた。知らなかったとはいえ、彼女は毎夜のように実の息子と交わっていたのだ。

それから、怒りを感じた。自分はすべてを話していたというのに、男はすべてを隠していたのだ。

ファラは帰宅したジョンを問い詰めた。そして、その口から真実を聞き出した。

「ごめん……でも、言えなくて……」

男はそう言ってうなだれた。

そんな男の姿を見た瞬間、ファラの中から怒りが消えた。

そうだ。悪いのは彼ではなく、息子を見捨てた自分なのだ。

ファラは無言で息子を抱き締めた。彼もまた、無言で彼女を抱き返してくれた。


その後もジョンはファラの体を求め続けた。

ジョンはとてつもなく性欲が旺盛《おうせい》だった。一緒に暮らすようになってもう何年もたっているというのに、彼が肉体を求めなかった晩は数えるほどしかなかった。

けれど、母と子だと知ってしまった今は、それに応じることはできなかった。

ファラは息子の性交の求めを拒んだ。そして、自分の代わりに息子の性交の相手をする女を探して来た。

今でもファラと息子は同じベッドに寝ていた。そして、今も息子はファラの肉体をかつてのように愛撫《あいぶ》した。けれど、ファラは息子が男性器を自分の中に挿入させることは許さなかった。その代わり、それを金で雇った若い女、ランランにさせた。

裸の体を愛撫させることと、男性器を挿入させることとのあいだに、それほど大きな違いがあるようには思えなかった。けれど、ファラはそうすることで、自分にぎりぎりの言い訳をした。

ジョンは毎夜のように全裸のファラを愛撫する。その乳首を吸い、女性器を指先でまさぐり、ファラに快楽の声を上げさせる。そのあいだ、ランランはすぐそばにいる。ベッドの脇でジョンとファラを眺め、自分の指で自分自身を愛撫している。

いよいよジョンが挿入を望んだ瞬間に、あるいはファラが絶頂に達した瞬間に、ファラはランランと入れ替わる。そして、ジョンはランランの中に体液を注ぎ入れる。

それがとても異常なことだとはファラにもわかっている。けれど、ほかにいい方法は考えつかなかった。

ファラは息子を愛していた。そして、息子に愛撫されることを望んでいた。

ファラは愛する男の横顔を見つめ続けた。

彼女の視線を感じたのだろうか？　男がゆっくりと彼女のほうに顔を向けた。

ふたりが一緒に暮らすようになって、すでに10年の歳月が流れていたが、整った男の顔を見るたびに、彼女は彼を美しいと思わずにいられなかった。

息子は一日ごとに、かつて彼女が愛したイギリス人に似ていくようだった。

「何だい、ファラ？」

彼女を見つめ、男が優しく微笑んだ。

「ううん。何でもないの」

ファラはそう言うと、男に微笑み返した。

「そうだ。今度の俺の相手のクロベっていうやつは、どんなファイターなんだい？」

息子が訊《き》いた。

「日本人のプロレスラーだって聞いてるわ」

「プロレスラーか……強いのかな、そいつ？」

「さあ？　たいした相手じゃないと思うけど……でも、油断しちゃダメよ」

ファラはまた微笑んだ。そして、これから戦う男の身を心から案じた。

もう何年も前から、彼女は息子に引退するように執拗《しつよう》に繰り返していた。ファイターを辞め、自分とふたりで静かに暮らそう。自分も働くし、あなたも働けばいい、と。

けれど、息子はそれを聞き入れなかった。

もちろん、彼の気持ちはわかる。

アンダーグラウンドのあのリングが、ジョン・ラムアという男を生み出したのだ。アンダーグラウンドのリングがあるからこそ、彼は生きていけるのだ。

もし、戦うのをやめたら、彼は何もできない、セックス中毒の『でくの坊』だった。

息子はあの世界のスーパースターだった。負けるはずのない神だった。

だが、それでも、彼の身を案じずにはいられなかった。あのリングには、絶対という言葉は存在しなかった。

「ああ。気をつけて戦う。だから心配しなくていいよ」

息子はそう言うと、彼女を見つめて微笑んだ。そして、膝《ひざ》の上に乗っていた母の骨張った左手をそっと握り締めた。

10.

その日の計量は、マカオ半島の南端に聳《そび》える超高層マンションの一室で行われる予定だった。

けれど、その計量の席にジョン・ラムアの対戦相手は姿を現さなかった。約束の時刻より10分遅れでそこにやって来たのは、洒落《しゃれ》たワンピースをまとったカトウ・ユミコと、彼女が抱えるファイターのひとりであるバンビだけだった。

少し訛《なま》りのある英語でカトウ・ユミコが説明したところによると、ラムアと戦うはずだったクロベという男は怖《お》じけづいて逃げ出したらしかった。

けれど、こういうことは珍しいことではなかった。

アンダーグラウンドの格闘は生きるか死ぬかの世界だった。戦いの直前になって怖じけづく者は少なくなかった。特に、最近のジョン・ラムアの相手は、しばしば戦いの直前に逃亡した。

「しかたないわね。それじゃあ、契約書通りの違約金を支払ってもらいます」

こういうことには慣れているファラがカトウ・ユミコに言った。内心ではファラは、自分の息子が戦わずに済むことに胸を撫《な》で下ろしているはずだった。

「はい。わかっています、ミセス・ラムア。ご迷惑をおかけしてすみません」

カトウ・ユミコが申し訳なさそうに頭を下げ、その隣に立っていたバンビが同じように頭を下げた。『ミセス・ラムア』と呼ばれたファラは、少し照れて微笑んだ。

カトウ・ユミコの脇に寄り添うように立ったバンビの全身を、ジョン・ラムアはまじまじと見つめた。

きょうのバンビは、シックで落ち着いた暗灰色のスーツ姿だった。そんな恰好《かっこう》でいると、バンビはファイターには見えなかった。マカオに商談にやって来たビジネスマンのようでさえあった。

けれど、ジョン・ラムアは知っていた。シックなスーツに包まれたバンビの筋肉が、驚くほど早く、驚くほど正確に動くことを。涼しげなバンビの目が、カワセミのような動体視力を持っていることを。そして、あのリングの上で、そのほっそりとした肉体が眩《まぶ》しいほどに輝くということを。

そうだ。バンビは輝くのだ。月のようにではなく、太陽のように輝くのだ。

「ところでジョン、わたしたちはこれからどうする？」

ファラがラムアを見上げて訊いた。「香港に戻る？　それとも予定通り、マカオに泊まってギャンブルでもしていく？」

ファラは上機嫌だった。きっと、息子が戦わずに済むことが嬉《うれ》しくてしかたないのだろう。たとえ相手がどれほど弱くても、リングに立つということは、常に死と隣り合わせにあるということだった。

ラムアは目の前に立つバンビというファイターを見つめた。それから、知的に整ったカトウ・ユミコの顔を――彼に夫を殺害されて未亡人になってしまった女の顔を――じっと見つめて口を開いた。

「あの……ミセス・カトウ」

ジョン・ラムアはその未亡人をどう呼ぶべきなのか迷った末に、『ミセス・カトウ』と呼びかけた。彼女はいまだに彼が殺した夫の姓を名乗っていた。

「何でしょう、ミスター・ラムア？」

ラムアへの復讐《ふくしゅう》のためだけに生きて来た女が、彼を見つめた。

「これはわたしからの提案なんですが……逃げ出したファイターの代わりに、そこにいるミスター・コジカとわたしが戦うっていうのはどうでしょうか？」

「あなたと小鹿くんが？」

カトウ・ユミコが驚きに満ちた顔でラムアを見つめた。

「ええ。わたしもせっかく体を作って来たんだから、このままルーレットやブラックジャックだけやって帰るっていうのは物足りないんですよ。どうです、ミスター・コジカとわたしを戦わせてくれませんか？」

ジョン・ラムアが言い、カトウ・ユミコは嫌々をするかのように首を左右に振った。柔らかくウェイブのかかった長い髪が、遠心力でふわりと広がった。

11.

数秒の沈黙があった。

口を開いたのは、カトウ・ユミコではなく、バンビのほうだった。

「いいですよ、ミスター・ラムア。ぜひ、僕と戦いましょう」

目茶苦茶な発音の英語で言うと、バンビはラムアを見つめて微笑んだ。

「それはダメよ」

次に口を開いたのは、カトウ・ユミコだった。「それは絶対にダメ。ミスター・ラムア、あなたと小鹿くんとでは体重が違い過ぎます」

「でも、2年前は彼とわたしとを戦わせたがっていたじゃないですか？」

ジョン・ラムアが笑い、カトウ・ユミコが困ったように口をつぐんだ。

バンビがカトウ・ユミコに何かを言った。それに対して強い口調で女が何かを言い返した。だが、バンビも譲らなかった。ふたりの日本人は、強い口調で口論を続けていた。

それらは日本語だったから、ジョン・ラムアには彼らが何を話し合っているのか正確にはわからなかった。けれど、会話のだいたいの内容はわかった。

そう。バンビは戦いたがっているのだ。アンダーグラウンドの格闘界の帝王とファイトをしたがっているのだ。

けれど、カトウ・ユミコは頑《かたく》なにそれを認めようとしなかった。女の態度や表情を見て、彼女がバンビに恋愛感情を抱いているのではないかとラムアは推測した。

おそらく、そうなのだ。かつて彼に夫を殺された女は、今度は恋人まで殺されてしまうのではないかと恐れているのだ。

ラムアとファラ、それにこの計量に立ち会うことになっていた数人の中国人の前で、ふたりの日本人は日本語でさらに激しく言い争った。女は興奮して、厚く化粧をした顔を真っ赤に紅潮させていた。バンビもまた、かなり興奮した口調だった。

「ねえ、ジョン」

すぐ脇に立っていたファラが、不安げに彼を見上げて言った。「急にどうしたっていうの？　どうして、あなたがバンビと戦わなくちゃならないの？」

ジョン・ラムアは少しのあいだ考えた。それから言った。

「実は……バンビとは前から戦いたいと思っていたんだよ」

「どうして？　バンビはミドル級じゃない？」

「ああ。それでも、俺は彼と戦いたいんだ。彼にはその価値があるんだ」

ジョン・ラムアが言い、ファラは息子を見つめて唇を嚙《か》み締めた。

どうやら、ふたりの日本人の話し合いは決裂したようだった。5分ほど激しく言い争ったあとで、バンビが英語でそこに居合わせたすべての者に言った。

「みなさん、お待たせしてすみませんでした。話し合いは終わりました。僕は今ここで『極東倶楽部』を辞めます。そして、フリーのファイターとしてミスター・ラムアと対戦することにします。みなさん、それでよろしいですね？」

相変わらず、驚くほどひどい発音の英語だったが、そこにいた全員がバンビの言葉を理解した。

また数秒の沈黙があった。ラムアの脇に立ったファラは、戸惑ったように人々の顔を見まわしていた。主催者の中国人たちもファラと同じようにしていた。

やがてカトウ・ユミコが大きく息を吐くのが聞こえた。

カトウ・ユミコはバンビを睨《にら》みつけ、日本語で何かを言った。そのあとで、その部屋にいた者たちを順に見まわして今度は英語で言った。

「わかりました。わたしとしては不本意ではありますが……明日の晩、小鹿くんがミスター・ラムアと対戦することを認めます」

女の顔はひどく強《こわ》ばっていた。その声は少し震えているかのようだった。

いや、声だけではなかった。女はその華奢《きゃしゃ》な体を小刻みに震わせていた。

「ありがとう、加藤さん」

女の隣に立っていたバンビが日本語で言った。それから、ラムアに向かって右手を突き出した。

「ミスター・ラムア、明日はよろしく」

ジョン・ラムアは差し出されたバンビの右手を握り締めた。その手はファイターとは思えないほどにほっそりとしていた。まるで女の手のようだった。

第七章

1.

「加藤さん、僕がラムアと戦うことを認めてください。お願いします」

　タイパ島を望む超高層マンションの一室で、格闘の主催者たちや、ジョン・ラムアやそのパートナーの女を前にして、僕はエージェントの女に日本語でそう言った。

「ダメよ。それはダメ」

　加藤由美子は即座に断言した。

「どうしてダメなんです？　僕が戦えば、加藤さんだって違約金を支払わずに済むじゃないですか？　エージェントとしては、そのほうが得でしょう？」

　僕は笑った。けれど、女は笑わなかった。

「お金の問題じゃないわ」

「じゃあ、何が問題なんです？」

「小鹿くん……あなた、殺されるかもしれないのよ。それがわかってるの？」

「僕が殺される？」

「そうよ。わたしの夫みたいに……殺されてしまうかもしれないのよ。そうなってもいいって言うの？」

女が僕をじっと見つめた。上を向いた濃い睫毛《まつげ》が目の下に影を落としていた。

「僕は殺されませんよ」

僕はまた笑った。けれど、やはり女は笑わなかった。

「どうしてそんなことが断言できるの？」

「それは……僕があなたの旦那《だんな》さんほどノロマじゃないからです」

「ノロマって……小鹿くん、あの人を……バカにするの？」

女は気色ばんだ。ファンデーションを塗り込めた顔が、ほんのりと赤らんだ。

彼女の夫だった男をバカにしようとしていたわけではなかった。そんなつもりはなかった。ただ、どうしても、ジョン・ラムアと戦いたかったのだ。

僕たちの会話は日本語だったから、ほかの者たちには正確にはわからなかったはずだ。けれど、様子を見ていれば、何を言い争っているのかは容易に察しがついただろう。

部屋にいたほかの者たちは何も言わなかった。ただ、戸惑ったように顔を見合わせていただけだった。

「旦那さんをバカにしているわけじゃありません。気に障ったら許してください。加藤さん、僕はただ……事実を言おうとしているだけです」

女の顔を正面から見つめて、僕は少し口早に言葉を続けた。「あなたの旦那さんはノロマだった。その言葉が悪ければ、動きが遅かったと言い換えてもいい。とにかく、あなたの旦那さんは、ラムアほど素早く動くことができなかった。だから、あんなふうに簡単にやられてしまったんです。だけど、僕はそうじゃない。加藤さんだって、それはわかっているでしょう？」

日本語はわからなくても、ラムアという言葉は聞き取れたのだろう。パートナーの女と並んで立っていたジョン・ラムアが、僕のほうをチラリと見た。白人との混血だというラムアは、青みがかった美しい瞳《ひとみ》をしていた。

「でも……ラムアは小鹿くんより40キロも重たいのよ。そんな相手と戦って、勝負になると思ってるの？」

興奮のためだろう。女の顔はブルブルと震えていた。

女は何があっても、ジョン・ラムアと僕との戦いを認めまいとしていた。

けれど、僕だって引き下がるわけにはいかなかった。この機会を逃したら、僕はジョン・ラムアとは永久に戦えないかもしれなかった。

自分が殺されることはないと確信していたわけではない。ただ、たとえ命と引き換えにしてでも、僕は最強のファイターと戦いたかったのだ。

「体重にはあまり意味はないと僕は思います。大切なのは体の大きさじゃなくて、スピードなんです。僕だったら、加藤さんの旦那さんだった人みたいに、ラムアに背中を取られたりはしない。絶対にそんなことはさせない」

すぐ目の前にある女の顔を見下ろし、挑むような口調で僕は言った。僕もまた興奮していたのだろう。口から唾液《だえき》が飛び、それが女の顔にかかった。

「小鹿くん……あなた、そんなに死にたいの？　そんなに殺されたいの？」

アイラインに縁取られた女の目が、わずかに潤み始めていた。その潤んだ目に、僕が映っていた。

泣きそうになっている？

いや、そんなはずはなかった。彼女は泣かない女のはずだった。少なくとも、他人に涙を見せたりはしない女のはずだった。

僕は大きく息を吐いた。それから、意識して穏やかな口調で言った。

「加藤さん、どうして僕が負けると決めつけるんですか？　僕は今までに一度も負けたことがないんですよ。プロボクサーだった時も、あのアンダーグラウンドのリングでも、僕は……ただの一度も負けたことがないんですよ」

「だけど……」

女が何かを言いかけた。今では顔だけではなく、ルージュに彩られた唇までがわなわなくように震えていた。

女がまた何かを言おうとした。そんな女を遮って、僕はさらに言葉を続けた。

「加藤さん、僕はあなたが何と言おうと、明日の晩、ラムアと戦います。もし、どうしても認めてくれないなら、僕は『極東倶楽部』を辞めます」

僕の言葉を聞いた女が唇を嚙《か》み締めた。真っ白な前歯に微《かす》かにルージュが付いた。

女は一瞬、周りにいる人々の顔に視線を泳がせた。それから、僕と同じように、ふーっと長く息を吐いた。

「そこまで言うなら……もう勝手にしなさい」

女が言った。その目がさらに潤んだように見えた。「その代わり、小鹿くんとわたしは、もう無関係よ。もし、明日、あなたが殺されたとしても……わたしは何もしない。それでいいわね？」

「結構です。加藤さん、長いあいだお世話になりました」

そう言うと、僕はもう一度、大きく息を吐いた。それから、拙《つたな》い英語でその部屋にいたすべての者に、自分が『極東倶楽部』を辞め、フリーのファイターとしてラムアと対戦することを告げた。

僕の英語は、自分でも驚くほどひどい発音で、文法も目茶苦茶なはずだった。それでも、ありがたいことに、そこにいた全員が僕の言葉を理解してくれたようだった。

また数秒の沈黙があった。ジョン・ラムアの脇に立った中年の女は、戸惑ったように人々の顔を見まわしていた。主催者の中国人たちも同じようにしていた。

僕の隣でまた加藤由美子が大きく息を吐くのが聞こえた。

「勝手に殺されればいいわ」

数秒の沈黙のあとで、エージェントの女は僕を睨《にら》みつけてそう言った。それから今度は、その部屋にいた者たちを順に見まわして英語で言った。

加藤由美子の顔はひどく強《こわ》ばっていた。その声は少し震えているかのようだった。いや、声だけではなく、彼女はその華奢《きゃしゃ》な体を小刻みに震わせていた。

そんな彼女の姿を見るのは、僕にとっても辛《つら》いことだった。僕は彼女が好きだった。

英語で話された加藤由美子の言葉は、僕にははっきりとは理解できなかった。だが、どうやら彼女はジョン・ラムアと僕との対戦を認めると発言したようだった。

「ありがとう、加藤さん」

女を見つめて僕は言った。

だが、女は何も言わなかった。ただ、奥歯を嚙み締めて、僕を見つめていただけだった。細く尖《とが》った顎《あご》の筋肉が震えるのが見えた。

少しのあいだ女の目を見つめ返していたあとで、僕はジョン・ラムアに向かって右手を突き出した。そして、拙い英語で言った。

「ミスター・ラムア、明日はよろしく」

ジョン・ラムアは一歩進み出ると、差し出された僕の右手を握り締めた。そして、その整った顔を歪《ゆが》めるようにして笑った。

2.

エージェントの女と僕は、ジョン・ラムアとそのパートナーより先に部屋を出た。

加藤由美子は無言だった。僕も何も言わなかった。静まり返った廊下に、女のピンヒールの立てる音だけが、カッカッと冷たく響いた。

僕たちは無言のままエレベーターに乗り、無言のままエントランスホールを出た。

きょうもとても天気がよかった。すぐそこに聳《そび》え立つグランド・リスボアが、午前10時の太陽を受けて眩《まぶ》しく光っていた。それは腹が立つほど悪趣味でグロテスクだった。

マンションから出るとすぐに、女はバッグからサングラスを出してかけた。

「あの……タクシーを止めましょうか？」

僕は訊《き》いた。

だが、女はその問いかけには答えず、自分から車道に出ると、その細い腕を高く上げてタクシーを止めた。

女が身を屈《かが》めてタクシーの後部座席に乗り込む。腰に張り付くようなタイトなスカートが、さらに大きくせり上がる。剝《む》き出しになった腿《もも》の付け根を太陽が照らし、僕は前夜、僕の下で乱れていた女の姿を思い出した。

「あの……僕も乗っていいんですか？」

車のドアの前に立って僕は訊いた。もしダメだと言われたら、自分でタクシーを拾ってホテルに戻るつもりだった。

女はやはり無言だった。それでも、サングラスの奥の目で僕を見つめ、顎を引くようにして頷いた。

同乗する許可を得た僕が隣に乗り込むと、女は人のよさそうな初老の運転手に、三浦美紗が入院している病院の名を告げた。

タクシーが動き出しても、女は何も言わなかった。しかたなく僕も黙っていた。

途中で一度、僕は剝き出しになった女の腿にそっと手を乗せてみた。けれど、女は僕の手が触れた瞬間に、無言でそれを払いのけた。

複雑に入り組んだマカオ半島の道は、きょうもどこもひどく渋滞していた。のろのろと進んでいたタクシーがホテル・リスボアとグランド・リスボアの脇を通り過ぎ、セナド広場に差しかかった時、それまで黙っていた女がようやく口を開いた。

「どうしてあんな勝手なことをしたの？」

僕は女のほうに顔を向けた。けれど、女は僕を見なかった。サングラスの横顔を僕に見せて、石畳が敷き詰められたセナド広場のほうを見つめていた。

僕は返事をしなかった。ただ、女の横顔と、窓の向こうの広場を交互に見つめていただけだった。

ポルトガル領時代のコロニアル風の建物に囲まれた広場は、きょうも大勢の観光客でごった返していた。何人もの人々が噴水をバックにして記念撮影をしていた。

女はもう何も言わなかった。僕もまた何も言わなかった。

曲がりくねった細い凸凹《でこぼこ》道をタクシーは走り続けた。道幅は本当に狭くて、バスやトラックなどの大きな車が来ると、擦れ違えないのではないかと思うほどだった。

そんな細い道の両側には、古いアパートがぎっしりと隙間なく立ち並んでいた。天気がいいから、みんな洗濯をしたのだろう。アパートのバルコニーにはどこも、たくさんの洗濯物が万国旗みたいにはためいていた。

どれくらい無言の時間が続いただろう？　歩くようなスピードで進んでいたタクシーが蛇口《シェコウ》港行きのフェリー乗り場の前を右折した時、突然、女が喉《のど》を鳴らして笑った。

何がおかしいのだろう？

僕は女の顔を見た。

女は笑ったのではなく、嗚咽《おえつ》を漏らしたらしかった。

そう。加藤由美子は泣いていた。

女はサングラスを外すと、バッグから取り出したハンカチで目を押さえた。

「加藤さん……泣いているんですか？」

女の顔をのぞき込むようにして僕は訊いた。

僕が加藤由美子を知ってからすでに2年以上の月日がたっていた。だが、彼女の涙を見るのは初めてだった。

「畜生っ……バカ野郎っ……」

ハンカチで目を押さえながら女が呻《うめ》くように言った。彼女がそんな汚い言葉を口にするのを聞いたのもまた、初めてだった。

「どうしたんです、加藤さん？　誰がバカなんです？」

女の顔をのぞき込み続けながら、僕はさらに訊いた。

「あんたに決まってるでしょう！」

女がヒステリックな声を出し、人のよさそうな初老の運転手が驚いたようにミラーの中の僕たちを見た。

「僕の……どこがバカなんです？」

「バカじゃなかったら、何なのよ？　自分から進んで殺されようとするなんて……わたしのことなんか、何ひとつ考えず……もう、勝手にすればいいのよ」

ハンカチを目から離し、真っ赤になった目で女が僕を見た。泣いたせいでアイラインとマスカラが流れ落ち、目の下を汚していた。

「勝てばいいんでしょう？　明日の晩、僕がラムアをやっつければいいんでしょう？　そうすれば、何も問題はないんでしょう？」

僕は言った。本当にそう思っていた。

「勝てるわけがないじゃない？」

「勝てるわけがない？」

「そうよ。小鹿くんがラムアに勝てるはずがないわ」

再びハンカチを目に押し当てて女が言った。「絶対に勝てない……勝てっこない……きっと明日の晩には、小鹿くんは殺されて……冷たい死体になっているのよ……きっと明日の晩には、わたしはあなたの死体に縋《すが》り付いて泣くことになるのよ」

明日の晩には僕は死体になっている──女の言葉は、さすがに僕をぞっとさせた。

「だって、2年前には、加藤さんも……僕がラムアに勝てるかもしれないと思っていたんでしょう?」

「2年前はね……その可能性もなくはないと思ってた……ラムアは小鹿くんのスピードも知らなかったし、パンチ力も知らなかったから……でも、今は違う……ラムアは小鹿くんをよく知ってる。だから、戦いたがってるのよ……今となってはもう、小鹿くんに勝ち目はないわ。明日の晩、あなたはラムアに……殺されてしまうのよ……」

泣きながら女が言い、僕はふーっと息を吐いた。そして、車のすぐ左側の細長い川のような海を眺めた。引っ切りなしに船舶が行き来するその海の向こう側には、中国大陸が広がっていた。

確かに女の言うとおりだろう。今ではラムアは僕を充分に研究しているのだろう。そして、間違いなく僕に勝てると見込んでいるのだろう。

「小鹿くんが殺されたら、わたし……生きていけない……」

女は顔にハンカチを押し当て、呻くように言いながら涙を流し続けていた。そんな僕たちの様子を、初老の運転手がミラーの中から心配そうにのぞいていた。

「加藤さん……」

僕は女を呼び、その太腿にそっと手を乗せた。

女は返事をしなかった。さっきと同じように、僕の手を払いのけただけだった。

3.

三浦美紗が入院していたのは、建てられてから半世紀以上はたっていそうな薄汚れた病院だった。

病院に着くと加藤由美子は「お化粧を直して来る」と言って、1階の待合室に隣接したトイレに入ってしまった。

それで僕は壁に寄りかかり、待合室を行き来する人々を眺めながら女を待った。

薄汚れた待合室にはたくさんの人がいた。杖《つえ》を突いた老人、車椅子の老女、松葉杖の若者、包帯で腕を吊《つ》った男の子、誰かを見舞いに来たらしい3人の少女、白衣をまとった医師や看護師……若い母親の腕の中で、赤ん坊が大声で泣いていた。僕の耳に入って来る言葉は、すべて中国語のようだった。

いつまでたっても、女はトイレから出て来なかった。しかたなく僕は、待合室のソファに座り、気長に待つことにした。

薄汚れた窓ガラスから強い太陽が差し込み、埃《ほこり》の浮いたリノリウムの床を照らしていた。その窓のすぐ外は狭い小道になっていて、そこをたくさんの人々が歩いているのが見えた。歩いている人の多くはマカオに暮らす中国人のようだったが、出稼ぎに来ているらしい東南アジア系の女や、ガイドブックを手にした欧米人の姿もあった。

車が擦れ違うのが不可能なほどに狭い小道の向こう側には、この病院と同じように築50年はたっていそうな薄汚いアパートがぎっしりと立ち並んでいた。マカオ半島は極端に狭い地域である上に、小高い丘が7つもある。だから、庭付きの一戸建はとても高価で、人々の多くはこんな薄汚れた古いアパートに暮らしていた。

女はまだトイレから戻らなかった。

窓の外を眺めるのに飽きて、僕は目を閉じた。そして……明日の晩には僕は死体になっているという女の言葉を思い出した。

明日の晩、僕はラムアに殺されるかもしれない——。

僕だってそう思わないわけではなかった。

僕は加藤由美子が好きだった。彼女といつまでも一緒にいたいと思っていた。だから、死にたいはずがなかった。

そう。死にたくはなかった。

けれど……けれど、もし、殺されることになったとしても……ジョン・ラムアと戦うのを止めようとは思わなかった。

たとえ明日で命が終わるとしても……それでも僕はジョン・ラムアと戦いたかった。その時、加藤由美子が僕の死をどれほど悲しんだとしても……それでもジョン・ラムアと戦いたかった。

うまく言えないけれど……たぶん、ファイターとは、そういうものなのだ。より強い相手と戦ってこそ、ファイターは光り輝くのだ。

光、光、光——。

光り輝くこと、それ自体が、ファイターの生きる目的なのだ。

僕は光り輝いていたかった。そして、最後には、リングの上で光り輝きながら死にたかった。自分より強い者に打ち倒されて、リングの上で光り輝きながら生の時間を終わらせたかった。

いや……こんなことを言っても、きっと加藤由美子には理解ができないだろう。

「お待たせ」

女の声に僕は目を開いた。

壁の時計を見ると、女がトイレに入ってから、すでに20分近くが過ぎていた。

「どう？　泣いたのわかる？」

無表情に女が訊《き》いた。

トイレから戻った女の目はまだ少しだけ赤かった。けれどその顔には、いつものように美しく化粧が施されていた。

「いいえ、わかりません。すごく綺麗《きれい》ですよ」

僕はそう言って微笑んだ。

「本当に綺麗？」

「ええ。ものすごく綺麗です。それにすごく可愛らしいし」

「おばさんでも？」

「おばさんじゃないですよ。加藤さんは綺麗だし、すごく可愛いです。僕は加藤さんが大好きです」

僕が言うと、女はようやく微笑んだ。

4.

三浦美紗は5階にある個室に入院していた。

加藤由美子が薄汚れたドアをノックすると、室内から「どうぞ」という男の声がした。

それは原田圭介の声だった。

加藤由美子の話によると、原田圭介は昨夜の僕のファイトを見たあとで三浦美紗を見舞いに来て、そのまま病室に泊まったようだった。

「あっ、加藤さん。小鹿さん」

病室に入って来た加藤由美子と僕を見て、ベッドの向こう側の椅子に座っていた原田圭介が嬉《うれ》しそうに言った。ほぼ同時に、ベッドの背もたれに上半身を預けていた三浦美紗らしき人物が、僕たちのほうに顔を向けた。

三浦美紗らしき人物？

そう。ベッドの上にいるのが三浦美紗だということは、外見だけではわからなかった。なぜなら彼女の頭部は、目と口と、頭の天辺《てっぺん》でまとめられた髪の毛だけを残して白い包帯でぐるぐる巻きにされていたのだ。

一昨日の晩の戦いで、三浦美紗はリタ・ベルリンドに左の肋骨《ろっこつ》2本と右の肋骨1本をへし折られていた。さらに鼻を潰《つぶ》され、顎《あご》の骨を砕かれ、左頬の骨を陥没させられた上、奥歯を3本も折られていた。打撲傷や外傷、内出血などは数え切れなかった。

けれど、それほどの大怪我にもかかわらず、三浦美紗は元気そうだった。医師の診断によれば、脳や内臓には特に異常は見られないということだった。ベルリンド戦の直後にはタラコのように膨れ上がっていた唇の腫《は》れも、今ではかなり引いていた。

「三浦さんの回復力は驚異的ですよ。医者も驚いていました。実は内緒でトレーニングもしてるし、それに食欲もすごいんですよ」

原田圭介がエージェントの女にそう報告した。自分の恋人がリタ・ベルリンドに勝ったことが嬉しくてたまらないのだろう。今夜は自分が戦う番だというのに、原田圭介は顔を紅潮させて三浦美紗のことばかり話していた。

原田圭介によれば、昨夜の三浦美紗は30分ほどかけて軽い柔軟体操をし、今朝は出された食事をあっと言う間に平らげてしまったらしかった。

「あれっぽっちの食事じゃ、全然足りません。これじゃあ、痩《や》せちゃいます」

包帯の隙間の口から、真っ白な歯を見せて三浦美紗が言った。「わたし、朝ご飯を食べ終わった瞬間から、もうお昼ご飯のことばっかり考えてるんですよ」

ほかのみんなと一緒に笑いながら、僕はベッドの上の女性ファイターを見つめた。そして、あの晩の彼女の戦いを思い出した。

8対1という賭《か》け率が示す通り、あの晩、三浦美紗が勝てると考えていた人は、ほとんどいなかったはずだ。僕も三浦美紗は負けると思っていたし、エージェントの加藤由美子もそう思っていただろう。もしかしたら、三浦美紗本人でさえ、あのベルリンドに勝てるとは考えていなかったのかもしれない。

だが、彼女は勝った。勝てる見込みのない相手と壮絶に戦い、そして勝った。

きっとそのせいだろう。『極東の真珠』と呼ばれる女性ファイターは、とても気分が良さそうだった。

狭くて薄汚れた病室の、狭くて薄汚れたベッドの上に、包帯でぐるぐる巻きにされて座っているにもかかわらず、三浦美紗は目映《まばゆ》いほどに光り輝いていた。そして、僕はそんな彼女を心から羨《うらや》ましいと思った。

「おめでとうございます、三浦さん」

微笑みながら、僕は三浦美紗に右手を差し出した。「素晴らしいファイトでした。あのベルリンドをやっつけるなんて……感動しました」

三浦美紗は目の前に差し出された僕の手をしっかりと握り締めた。そして、包帯の隙間の口を動かして、「ありがとうございます。前の晩に小鹿さんがアドバイスを与えてくれたお陰です」と言った。はっきりとはわからなかったが、笑ったらしかった。

「えっ、小鹿さん、三浦さんに何かアドバイスをしたんですか？」

原田圭介が三浦美紗と僕を交互に見つめ、真顔で訊いた。「前の晩にふたりで会ってたんですか？」

「そうなんです。わたし、リタと戦う前の晩に、不安で不安でどうしようもなくなって……それで、小鹿さんの部屋に行って、いろいろとアドバイスしてもらったんです」

自分の恋人と加藤由美子を交互に見て三浦美紗が言った。

「へえ、そうだったんですか？　それで、小鹿さん、三浦さんにどんなアドバイスをしたんですか？」

原田圭介は少し不服そうだった。不安に駆られた三浦美紗が、恋人である彼の部屋にではなく、僕の部屋に来たことがおもしろくなかったのだろう。

「いや、アドバイスなんて何もしてないよ。ただ……頑張ってって言っただけだよ」

僕は慌てて訂正した。

「小鹿さんこそ、おめでとうございます。原田さんから聞いたんですけど、完勝だったみたいですね」

包帯の中の目で僕を見つめて三浦美紗が言った。頭の天辺のところで束ねられた長い黒髪が肩や背中に流れ、窓からの光を受けてつややかに輝いていた。

「いや……僕の相手は、すごく弱かったから……」

そう言うと、僕は自分の脇に立っていたエージェントの女の顔を見た。嬉しそうな原田圭介とは対照的に、女は暗く沈んだ表情をしていた。

僕たちはしばらくのあいだ、ベッドを囲んで取り留めのない話をした。三浦美紗は今夜ファイトをする原田圭介のことを気遣っていた。

「加藤さん、ホテルに戻る時は原田くんも一緒に連れて行ってください」

三浦美紗が僕の脇にいたエージェントの女に言った。「今夜、自分が戦うっていうのに……原田くん、ここに泊まったりして、きっとすごく疲れてると思うんです。だから早くホテルに連れて帰って、少し休ませてあげてください」

「俺は大丈夫ですよ。疲れてなんかいませんよ」

そう言うと、原田圭介は掛け布団の上に乗っていた恋人の手をそっと握った。「どうせ俺の相手はロシア人の老いぼれでしょう？　大丈夫です。俺は絶対に勝ちます」

「たとえ相手が誰でも、ファイトには万全で臨まないと……あそこでは、何があるかわからないんだから……」

三浦美紗が包帯にくるまれた顔を原田圭介のほうに向けて言った。「本当ならわたしも今夜は応援に行きたいところなんだけど……こんな姿で行ったら、お客さんたちがびっくりするだろうし……」

「いいんだよ、三浦さん、わざわざ来なくても。絶対に勝つから心配しないで」

原田圭介が目を細めて恋人を見た。彼は本当に幸せそうだった。

「そうね。原田くんは一緒に連れて帰るわ。三浦さんの言う通り、ファイトには万全で臨まないとね……それにネフチェンコは原田くんが思ってるほど弱くないわよ」

抑揚に乏しい口調でエージェントの女が言った。

加藤由美子や三浦美紗の言う通りだった。あのリングに『絶対』という言葉は存在しなかった。確かに最近のイワン・ネフチェンコは、全盛期に比べると明らかに力が衰えている。けれど、侮れる相手ではなかった。

「そうだよ。原田くん。僕たちとホテルに戻って少し休んだほうがいいよ」

僕が言い、若いファイターは僕を見上げて「そうですね。それじゃあ、そうしますよ」と笑顔で答えた。

それは戦いの終わったファイターのような笑顔で、そのことを僕は少し心配した。

5.

「さっきから思ってたんですけど……加藤さん、何か心配事でもあるんですか？」

僕たちが病室を訪れて15分ほどがたち、そろそろ原田圭介を連れてホテルに戻ろうとした頃、急に三浦美紗がそう言った。

「実は俺も、同じことを考えてたんですよ。三浦さんも小鹿さんも勝ったっていうのに、加藤さん、やけに暗いなあって」

ベッドの向こう側に座っていた原田圭介が、恋人の言葉に同意した。「加藤さん、エイリアンと戦う黒部さんのことを心配してるんですか？　それとも、心配なのは俺のほうですか？」

加藤由美子は僕の顔を見つめた。

「実はね……」

女は舌先で唇をちろりとなめ、ほんの少し何かを考えるような顔をした。それから……原田圭介と三浦美紗に、黒部純一が戦いを放棄して逃げ出したことと、明日の晩、黒部純一の代わりに僕がジョン・ラムアと戦うことになったことを話した。

「えっ、黒部さんの代わりに、小鹿さんがラムアと戦うんですか？」

三浦美紗が大きな声を出した。原田圭介も驚いた顔で僕を見つめていた。

「わたしは強く反対したんだけど……小鹿くん、どうしてもラムアに殺されたいらしいのよ」

エージェントの女が冷たい目で僕を見つめた。

僕も無言で女を見つめ返した。

数秒の沈黙があった。沈黙を破ったのは加藤由美子だった。

「三浦さん、原田くん……小鹿くんに考え直すように言って」

エージェントの女が、ふたりに哀願するような口調で言った。「殺されることがわかってて戦おうとするなんて、どうかしてるわ。そうでしょう？　三浦さんも原田くんもそう思うでしょう？」

加藤由美子はベッドの向こう側に座った若いファイターと、ベッドの上の女性ファイターに同意を求めた。

けれど……ふたりのファイターは無言だった。

病室の窓ガラスは閉まっていたけれど、それでも、外の騒音が絶え間なく室内に入って来た。それはいろいろな音が混じり合った大都会の騒音だった。さっきまでは気づかなかったけれど、窓の右のほうにはマカオタワーとタイパ島へ続く橋が見えた。その真っすぐな橋の下を、今もたくさんの船舶が行き来していた。

「どうしたの？　どうして、ふたりとも黙っているの？」

加藤由美子が苛立《いらだ》った口調で言った。

また数秒の沈黙があった。スリッパを履いているらしい人が廊下を歩く、パタパタという音が聞こえた。

「加藤さん……」

やがて、三浦美紗が口を開いた。「わたしには……反対はできません」

加藤由美子が驚いたように女性ファイターを見た。

「どうしてそんなことを言うの？……だって……ラムアと戦ったら、小鹿くんは殺されるかもしれないのよ……三浦さん、小鹿くんが殺されてもかまわないって言うの？」

「小鹿さんが殺されればいいなんて……そんなこと、わたしが思うはずがないじゃないですか？」

加藤由美子のほうに顔を向け、三浦美紗が呆《あき》れたように言った。

「それなら、どうして反対してくれないの？　どうして小鹿くんに、ラムアと戦うなんてバカなことはやめろって言ってくれないの？」

エージェントの女は苛立ったように言った。

「わたしにはやめろとは言えません」

「どうして？」

エージェントの女がなおも同じ言葉を繰り返した。

「そんなことを言う資格は、わたしにはないからです」

はっきりとした口調で三浦美紗が言った。「正直言って、わたしも加藤さんからリタと戦えって言われた時は、すごく驚きました……リタが怖かったんです。殺されるかもしれないと思ったんです」

「そうだったの？」

「そうです。わたしはリタが怖かった……でも……それでも、リタと戦いたくないと思ったことはありませんでした……と言うより、あの瞬間、わたしはリタと戦いたいと心から思いました。たとえ殺されたとしても、戦いたいと心から願いました……だから……わたしには、小鹿さんにやめろと言うことはできません」

ひとつひとつ言葉を選ぶようにして三浦美紗が言い、ベッドの向こう側にいた原田圭介が深く頷《うなず》いた。

「俺も三浦さんと同じ意見です。小鹿さんがラムアと戦いたいって言うなら、俺も小鹿さんにやめろと言うことはできません」

そう言うと、原田圭介はエージェントの女をじっと見つめた。

「どうかしてるわ……あなたたちみんな、どうかしてるわ」

加藤由美子が目を潤ませ、呻《うめ》くように声を出した。

「そうですね……加藤さんが言うように、きっと俺たちファイターはみんな、頭がどうかしているんです」

エージェントの女の目を見つめたまま、原田圭介が言った。

加藤由美子が嫌々をするかのように首を振った。けれど、それ以上はもう何も言わなかった。目を潤ませたまま、諦《あきら》めたかのように大きく息を吐いただけだった。

6.

病院の前からタクシーに乗った。

昨夜はほとんど眠っていなかったのだろう。助手席に座るとすぐに、原田圭介は規則正しい寝息を立て始めた。

「原田くん、やっぱり疲れてるんですね」

僕は右隣に座った加藤由美子に言った。「夕方には戦うっていうのに、こんな体調で大丈夫なのかなあ？」

イワン・ネフチェンコと原田圭介の対戦は今夜のライトヘビー級のメインイベントではなく、かなり早い時間に行われることになっていた。だから、ホテルに戻って一休みしたら、彼はすぐに会場に向かわなくてはならないはずだった。

「原田くんは勝つわ」

僕のほうは見ずに、エージェントの女が呟《つぶや》くように言った。

「ええ。僕もそう思います。でも……戦いには万全で臨まないと……ネフチェンコは侮れない相手ですよ」

そう言いながら、僕は女の髪の中で光る大きなピアスを見つめた。それは去年の誕生日に僕がプレゼントしたものだった。

「小鹿くん」

エージェントの女がサングラスの顔を、ゆっくりと僕のほうに向けた。「人のことより、自分のことを心配したら？」

女の口調はギスギスしていて、相変わらず刺《とげ》があった。

「わかりました。そうします」

僕は窓の外に目を向けた。ちょうどタクシーはマカオタワーの脇を通り過ぎ、島へと続く3本の橋のうちの一本に入ろうとしていた。長い長い橋の向こう側には、海岸線に沿うように聳《そび》え立つ高層マンション群が見えた。

僕はジョン・ラムアのことを考えた。アンダーグラウンドの格闘の世界でもっとも強い男のことを——。

明日の晩、僕はその最強の男とふたりで、光に満ちたリングに立つのだ。その最強の男と命を賭《か》けて戦うのだ。

恐怖に体が震えた。

そう。三浦美紗がリタ・ベルリンドを怖いと感じたように、僕もジョン・ラムアが怖かった。逃げ出したくなるほど怖かった。だが、同時に……三浦美紗がそうだったように、僕もまた彼との戦いを楽しみにしていた。今になって戦うのをやめろと言われたら、どうしていいかわからなくなるほどだった。

「小鹿くん……」

膝の上にあった僕の指に女がそっと手を触れ、それから強く握った。骨張ったその手は、水仕事をした直後のように冷たかった。

僕は女の言葉を待った。けれど、女は何も言わなかった。

僕は女のサングラスを見つめ、その手をそっと握り返した。そして、助手席の原田圭介の寝息が続いているのを確かめてから、女のピアスに口を近づけるようにして囁《ささや》いた。

「もし、僕がラムアに勝ったら……その時は、また口でしてくださいね」

女は笑わなかった。その代わり、握っていた僕の手を放し、バッグからハンカチを取り出した。そして、サングラスを外して俯《うつむ》くと、そのハンカチを目に押し当てた。

どうやら、また涙が出て来たらしかった。

「いいわよ」

「本当ですね？」

「ええ。いいわ」

ハンカチで目を押さえたまま、涙声で女が言った。「小鹿くんがラムアに勝ったら……たとえ勝てなくても、生きて戻って来たら……どんなことでもしてあげる。朝が来るまででも……次の日のお昼までても……お望みなら夕方まででも……」

僕はそっと腕をまわし、痩《や》せて尖《とが》った女の肩を抱き締めた。

「夕方までだなんて、楽しみだな」

僕は笑い、女が少しだけ笑った。

7.

ホテルの部屋に戻ると、電話にメッセージが残っていた。電話の主は両親と暮らしている上の姉で、僕にすぐに連絡が欲しいとのことだった。

すごく嫌な予感がした。

僕はスーツの上着も脱がずに、実家に国際電話をかけようとした。だが、一瞬、パニックに陥り、実家の電話番号がどうしても思い出せなくなり、マカオでは使えない自分の携帯電話をセーフティーボックスから取り出してアドレス帳を開いたほどだった。

呼び出し音が一度鳴っただけで、電話が取られた。電話に出たのは上の姉ではなく、僕の母だった。

「もしもし、お母さん？　僕だよ。どうしたの？　翠ちゃんに何かあったの？」

母が口を開く前に、僕は立て続けに質問をした。

『うん。それが……今朝から嘉ちゃんのマンションや翠の携帯に何度も電話してるんだけど……何度やっても翠が電話に出ないのよ』

僕は受話器を握り締めた。その手がたちまち汗を噴き出したのがわかった。

「どうしてだろう？」

僕の声は震えていた。

携帯電話にはナンバーディスプレイ機能が付いているし、僕の部屋の電話にもその機能がある。だから、家族の誰かから電話があれば、下の姉は電話に出るはずだった。

『それでついさっき、葵《あおい》があんたのマンションに様子を見に行ったのよ』

葵というのは、上の姉の名前だった。

「さっき？」

『うん。30分くらい前かしら？　もうそろそろ着く頃だと思うんだけど……』

母もとても不安そうだった。

「そうか……それじゃあ、葵ちゃんから電話が来たら、すぐに僕に知らせて。あと3時間ぐらいは部屋にいる予定だから、必ず知らせて」

『うん。そうするよ。あの……嘉ちゃん』

「えっ？」

『いろいろと心配させてごめんね』

「お母さんが謝ることはないよ。悪いのはあの医者なんだから」

僕はまた下の姉の夫の神経質そうな顔を思い浮かべた。

『とにかく、葵から連絡があったら、嘉ちゃんに連絡するわ』

そう言うと母は電話を切った。

母との電話を終わらせると、僕はすぐに自分のマンションに電話を入れた。相変わらず僕は取り乱してはいたが、自分の電話番号を忘れるようなことはなかった。

プルルルルッ……プルルルルッ……プルルルルッ……。

呼び出し音が3度鳴ったところで、下の姉が電話に出た。

『はい、嘉ちゃん？』

「翠ちゃん、いたの？」

『そうよ。どうかしたの？』

電話の姉の声はのんびりとしていた。

急に体から力が抜けて、僕はその場にしゃがみ込んだ。

「どうかって……どうして電話に出なかったの？　どこか出かけていたの？」

咎《とが》めるような口調で僕は言った。「お母さんと葵ちゃんが朝から何度もそこに電話してるって。翠ちゃんが電話に出ないものだから、ふたりともすごく心配して、マカオまで電話して来たんだよ」

『ああ、そうだったの？　ごめん。ごめん』

姉が笑った。相変わらず、のんびりとした口調だった。

下の姉によると、今朝、急に新鮮な果物が食べたくなって、街に買い物に出かけたのだそうだ。ついでに近所を散歩していたら、洒落《しゃれ》たイタリア料理店が目に入ったので、そこでランチをして来たということだった。うっかりして携帯電話は持って行くのを忘れてしまったのだという。

『あのイタリア料理店、すごくおいしいわね。嘉ちゃんも行ったことがある？』

「行ったことないよ。そんなことより、その部屋から出ちゃダメだって、あれほど言ったじゃないか？」

強い口調で僕は下の姉を責め続けた。「もし、あいつと鉢合わせしたら、大変なことになるかもしれないんだよ」

『うん。ごめん。本当にごめんなさい。でも……今朝、病院に電話を入れてみたら、あの人、きょうは朝から夕方までずっと勤務になってたから大丈夫よ』

「だけど……」

『それに……ずっとこの部屋に、こもりきりじゃ息も詰まるし……少しは気晴らしがしたいわ』

姉が言うのを聞いて、僕は声を荒立てたことを恥じた。確かに、あんな狭い部屋にずっとひとりでこもっていたら、息が詰まるのは当然だった。

その時、電話の向こうでインターフォンが鳴った。

『誰かしら？』

「たぶん、葵ちゃんだと思うけど……ちゃんと確かめてみて。ほかの人だったらドアを開けちゃダメだよ」

『わかってるって。ちょっと見て来るから待っててね』

そう言うと、下の姉は電話を保留にせずに玄関に向かった。

僕は受話器を耳に押し当てたまま、そこから聞こえて来る音に耳を傾けた。

やがて、玄関のドアが開けられる音がした。それに続いて、『翠っ！　どうして電話に出ないのよっ！』という上の姉の甲高い声が聞こえた。

僕は安堵《あんど》の溜《た》め息を漏らした。

どうやら僕たちは、少し心配しすぎているようだった。

床にしゃがんで受話器を手にしたまま、僕は窓の外に目を向けた。そして、その瞬間、またジョン・ラムアのことを考えた。

僕は再び、下の姉が待つあの部屋に戻れるのだろうか？


夜明け近くまでエージェントの女と睦《むつ》み合っていたせいで、昨夜は僕もあまり眠っていなかった。それでシャワーを浴びたあとで、昼寝をするためにベッドに入った。

昼でも夜でも、昔から僕はベッドに入るとすぐに眠ってしまう。けれど、きょうはなかなか眠れなかった。微睡《まどろ》み始めると夢を見て、すぐに目を覚ました。そんなことを何度も繰り返した。

最後に目を覚ますと、亜熱帯の太陽はすでに西に傾き始めていた。

僕は慌ててサイドテーブルの時計を見た。

午後4時──。

ということは、すでに原田圭介はエージェントの女とふたりで、半島にある戦いの会場へと向かっているはずだった。

原田圭介とイワン・ネフチェンコの戦いはメインイベントの2試合前に予定されていて、午後6時に開始のゴングが鳴らされることになっていた。

僕は急いでベッドを出るとクロゼットの扉を開け、巨大ホテルの建設作業が続いている窓の外を眺めながら着替えをした。工事車両が巻き上げる土埃《つちぼこり》のせいで、辺りの空気はきょうも少し白っぽかった。

ホテルのすぐ脇には、ロータス・ブリッジ（蓮花大橋）と呼ばれる橋が見えた。橋の入り口には検問所があり、そこではいつものように、制服姿の男たちが通行する車の一台一台をチェックしていた。

観光客はもちろん、このマカオに在住する人でさえ、許可なくしてロータス・ブリッジを通行することはできない。その橋を渡り切ると、そこはもう中国本土だった。

きょうもそのロータス・ブリッジの上を、巨大なダンプカーが絶え間なく行き来していた。橋を渡って中国本土に向かうダンプカーの荷台はどれも空っぽだったが、中国から島に渡って来るダンプカーは、どれも山のように土砂を積んでいた。

それは埋め立て用の土砂だった。中国大陸から運んで来たその土砂で海を埋め立てることによって、この島はきょうも膨張を続けているのだ。

窓の外とクロゼットの鏡を交互に眺めながら、僕はワイシャツを着込み、ネクタイを選んで締めた。そして……またジョン・ラムアのことを思った。

いったいどんなふうに戦えば、ラムアの顔面に僕の拳《こぶし》を命中させられるのだろう？　もし、捕まえられたら、どう対処すればいいのだろう？

僕の頭の中は、そのことでいっぱいだった。

8.

人々の帰宅時間と重なったせいで、ただでさえ渋滞のひどいマカオの道はどこも激しく混んでいた。それでも原田圭介の戦いが始まる15分前に、僕の乗ったタクシーは戦いの会場がある雑居ビルの前に着いた。

地下室に向かう階段の入り口にいた若い警備員が僕を見て、「昨夜はおめでとう」と英語で言った。

僕が笑顔で頷《うなず》くと、別の警備員が僕の目を見つめ、「明日も頑張ってください」と、やはり英語で言った。

警備員たちはみんな、明日、僕がラムアと戦うことを知っているらしかった。

僕は警備員に礼を言うと、地下へと向かう階段を下りて行った。

時間が早いということもあってか、一昨日、三浦美紗とリタ・ベルリンドの戦いの観戦に来た時より会場内は空いていた。だが、それでもすでに、ぎっしりと並べられたパイプ椅子は、その7割ほどが観客で埋まっていた。

指定されたリングサイドの席に向かって歩いていると、何人かが「コジカ」と僕の名を呼んだ。そのうちの何人かは僕に握手を求め、何人かは僕を抱擁し、何人かは僕の手に香港ドルの紙幣を握らせてくれた。

私服で会場を訪れると、しばしばそんなふうに声をかけられる。けれど、今夜ほど大勢から声をかけられたのは初めてだった。

人々の話す言葉は、僕にはほとんど理解できなかった。だが、明日の晩、僕がジョン・ラムアと戦うことは、どうやらすでに発表されているらしかった。僕に握手を求めたり、紙幣を握らせてくれた人々が、口々に『ラムア』と言っていた。

香港ドルの紙幣を握らせてくれた人の中にひとり、若くて綺麗《きれい》な東洋人の女がいた。まだ20代の前半だろう。その女は泣きそうな顔で僕を見つめ、「ジョン・ラムアと戦ってはいけない」「戦ったら殺されてしまう」と、訛《なま》りの強い英語で言った。

英語が堪能《たんのう》でない僕には、何を言っていいかわからなかった。いや……たとえ英語が話せたとしても、やはり何を言っていいか、わからなかっただろう。

僕がしたことはただ、女の目を見つめ返して頷くことだけだった。

観客席のあいだの狭い通路を歩いて僕がリングサイドの席にたどり着くと、驚いたことに、そこに三浦美紗が座っていた。アンダーグラウンドの格闘界の新女王となった女の頭部は、午前中に病院で見た時と同じように、白い包帯に覆われたままだった。

「あれっ、三浦さん、こんばんは。来たんですね？」

僕は微笑みながら、三浦美紗の隣の席に腰掛けた。

「あっ、小鹿さん、こんばんは。そうなんです。やっぱり、来ちゃいました。こんな恰好《かっこう》だから、恥ずかしかったんですけど……原田くんのことが心配で、いても立ってもいられなくなっちゃって」

頭全体を包帯でぐるぐる巻きにされた最強の女性ファイターは、フェミニンな水玉のワンピースをまとい、鮮やかなペディキュアに彩られた素足に、踵《かかと》の高い洒落《しゃれ》たサンダルを履いていた。

「でも三浦さん、そんな無理して、体のほうは大丈夫なんですか？」

包帯の隙間の三浦美紗の目を見つめて、僕は微笑んだ。

「大丈夫です。どうせ、明日の朝には退院するんだし……」

「本当に、すごい回復力ですね。僕だったら、あんな怪我をしたら1週間……いや、2週間はベッドから出られませんよ」

「ほら、わたし、小鹿さんとは違って、若いですから」

包帯の隙間にのぞく唇から白い歯を見せて三浦美紗が笑った。彼女の目にはマスカラとアイシャドウとアイラインが施され、唇には淡い色のルージュが塗られていた。頭の天辺《てっぺん》でポニーテールに束ねた髪には、深紅のリボンが巻かれていた。爪にはファイトの時とは別の色のマニキュアが光っていた。

「わたし、ここに座るまでに何人もの人に声をかけられたんですよ。おめでとうって……不思議でしょう？　みんな、どうしてわたしだってわかったのかしら？　包帯で顔が見えないはずなのに」

三浦美紗がまた笑った。

「そりゃあ、わかりますよ」

笑いながら、僕は腕に嵌《は》めた時計を見た。そろそろイワン・ネフチェンコが入場して来るはずだった。

「原田くん、大丈夫かしら？」

三浦美紗が包帯にくるまれた顔を僕のほうに向けた。彼女は本当に心配そうだった。

「大丈夫ですよ。原田くんがネフチェンコに負けるはずがありません」

微笑みながら僕が言い、三浦美紗も、「そうですよね」と言って、僕と同じように微笑んだ。

アンダーグラウンドでの戦いに絶対はない。それはほかのスポーツと同じだ。横綱が平幕の力士に負けることもあるし、ダービー馬が格下の馬に不覚を取ることもある。

けれど、たとえばサッカーで言えば、原田圭介とイワン・ネフチェンコのあいだには、プロチームと高校のサッカー部くらいの差があるように僕には思えた。よほどのことがない限り、原田圭介が負けることはないはずだった。

「そろそろですね」

そう言いながら三浦美紗が腕時計に目をやった時、狭い会場にロシア人のベテランファイターの入場を告げるアナウンスが響いた。


会場の片隅の扉をスポットライトの強い光が照らし出した。そして、その瞬間、客席にいたほぼすべての人の視線が、その薄汚れた扉に集まった。

やがて、鉄の扉がゆっくりと開き、そこから老練なロシア人ファイターがゆっくりと姿を現した。

今年で40歳になるというイワン・ネフチェンコは、いつものように旧ソビエト連邦の赤い国旗を模したガウンを羽織っていた。下半身にはいつものように、ハンマーとカマのマークが入った赤いショーツを穿《は》いていた。

百戦錬磨のネフチェンコの背後には、いつものように若くて太った金髪の白人女が付き添っていた。その女もまた、ネフチェンコとお揃いの真っ赤なワンピースをまとっていた。豊かに張り出した左の乳房のところに、クロスしたハンマーとカマが描かれていた。

人々の噂によれば、肉付きのいい体に張り付くようなワンピースを身に着けたその女は、イワン・ネフチェンコの4人目の妻らしかった。

ロシア人ファイターが奇声とともに拳を頭上に突き上げ、観客たちがわずかにどよめいた。だが、それほど大きな歓声は起きなかった。このベテランのロシア人ファイターはあまり人気がないのだ。

イワン・ネフチェンコはアンダーグラウンドのリングで10年近く戦って来た。昔はかなり強かったと聞いている。負けはしたが、あのジョン・ラムアと互角の戦いを演じたこともあるらしかった。

けれど、最近のネフチェンコは勝ったり負けたりという戦績だった。ここ数戦は勝った試合よりも、負けた試合のほうが多いはずだった。

だが、彼は、負ける時にも大怪我をさせられることは滅多になかった。自分が負けそうになると、リングから転げ落ちるようにして素早く逃げ出してしまうからだ。

アンダーグラウンドのリングで長く戦っているにもかかわらず、イワン・ネフチェンコの人気がないのは、その不様な逃げ出し方にも一因があるように思われた。

腰抜け。卑怯《ひきょう》なやつ。

きっと、そういうことなのだろう。

けれど、僕は彼を腰抜けだとも、卑怯だとも思わなかった。それどころか、彼を一流のファイターだと考えていた。

身の危険を察したら、即座に逃げる。誰に何を言われようと、さっさと逃げる。

それは卑怯なことではなく、賢明な選択だった。野生の動物たちは、すべてそうしているのだから。

イワン・ネフチェンコは危険を察知する能力に長《た》けているのだ。そして、たとえ相手が誰であろうと、ほんの少し間違えば殺されるということを知っているのだ。だからこそ、この危険なリングに長く立ち続けていられるのだ。

ロープを潜ってリングに上がると、ロシア人ファイターは羽織っていた真っ赤なガウンを脱ぎ捨てた。歴戦のつわものらしく、その肉体は傷だらけだった。

イワン・ネフチェンコは色白だったが、がっちりとした逞《たくま》しい体つきをしていた。太い首は盛り上がった肩の中に埋もれていた。複雑な模様のタトゥーを施した両腕には太い筋肉が浮き上がり、太腿《ふともも》やふくら脛《はぎ》の筋肉もしっかりと張り詰めていた。

けれど、間もなく40歳を迎えるロシア人ファイターの腹の周りには、たっぷりと脂肪が付いていた。背中や腰も同様だった。皮膚には張りや艶《つや》がなく、全体的に少し弛《たる》んだ印象だった。

「ネフチェンコ、体が悪いわ」

僕の隣で三浦美紗が呟《つぶや》いた。

「そうですね……でも、彼はあんな体でも戦えるんですよ」

リング上のロシア人ファイターを見つめて僕が言った時、今度は会場に原田圭介の入場を告げるアナウンスが響いた。

鉄の扉から現れた原田圭介は、きょうも紫紺のガウンを羽織っていた。その背後にはエージェントの加藤由美子が付き添っていた。加藤由美子はファイターに合わせて、紫紺のワンピース姿だった。

客席からいくつもの声援が飛んだ。それは、イワン・ネフチェンコに飛んだ声援より遥《はる》かに大きかった。

原田圭介が『極東倶楽部』に参加するようになって、まだ1年ほどしかたっていない。実際にアンダーグラウンドのリングで戦ったのは4回だけだ。

けれど、その4回の戦いで、彼は観客たちを充分に魅了したようだった。原田圭介のファイトはまだすべてが粗削りだったが、スケールが大きく、将来性に溢《あふ》れていた。さらに、まだあどけなくさえ見えるその顔も、彼の人気の一因のようだった。

加藤由美子を従え、原田圭介は人々のあいだを縫うようにしてリングに近づいて来た。狭い会場には人々の「ハラダ！　ハラダ！」という声が響き続けていた。

「原田くん、また逞しくなりましたね」

三浦美紗が嬉《うれ》しそうに言った。

主催者の発表によれば原田圭介の体重は前回と同じ、ライトヘビー級のリミットぴったりだった。だが、恋人の三浦美紗が言うように、その体は前回よりずっと逞しく見えた。たぶん、筋肉が増えて脂肪が減ったためだろう。

「今回は減量もきつそうだったし……加藤さんも、次からはライトヘビー級じゃなく、無差別級で原田くんを戦わせようと考えてるみたいですよ」

三浦美紗は誇らしげな口調だった。「原田くんだったら、いつかジョン・ラムアをやっつけるかもしれませんよ」

ジョン・ラムア——。

その言葉を口にした瞬間、三浦美紗はハッとしたようだった。

「あっ……でも……その前に明日、ラムアは小鹿さんにやられちゃいますよね」

包帯に覆われた顔を僕のほうに向け、三浦美紗が唇を歪《ゆが》めるようにして笑った。

「僕はそのつもりなんですけど、加藤さんはそうは思っていないみたいですね」

できるだけさりげなく、僕は笑い返した。そしてまた、この格闘界の王者のことを考えた。たぶんラムアも今、パートナーの女と一緒にこの会場のどこかにいるはずだった。

三浦美紗と僕がそんな話をしているあいだも、若い日本人ファイターは人々の声援を受けながらゆっくりと歩き続けた。スポットライトに照らされたその姿は、悠然としていて、堂々としていて、これがデビュー5戦目とは思えないほどに落ち着いて見えた。

僕たちのすぐ近くまで来た時、原田圭介が恋人の存在に気づいた。

「三浦さん、来てくれたんですね！」

原田圭介は叫ぶように言うと、三浦美紗に走り寄った。

「うん。原田くんがネフチェンコをやっつけるところを、どうしても見たくて……」

包帯に覆われた顔で恋人を見上げて三浦美紗が言った。「頑張ってね、原田くん」

「はい。頑張ります」

原田圭介が嬉しそうに頷《うなず》いた。

三浦美紗がマニキュアの光る右手を差し出し、原田圭介がその手を両手でしっかりと握り締めた。そして、身を屈《かが》めると、そこに唇を押し付けた。

「勝ってね……」

自分の手に唇を付けたままの男を見つめ、女が呟くように言った。

男が顔を上げた。そして、女をじっと見つめた。

「ええ。絶対に勝ちます。見ててください」

包帯でぐるぐる巻きにされた顔で、女が頷いた。

9.

戦いの始まりを告げるゴングが鳴った。

ふたりのファイターがそれぞれのコーナーを離れ、さらに明るいリングの中央にゆっくりと歩み寄った。

光、光、光——。

体のあちらこちらに衰えの見えるネフチェンコと並び立つと、原田圭介の肉体は輝くばかりに美しかった。若々しくて、逞しくて、張りと艶があり……まるで肉体の理想を追求した、古代ギリシャの彫刻のようだった。

パンチとキックを主な武器にしているイワン・ネフチェンコは、腰を真っすぐに伸ばしたムエタイ風のファイティングポーズを取った。柔道と総合格闘技を学んで来た原田圭介は、レスリング風に低く構えた。

ネフチェンコは万能型の器用なファイターだった。だが、できれば組み合う前に、自慢の蹴《け》りを何発か、敵の肉体にめり込ませようと考えているはずだった。逆に言えば、それができなければ彼に勝ち目はないように思われた。

ふたりのファイターはリングの中央で、2メートルほどの距離をおいて向き合っていた。お互いにファイティングポーズを取りながら、じりじりと時計とは反対まわりに動いていた。

何度かネフチェンコが右の蹴りを繰り出そうとした。そのたびに太腿やふくら脛の筋肉がピクリと動き、そのたびに原田圭介がその蹴りを受け止める体勢を取った。

けれど、ネフチェンコは蹴りを出さなかった。その代わり、ほとんどの人が予想しなかったような行動に出たのだ。

何度目かの蹴りを出そうとした直後に、ネフチェンコがさっと腰を落とした。そして、次の瞬間、原田圭介の右足に縋《すが》るように取り付いた。

「あっ」

僕の両脇にいた加藤由美子と三浦美紗が同時に声を出した。リング上にいた原田圭介の口も、同じ声を出していたに違いなかった。

それはまったく予期せぬ出来事だったのだろう。ほんの1歩後ずさればいいだけだったのに、原田圭介にはそれができなかった。

這うようにして原田圭介の右足にしがみついたネフチェンコは、その踵《かかと》と爪先の部分を両手でがっちりと摑《つか》んだ。そして、マットに素早く膝《ひざ》を突くと、摑んだ右足を力任せにねじり上げた。

原田圭介は反射的に身を屈め、敵の背に真上から拳《こぶし》を突き入れた。

それは背骨が軋《きし》むほどの強烈なもので、ネフチェンコの口から、「うっ」という苦しげな声が漏れた。けれど、ベテランのロシア人ファイターが攻撃の手を緩めることはなかった。彼は胸の前に抱えた原田圭介の右足を、渾身《こんしん》の力を込めてねじり続けた。

若い日本人ファイターのあどけない顔が苦痛に歪んだ。それがリング下にいる僕にも見えた。

原田圭介はひざまずいたネフチェンコの背に、再び拳を突き入れようとした。だが、その前にバランスを失い、マットに俯《うつぶ》せに倒れた。

俯せになりながら、原田圭介は自由な左足でネフチェンコを蹴りつけようとした。けれど、その前に……右足首の骨が砕けた。

いや、リング下にいた僕には、どの時点で右足首が折れたのかは正確にはわからなかった。けれど、ネフチェンコが飛びのくようにして立ち上がった時には、すでに原田圭介の右足首が折れていることははっきりとわかった。

それは確かに、思いもかけぬ奇襲だった。けれど、まったく想像ができないというほどのものではなかった。それどころか、この世界で戦い慣れた者なら、どうにでも対処できる程度の奇襲だった。

だが、経験の浅い原田圭介には、その奇襲に対処することができなかった。

原田圭介の右足首をねじり折ることに成功したネフチェンコは、片手を頭上に突き上げて獣のような雄叫《おたけ》びを上げた。それから、その太い腕で唇を拭《ぬぐ》いながら、マットに這《は》ったままの原田圭介にゆっくりと近づいた。

「ダメだっ、原田くんっ！　這って逃げろっ！　リングから下りろっ！」

リングの上に向けて僕は叫んだ。

「逃げてっ！　原田くんっ！　逃げなきゃダメっ！」

僕の隣では三浦美紗が同じように絶叫していた。

そう。原田圭介にできることは、逃げ出すことだけだった。たとえネフチェンコがどれほど衰えていようと、開始早々に足首を折られては勝負にならなかった。

けれど、経験に乏しい原田圭介には、こんな時の身の処し方さえわからないようだった。いや、もしかしたら、愛する女の前で敵に背を見せることを恥ずかしいと思ったのかもしれない。

どちらにしても、原田圭介がしたことは、リングから転げ下りることではなく、苦痛に顔を歪めながら上半身を起こすことだった。

しかし、それは最悪の対処法だった。

無防備に身を起こした原田圭介の頭部に向けて、ネフチェンコは得意の蹴りを放った。右足からの強烈なまわし蹴りだった。

その最初の一撃を、原田圭介は左腕で何とか防御した。だが、続いて蹴り込まれたネフチェンコの左足を受け止めることはできなかった。

ネフチェンコが放った左足の蹴りは原田圭介のガードを撥《は》ね除け、その右側頭部にまともに当たった。

ばちん。

鈍い音が耳に届いた。

直後に、若く逞《たくま》しい日本人ファイターの全身の筋肉が弛緩《しかん》した。

「いやーっ！」

僕の隣で三浦美紗が叫んだ。

もうダメだ――。

僕は思った。

10.

首を襲う激痛に彼は意識を取り戻した。

一瞬、何が何だかわからなかった。だが、次の瞬間には、自分がアンダーグラウンドのリングの上で老獪《ろうかい》なロシア人ファイターと戦っていたことと、試合開始の直後に相手に右足首をねじり折られてしまったことを思い出した。

どうしてこんなことになってしまったのかが、彼にはいまだに理解できなかった。自分が負けることは絶対にないはずだった。

だが、現実として、敵は今、俯せに倒れた彼の背に馬乗りになっていた。そして、彼の首に背後からがっちりと腕を絡ませ、その首をへし折ろうとしていた。

そう。彼の背にまたがったロシア人ファイターは、彼の首に腕を絡め、両足をしっかりと踏ん張り、彼の首の骨をへし折ることで彼を殺そうとしていた。

殺される？　俺が死ぬ？

そんなことは許せなかった。絶対に受け入れられないことだった。

苦しみに呻《うめ》きながら、彼は窮屈に腕をまわして、相手の腕を自分の首から振りほどこうとした。だが、それは難しかった。敵の太く逞しい腕は、まるで大蛇のように彼の首に強く巻き付いていた。その腕に塗られたワセリンのにおいが鼻をついた。

ロシア人ファイターがさらに力を入れ、首の骨が軋んだ。その音が聞こえた。息が止まり、目の前が暗くなりかけた。

もう、どうすることもできなかった。彼にできたのは、敵が自分に情けをかけてくれるのを祈ることだけだった。

頼む、殺さないでくれ。お願いだ、もう許してくれ。

彼は祈った。祈っただけでなく、潰《つぶ》れた喉の奥から何度か、「Give up.」と呻くように告げた。

同じリングに立っているレフェリーが、彼の目をじっと見つめた。だが、レフェリーはストップをかけたりはしなかった。

「Give up.」

彼は絞り出すように、もう一度そう言った。

彼の背にまたがっている男にも、その声は聞こえたはずだった。だが、非情なロシア人ファイターは手を緩めなかった。

そう。男は彼を本気で殺そうとしているのだ。

敵を背に乗せたまま、彼は必死で目を見開いた。

リングの外は暗かった。けれど、そこに——ロープのすぐ向こうに、彼の愛する女がいるのが見えた。白い包帯で覆われているにもかかわらず、女の顔がおののき、引きつっているのがわかった。

ああっ、どうして？……どうして、この俺が？

彼は思った。

その時、鈍い音を立てて、彼の首の骨が砕けた。

彼の耳は、その音をはっきりと聞いた。そしてその瞬間——彼は自分の生の時間が、間もなく終わることを知った。

第八章

1.

原田圭介の遺体は格闘場の脇にある小部屋に運び入れられた。激しく取り乱す三浦美紗の体を支えるようにして、僕は加藤由美子と一緒にその部屋に入った。

そこは狭くて黴《かび》臭い部屋で、剝《む》き出しのコンクリートの壁を、薄暗い裸電球が照らしていた。

簡易ベッドの上の遺体を目にした瞬間、三浦美紗が「ああっ」という声を出した。それから遺体に駆け寄ると、そこに縋《すが》り付いて泣き崩れた。

「ああっ……原田くん……原田くん……」

エージェントの女と僕は小部屋の戸口に立ち尽くし、原田圭介の遺体と三浦美紗の背中を呆然《ぼうぜん》と見つめた。

格闘で命をなくしたファイターの遺体は、主催者側が特別なルートを使って内密に処分することになっていた。火葬されるということだった。

だが、身内やエージェントでさえ、火葬の現場に立ち会うことはできなかったし、遺骨を本国に持ち帰ることも許されてはいなかった。

主催者側の説明によれば、ファイターの遺骨は花束とともに海に撒《ま》かれるということだった。けれど、それさえも確かなことではなかった。

「俺たちは死んだら、生ゴミと一緒に焼かれちまうんだよ」

いつだったか、知り合いのファイターのひとりがそう言ったのを聞いたことがある。別のひとりは、「殺されたやつの死体は豚の餌になるんだよ」と言って笑っていた。

どちらにしても、原田圭介の遺体は、今夜中に主催者側がここから運び出し、どこかに持っていってしまうはずだった。だから今夜、三浦美紗にできることは、簡易ベッドに横たえられた恋人の遺体に縋りつき、呻くようにすすり泣きながら、最後の別れを惜しむことだけだった。

「どうしてなの？……どうして死んじゃったの？……どうして殺されちゃったの？」

狭苦しい部屋に、若く美しい女性ファイターの哀れな声が響いていた。「わたし、これからどうしたらいいの？……原田くん……原田くん……」

そんな黴臭い部屋の薄汚れた壁にもたれ、僕は三浦美紗のワンピースの背中を見つめていた。僕の脇ではエージェントの女が顔を強《こわ》ばらせ、僕と同じものを見つめていた。

原田圭介の遺体には薄汚れた毛布がかけられていた。あれほど苦しんで殺されたにもかかわらず、そのあどけない顔は意外なほどに安らかで、疲れ切って眠っているだけのようにも見えた。

格闘場のすぐ隣にあるこの部屋には、今、僕たちのほかに主催者側のふたりの男がいた。ふたりとも、こんなことには慣れているのだろう。男たちは目を伏せ、無言で立ち尽くしていた。この別れの儀式が終わり、僕たちが立ち去ったら、男たちは遺体をここから運び出し、組織が決めたルールに基づいて処理するはずだった。

薄い壁の向こうからは、今も格闘場の喧噪《けんそう》が響き続けていた。まもなく今夜のメインイベントで戦うファイターたちの入場が始まる頃だった。

ふたりで無事に帰国できたら、三浦美紗に結婚を申し込む——。

原田圭介がそう言っていたことを僕は思い出した。それから……あの時、自分が、原田圭介が殺されることはないだろうが、三浦美紗が生きて日本に戻れる可能性は高くないだろうと考えていたことを思い出した。

「ネフチェンコのやつ、許せない……何も殺すことはないじゃない。自分は危なくなると、すぐに逃げ出すくせに……」

低く、呟《つぶや》くようにエージェントの女が言った。「ネフチェンコなんかと戦わせるべきじゃなかったわ……原田くん、まだ新人みたいなものだったんだから……あんなずる賢いやつと戦わせたわたしが悪かったんだわ……」

僕は女の顔をじっと見つめた。それから、無言で首を左右に振った。イワン・ネフチェンコを責めるのはお門違いだった。彼には何の責任もなかった。もちろん、あの戦いのマッチメイクをしたエージェントの女にも何の責任もなかった。

それでも……どうしても、この殺人の責任を誰かが負わなくてはならないのだとしたら、それは敗れ去った原田圭介自身が負うしかなかった。

勝者がすべてを取り、敗者には何も残されない――それがルールだった。

「小鹿くん……」

僕の脇でエージェントの女が囁《ささや》いた。

僕は再び女の顔を見た。女はとても美しかったが、その顔は沈痛で、とても疲れているように見えた。

「でも……」

「あとのことはわたしに任せて、小鹿くんはもうホテルに戻って休みなさい」

「いいから、ホテルに戻りなさい。疲れが残ってたら、ラムアには勝てないわ」

強い口調で女が言った。

確かに、彼女の言うとおりだった。ジョン・ラムアに勝つつもりなら、万全の体調で戦いに臨むべきだった。

「わかりました……そうさせていただきます」

僕は小声で頷《うなず》いた。それから、死体に縋り付いて背中を震わせている三浦美紗に歩み寄ろうとした。何か……慰めの言葉みたいなものをかけるつもりだったのだ。

そんな僕の腕を、背後からエージェントの女がそっと摑《つか》んだ。

振り向くと、女は無言で首を左右に振っていた。

何も言うな――。

そういうことなのだろう。

僕は無言で頷いた。どっちみち、慰めの言葉になど、何の意味もなかった。

僕はそのまま部屋を出ようとした。

「あの、小鹿くん……」

そんな僕をエージェントの女が呼び止めた。「今夜は一緒に食事をしたかったんだけど
……それは無理みたいだから、ひとりで食べてて。あとで、部屋に電話するわ……」

縋るような目で女が僕を見つめた。

もしかしたら、今夜の食事が僕の人生で最後の夕食になるのかもしれなかった。だから、
本当は僕も好きな女と一緒に食事をしたかった。

けれど、『極東倶楽部』の責任者である彼女が、原田圭介の死体と三浦美紗を残して立
ち去るわけにはいかなかった。

「わかりました。あの……部屋にいますから、電話をください。三浦さんを、よろしくお
願いします」

そう言って微笑むと、泣き続ける三浦美紗の声を聞きながら僕は部屋を出た。

2.

その晩、入浴のあとで、僕は自室でルームサービスの食事をした。サラダとソーセージとサンドイッチという簡単なメニューだった。食事をしながら、ポルトガルの赤ワインを一本だけ飲んだ。とても色の濃い渋みの強いワインだった。

食事が済むと窓辺に座り、氷を入れたウィスキーを飲みながら、光り輝くマカオ半島をぼんやりと眺めた。

三浦美紗と加藤由美子は、今もあの小さな半島のどこかにいるのだろう。どこで何をしているのだろう？　まだあの薄汚れた小部屋にいるのだろうか？　それともふたりで、三浦美紗が入院している病院に戻ったのだろうか？

しばらく窓の外を眺めていたあとで、僕は日本から持って来た文庫本を開いた。戦いの前夜には、ホテルの部屋でドストエフスキーやトルストイを読みながら、リラックスして過ごすのが僕の常だった。

けれど……その晩は、活字がどうしても頭に入らなかった。目では活字を追っていても、考えるのは明日の晩のことばかりだった。

明日の今頃、原田圭介が殺されたあのリングの上で、僕はジョン・ラムアと戦っているのだろうか？　それともすでに戦いは終わり、ラムアか僕のどちらかが死体に変わっているのだろうか？

エージェントの女と別れて戦いの会場をあとにする時、知り合いの警備員から、ラムアと僕の戦いの賭《か》け率は7対1だと聞かされていた。もちろん、ラムアが7で僕が1だ。つまり、8人のうちの7人は、ラムアが勝つと予想しているということだった。

だが、前回のラムアの戦いの賭け率は13対1だったし、その前は12対1だった。それに比べれば、僕に対する人々の期待は高いとも言えた。

ラムアはどんな戦いをするつもりでいるのだろう？　僕はどう出たらいいのだろう？

30分ほど文庫本と睨《にら》めっこをしていたあとで、僕は諦《あきら》めてそれを閉じた。そして、Tシャツとジーパンに着替えると、ポケットに小銭を突っ込んで部屋を出た。

カジノに行ってみよう。

そう思ったのだ。

エレベーターで1階に下りると、その数メートル先がもうカジノの入り口だった。

別にギャンブルをするつもりではなかった。ちょうど1年前にも、格闘のためにマカオに来たことがあったが、あの時も僕はカジノには立ち入らなかった。エージェントの女に付き合えと言われたのだが、興味がないからと断ったのだ。

けれど、その晩はなぜか、カジノに行ってみようという気になった。

もしかしたら、これが人生で最後の夜になるかもしれないから……だから、人々の喧噪に紛れ込み、そこで人々が発する生の温もりを感じていたかったのかもしれない。

いや……よくわからない。

とにかく、僕はホテル1階のカジノの喧噪に足を踏み入れた。

光、光、光――。

リングの上と同じように、そこにもまた、目映《まばゆ》いばかりの光が満ちていた。

それは、とてつもなく巨大で、とてつもなく華やかな空間だった。

広さは東京ドームほど。いや、もっと広いかもしれない。派手な装飾を施された何百本もの柱が、極彩色の高い天井を支えていた。

その巨大な空間に数百ものゲーム台が並び、それらの台を数え切れないほどたくさんの人々が囲んでいた。

薄汚れたジーパンのポケットに両手を突っ込み、床に敷き詰められた柔らかなカーペットに靴が深く沈み込むのを感じながら、僕は人々のあいだをゆっくりと歩いた。

客たちのほとんどは東洋人で、その大半は中国人のようだった。マカオのカジノにはドレスコードがないせいか、着飾っている人は少なくて、男も女もほとんどがラフな恰好《かっこう》をしていた。客たちの中には、買い物の帰りにぶらりと立ち寄ったみたいな中年の女も何人もいた。男たちの多くは、火のついた煙草を口にくわえていた。

飲み物の載ったトレイを抱えたミニスカート姿のウェイトレスが、人々のあいだを縫うようにして歩きまわっていた。彼女たちの多くは、東南アジアから出稼ぎに来た女たちだった。パンプスの踵《かかと》が高すぎるため、ウェイトレスはみんな歩きにくそうだった。

ルーレット、バカラ、ファンタン、大小《タイスウ》、ブラックジャック……広大なカジノの中をゆっくりと歩きながら、僕はひとつひとつの台を見てまわった。ある台には客たちが何重にも群がり、ゲームが終了するたびに一喜一憂していた。ある台には客がひとりもいず、蝶《ちょう》ネクタイを締めたディーラーが退屈そうにあくびをしていた。

カジノの中をあてもなく歩き続けていると、何人もの女たちが中国語で声をかけて来た。そんな女たちは一様に若く、一様にほっそりとした体つきをしていて、一様に化粧が濃く、一様にとても踵の高いサンダルを履いていた。

中国語はわからない。

僕がそう答えると、女たちは片言の英語で、あなたの部屋でマッサージを受けないかと言った。

もちろん、彼女らはマッサージ師ではない。カジノを拠点にしている売春婦なのだ。

「ノー、サンキュウ」

そのたびに僕は首を左右に振り、そのたびに女たちはあっさりと立ち去った。

3.

広大なカジノの中を僕は歩き続けた。だが、頭の中は明日の晩のことでいっぱいだった。

明日の今頃はすでに、ラムアと僕の戦いは終わっているはずだった。

いったい、どちらが勝っているのだろう？　もし、負けたとしたら、僕はもう生きていないのだろうか？　それとも、大きな怪我をさせられるだけで済んでいるのだろうか？

そもそも……僕はなぜ、ラムアと戦わなくてはならないのだろう？　もしラムアに勝てば、僕にはかなりの額の『番狂わせボーナス』が支給されるはずだった。だが、それにしたって、命を賭けるほどの金額ではなかった。そして、もし負けた時には……たったひとつの命さえ失うことになるのかもしれなかった。

それはあまりにも割の合わない賭けに思えた。

カジノの中を僕は歩き続けた。歩いていると、とりわけ大きな人だかりがしている台があった。そこでは、ちょうどビリヤード台くらいの大きさの台の周りを、人々が何重にも取り巻いていた。人垣の背後から背伸びをしてのぞき込むと、台の上には客たちが賭けたゲームコインが山のように積み上げられているのが見えた。

それは『大小』というサイコロゲームをしている台で、ディーラーは30歳前後の気の強そうな中国人の女だった。女は人形のように無表情だったが、切れ長の目は鋭かった。

台を何重にも囲んだ人々の背後に佇《たたず》み、僕は人々の肩越しにしばらくゲームの様子を眺めていた。

最初はルールがわからなかった。だが、10分も見ているとわかるようになった。

基本的には大小のルールは、3つのサイコロの目の合計数を当てるという簡単なものだった。3つのサイコロの合計数が4から10なら『小』、11から17だと『大』ということだ。『1・1・1』の3と、『6・6・6』の18がないのは、3つのサイコロの目が揃う『ゾロ目』が出ると、親の総取りになるというルールがあるかららしかった。

今、小さなガラスドームの中に入れられた3つの赤いサイコロは、それぞれ1と3と4を示していた。その合計数は8。ということは、前回は『小』という結果だった。

台の脇には液晶のパネルがあって、そこに過去15回の結果が表示されていた。その表示によると、その台ではここ8回連続で『小』が続いていた。どうやら、それがこの台が異様に過熱している理由らしかった。

勝った客たちへの支払いを無表情に済ませると、濃く化粧をした中国人の女ディーラーがガラスドームに真鍮《しんちゅう》の蓋《ふた》をすっぽりと被《かぶ》せた。そして、無表情なまま、マニキュアが鮮やかに光る指先で、台の脇にある赤いボタンを押した。

パカン、パカン、パカン。

金色に輝く真鍮の蓋が3回跳ねて、小さな鈍い音を3回立てた。

女ディーラーが無表情に両腕を広げ、客たちに賭けを促した。

『小』なのだろうか？『大』なのだろうか？

たいして関心があるわけではなかった。だが、鋭い目付きで客たちを見まわす女ディーラーの顔や、思案する客たちの顔を眺めていると、何となく興味をそそられた。

8回も『小』が続いたのだから、今度こそ『大』が出るのかもしれない。だが、8回も続いたのだから、次も『小』が続くのかもしれない。

悩んだ末に客たちが、ゲームコインを台の上に載せ始めた。

自信ありげに『小』に高額のゲームコインを積み上げる老人がいた。その老人の顔色をうかがってから、やはり『小』に少額のゲームコインをそっと置く若い女がいた。最初は『大』に賭け、しばらく考えたあとで『小』にゲームコインを置き直す若い男がいた。最初に『小』に高額のゲームコインを積み上げた老人に対抗するかのように、『大』に高額のゲームコインを積む中年の男がいた。『大』でも『小』でもなく、『偶数』と『奇数』とを当てるところに賭ける者たちもいた。

数分後には、狭い台はゲームコインで溢《あふ》れ返った。

今度も『小』なのだろうか？　それとも、今度こそ『大』なのだろうか？

僕がそう思った時、耳元で女が中国語で何かを囁《ささや》いた。

僕は自分のすぐ脇に立っていた女を見下ろした。

それは真っすぐな黒髪を長く伸ばした痩《や》せた女だった。濃く化粧を施していたが、顔はあどけなくて、まだ10代に見えた。女は肩と臍《へそ》が剥《む》き出しになった白いタンクトップをまと、立っているだけで下着が見えてしまいそうに短い黒のタイトスカートを穿《は》いていた。足元は、恐ろしく踵の高い白いサンダルだった。どうやら彼女は、このカジノにたむろしている売春婦のひとりのようだった。

「中国語が話せないんだ」

僕は微笑みながら女に言った。

すると女は今度は英語で「次もスモール」と、やはり囁くように言って笑った。甘い香水が匂った。

若い売春婦を見下ろして、僕は無言で頷《うなず》いた。女のサンダルの踵は15センチ近くあったが、それでも並んで立つと、僕よりかなり背が低かった。

「ねえ、これからふたりであなたの部屋に行って、マッサージを受けない？」

僕の肘《ひじ》の辺りに摑《つか》まり、背伸びをするようにして女が耳元で囁いた。かなり癖の強い英語だった。

女の顔を見つめてなおも微笑みながら、僕は「ノー・サンキュウ」と言った。

普通なら、売春婦たちはそれであっさりと引き下がるはずだった。だが、その若い売春婦は諦《あきら》めなかった。

「お金がないの？」

僕の肘に摑まったまま女が訊《き》いた。

「まあね」

「だったら、わたしが稼がせてあげる」

「君が僕に稼がせる？」

「ええ、そうよ」

綺麗《きれい》に揃った白い歯を見せて女が笑った。「次もスモールよ。騙《だま》されたと思って、賭《か》けてみて」

売春婦を買うつもりはなかった。エージェントの女と付き合うようになってから、僕はほかの女とは寝ないと決めていた。

けれど、若い売春婦の自信ありげな言葉に興味を覚えて、僕はポケットから100香港ドルの紙幣を取り出した。そして、それを化粧の濃い女ディーラーに渡し、ゲームコインに替えてもらった。その台の最低賭け金は100香港ドル、日本円に換算すれば1300円弱だった。

初めて手にしたゲームコインはプラスティック製で、日本の500円硬貨よりずっと大きかったけれど、とても軽かった。100香港ドルのコインは黒で、内縁部分がフォノグラフになっていた。

僕は人垣のあいだから腕を伸ばし、若い売春婦に指示された通り、その100香港ドルのゲームコインを台の上の『小』と表示されたところに置いた。そこはすでにゲームコインでいっぱいで、枠からはみ出さないように置くのが一苦労だった。

「大丈夫。あなたは勝つわ」

若い売春婦が僕を見上げて笑った。

僕は勝つ——。

明日の晩のファイトのことを言われたようで、僕にはそれが少し嬉《うれ》しかった。

中国人の女ディーラーが鋭い目付きで客たちを見まわした。そして、もう新たに賭ける者がいないことを確認してから、賭けの終了を告げるチャイムを鳴らした。それから、やはり無表情に、ガラスドームに被せられた真鍮の蓋を持ち上げた。

ディーラーが金色の蓋を取った瞬間、台を囲んだ客たちがざわめいた。

2・2・3。

ガラスドームの中の3つの赤いサイコロの目の合計数は7。つまり、結果はまたしても『小』ということだった。

若い売春婦がまた僕を見上げた。そして、嬉しそうに笑った。よく見ると、女はなかなか美しい顔をしていた。目がとても大きく、鼻筋が通っていた。

僕の賭けたゲームコインは2枚になって戻って来た。

「ほら、勝ったでしょう？　これからもっと勝たせてあげる」

若い売春婦がそっと僕の左手に触れた。女の手はとても冷たかった。「覚えておいて。こうやって指を握ったらラージ」

女はそう言うと、僕の左中指を握った。

「こうしたらスモール」

今度は女が僕の手の甲を軽くつねった。

「わたしが手を放したら、その時は賭けちゃダメ。いいわね？」

鮮やかなアイシャドウと青いマスカラで彩られた若い売春婦の目を見つめ、僕は半信半疑で頷いた。


客たちへの支払いを無表情に終えた中国人の女ディーラーが、さっきと同じようにガラスドームに真鍮の蓋を無表情に被せた。そして、さっきと同じように無表情に台の脇にある赤いボタンを押した。

パカン、パカン、パカン。

鮮やかな金色に輝く蓋がさっきと同じように小さく跳ね、さっきと同じように鈍い音を立てた。

化粧の濃い中国人の女ディーラーが無表情に両腕を広げ、さっきと同じように客たちに賭けを促した。

今度も『小』なのだろうか？　それとも、今度こそ『大』なのだろうか？

その時、僕の手を握っていた若い売春婦が手を放した。それは、今回は賭けてはいけないという合図だった。

僕は女を見下ろした。若い売春婦がこちらを見上げ、微笑みながら頷いた。また甘い香水が匂った。

さんざん悩んだ末に、客たちの3分の2が『小』にゲームコインを置いた。残りの3分の1は『大』や、合計数を当てるところや、3つのサイコロのそれぞれの出目の予想をするところや、『偶数』『奇数』を当てるところにゲームコインを置いた。

女の指示に従って、僕はその回は賭けるのを見送ることにした。

9回も続けて『小』が出たことで、場の雰囲気は異様な盛り上がりを見せていた。それが素人の僕にもはっきりと感じられた。『小』に載せられたゲームコインは大量で、枠からはみ出してしまいそうなほどだった。だが『大』にも、かなりのゲームコインが積み上げられていた。

さっきと同じように、化粧の濃い女ディーラーが無表情に客たちを見まわしてから、賭けの終了のチャイムを無表情に鳴らした。それから、さっきと同じように無表情に真鍮の蓋を持ち上げた。

その場にいたすべての人の視線が、ガラスドームの中のサイコロに注がれる。

3・3・3。

台を囲んだ客たちが、さっきよりさらに大きくざわめいた。

真鍮の蓋が持ち上げられた瞬間、いつもだったら、喜びの声と失望の声が錯綜《さくそう》する。けれど、その時、台を覆っていた声は失望から発せられたものだけだった。

ガラスドームの中の赤いサイコロの目の合計数は9。9は『小』ではあったが、『3・

3・3』はゾロ目だった。

ゾロ目は親の総取りというのが大小のルールだった。

化粧の濃い女ディーラーはまったく無表情なまま、台の上に載っていたすべてのゲームコインを慣れた手つきで掻《か》き集めた。

若い売春婦が僕を見上げた。そして、自慢げに笑った。

ほらね。

女の目はそう言っていた。

4.

その後も僕は、あどけない顔をした若い売春婦の指示に従って賭けを続けた。

不思議なことに、女が中指を握った時には必ず『大』になり、女が手の甲をつねった時には必ず『小』になった。それはまるで、透視眼を使って真鍮《しんちゅう》の蓋《ふた》の中を見通しているかのようだった。

そんなに当たるなら、売春婦なんかやめて、プロのギャンブラーになればいいのに。

そう思ったが、女には言わなかった。

僕は毎回、勝って戻って来たすべてのゲームコインを、次の回に賭けた。一回でも負けたら、それで終わりだった。だが、不思議なことに、僕は負けなかった。ゲームが終了するたびに、僕のゲームコインは2倍になって手元に戻って来た。

途中で客たちも、僕が勝ち続け、その勝った分のすべてを次の回に賭けていることに気づいたようだった。客たちのうちの何人かは、僕が『大』に賭ければ自分たちも『大』に賭け、僕が『小』に賭ければ自分たちも『小』に賭けるようになった。

僕が勝ち続けていることに、ディーラーの女も気づいているはずだった。けれど、化粧の濃い女ディーラーはまったく無表情のままだった。ただ、僕が台にゲームコインを置くたびに、切れ長の目で僕と、その隣にいる若い売春婦を見つめただけだった。

『小』、『大』、『大』、『小』、『大』、『小』、『小』、『大』、『大』……若い売春婦は9回続けてサイコロの出目の合計数を的中させた。そのあいだに、僕が賭けた最初の100香港ドルのゲームコインは、5万1200香港ドルになった。日本円に換算すれば、約67万円もの大金だ。

9連勝したところで、ふと時計を見た。

カジノに来てからすでに2時間が経過していた。そろそろエージェントの女が部屋に電話をして来るかもしれなかった。

「悪いけど、そろそろ部屋に戻らないと……あの……知り合いから電話が来ることになってるんだ」

若い売春婦に僕は言った。

「そう？　でも、もう一度だけ……ねえ、あと一度だけ……」

若い売春婦が縋《すが》るような目で僕を見つめた。

「どうして？」

女の顔ではなく、尖《とが》って飛び出した肩の骨や、くっきりと浮き上がった鎖骨を見つめて僕は訊《き》いた。

「10回続けて勝つと、願い事がかなうの」

「本当？」

「本当よ……だから、もう一回だけやりましょう」

「いいよ」

僕は微笑み、女の次の指示を待った。もし、ここで負けたら67万円は一瞬にして0になってしまう。だが、それを惜しいとは思わなかった。

次は『大』なのか、『小』なのか——。

いつもなら、女はすぐに僕の中指を握ったり、手の甲をつねったりした。だが、今回に限っては、女はなかなか行動に出なかった。いつまでも、過去の結果を告げる液晶のボードを見つめているばかりだった。

どうやら、女は迷っているようだった。

だが、僕は不安を感じはしなかった。どうせ100香港ドルから始まった賭けだった。たとえ負けても、僕の損害はないに等しかった。

迷い迷った末に、女が僕の中指をぎゅっと握った。

僕は手にしていた5万1200香港ドルのゲームコインのうちの5万香港ドルを、台上の『大』と表示されたところに置いた。本当は全額を賭《か》けたかったのだが、その台の上限が5万香港ドルだったからだ。

客たちがどよめき、中国人の女ディーラーが鋭い目で僕を見た。

客たちの何人かが、僕が賭けるのを見てから同じ『大』に賭けた。何人かは僕に対抗するかのように『小』に賭けた。

10回続けて勝つと、願い事がかなう——。

もし、この回が『大』ならば、僕は明日、ジョン・ラムアに勝てる。もし、『小』が出たら、僕は明日、ラムアに殺される。

僕はそう思うことにした。

そういうふうに考えると、急に心臓が高鳴り始め、掌から汗が噴き出し始めた。そして、その時、初めて、僕はこのゲームを楽しいと感じた。

『大』が出たら僕はラムアに勝つ。『小』なら僕は殺される。

いつものように、ディーラーの女が無表情に客たちを見まわした。そして、もう賭ける客がいなくなったのを確かめてから、賭けの終了のチャイムを無表情に鳴らした。

『大』なのか、『小』なのか——僕は明日、ジョン・ラムアに勝つのか、それとも彼に殺されるのか——。

心臓が激しく高鳴り、脚が細かく震えた。そして、僕はその緊張を楽しんだ。

真鍮の蓋を持ち上げる前に、ディーラーの女が僕の目を一瞥《いちべつ》した。それから、ゆっくりと蓋を取った。

台を囲んでいたすべての人々の目が、小さなガラスドームの中の3つの赤いサイコロに集まった。

1・4・6。

人々が大きくどよめいた。

サイコロの合計数は11。つまり『大』だった。

明日、僕はラムアに勝つのだ。

僕はふうっと息を吐いた。

僕の脇にいた若い売春婦も安堵《あんど》の溜《た》め息を漏らしていた。その顔は子供のようで、とても可愛らしかった。

化粧の濃い中国人の女ディーラーは、まず負けた人々のゲームコインを無表情に回収した。それから、勝った者の中でいちばん高額な賭け金を置いた僕に、5万香港ドルの2倍の10万香港ドル分のゲームコインを、やはり無表情に差し出した。

10万香港ドル——日本円に換算すれば、130万円ほどの大金だった。

「ありがとう。楽しかったよ。僕はこれで部屋に戻るよ」

ほっとした顔をしている若い売春婦に僕は言った。

「どういたしまして」

若い売春婦が僕を見上げて笑顔で頷《うなず》いた。唇でルージュが鮮やかに光った。「あの……わたしもあなたの部屋に一緒に行っていいのよね？」

「いや、それはダメなんだ」

「勝たせてあげたのに？」

「うん。実は、これから部屋に友人が訪ねて来るかもしれないんだ。でも……このコインは君にあげるよ」

プラスティックのカゴに山積みになったゲームコインを、僕は女に差し出した。

「わたしに？　全部くれるの？　どうして？」

若い売春婦が不思議そうな顔をした。

「君が稼いだんだから、君のものだよ」

「でも……」

「それに……今夜はとても楽しい思いをさせてもらったからね……そのお礼だよ」

若い売春婦の可愛らしい顔を見つめて僕は言った。僕に勝ちをもたらし続けてくれたその女は、勝利の女神であるかのような気がした。

「本当にいいの？」

「もちろんだよ。さあ、受け取って」

女は戸惑いながらも、マニキュアの光る手で10万1200香港ドル分のゲームコインの入ったカゴを受け取った。ついさっきまで僕の中指を握ったり、手の甲をつねったりしていた女の指は、ほっそりとしていて、とても美しかった。

「ありがとう……コジカさん」

若い売春婦が言った。

僕は驚いて女を見つめた。

「君、どうして僕の名前を知ってるの？」

けれど、女はその問いに答えなかった。その代わり、僕の目を見つめ、「明日はわたし、このお金を全部、あなたに賭けるわ」と言った。湿った息が僕の顔に吹きかかった。

僕は若い売春婦を見つめ続けた。その大きな目に、僕の顔が映っていた。

ジョン・ラムアと僕の戦いの賭け率は7対1だった。だから、もしその若い売春婦が10万1200香港ドルを僕に賭け、もし僕がラムアに勝てば……彼女は1000万円ほどの大金を手にできる計算だった。

「だから、勝ってね」

女が微笑み、僕は無言で頷いた。

5.

その晩、午前0時近くなってから、ようやくエージェントの女が電話をして来た。僕は入浴と歯磨きを済ませ、ベッドの背もたれに寄りかかってウィスキーを飲んでいた。

『小鹿くん、遅くなってごめんね。待ちくたびれたでしょう？　何度も電話しようと思ったんだけど、なかなかできなくて……』

女の声は疲れ切っているように聞こえた。

「加藤さん、今、どこにいるんです？」

『やっと自分の部屋に戻って来たところ……』

「三浦さんは？」

『ものすごく取り乱してたけど……病院に連れ帰って、精神安定剤を打ってもらって、ついさっきようやく眠ったわ』

「そうですか。大変でしたね」

『それはいいのよ。これがわたしの仕事だから……それより、今から小鹿くんの部屋に行ってもいい？』

「ええ。来てください。待ってたんです」

『それじゃあ、すぐに行くわ』

それだけ言うと女は電話を切った。

その晩、僕たちは性交をしなかった。ただ、レースのカーテンを下ろしたベッドの中で、裸で抱き締め合っていただけだった。

明かりを消した部屋には、昨夜と同じように窓からの光が満ちていた。それは弱々しかったけれど、とても柔らかくて、とても優しい光だった。

「もう、ラムアと戦うなとは言わないわ」

剝《む》き出しの僕の胸に顔を擦《こす》り付けるようにして女が言った。「わたしの言うことなんて、小鹿くんには聞く気はないみたいだから……」

「すみません……でも、これだけは譲れないんです……すみません」

「謝ることはないわ。その代わり……」

女はそこまで言うと、僕の胸から顔を離して僕を見つめた。

「その代わり……何ですか？」

「絶対に死なないでね」

女の息からはスペアミントの歯磨きのにおいがした。「負けてもいいけど……絶対に殺されたりしないで……約束して」

「わかりました」

薄暗がりに見開かれた女の目を見つめ返して僕は頷いた。「絶対に殺されません。約束します。その代わり……」

今度は僕が条件を出した。

「その代わり……何なの？」

さっき僕が言ったばかりの言葉を女が繰り返した。

「僕がラムアに勝ったら……負けても殺されずに戻って来たら……そうしたら、明日の晩は一晩中、あれをしてくださいね。明後日の朝まで……いや、明後日の夕方まで、ずっとしていてくださいね」

「いいわ……何時間でもしてあげる」

エージェントの女が頷き、僕はまた、肋骨《ろっこつ》や肩甲骨が浮き出た女の背を抱き締めた。女の性毛が僕の腹部をチクチクと刺激した。

約束する――。

僕は確かにそう言った。

けれど、その約束を守れるという自信はなかった。明日の晩の僕の相手は、アンダーグラウンドの格闘界の王者だった。


きっと、とても疲れていたのだろう。しばらくすると、女は僕の隣で静かな寝息を立て始めた。

三浦美紗がベルリンドとの戦いで大怪我をし、黒部純一がラムアとの戦いを放棄して逃げ出し、原田圭介がネフチェンコに殺され、明日、僕がラムアと戦うのだ。思いもよらぬことの連続だったから、エージェントである彼女が疲れ切ってしまうのは当然のことだった。明日の昼前には、彼女は退院する三浦美紗を病院に迎えに行き、その後、僕をともなって格闘場に向かうことになっていた。

女は眠ってしまったけれど、僕は眠れなかった。すぐ耳元で規則正しく繰り返される女の寝息を聞きながら、薄暗がりに浮き上がるベッドの天蓋《てんがい》の裏側を見つめていた。

いったいどうしたら、ラムアの肉体に僕の左拳《こぶし》を突き入れることができるのだろう？ どんなふうに動いたら、ラムアを慌てさせることができるのだろう？

寝返りを打ち続けながら、僕は頭の中でシミュレーションを繰り返した。

何度目かに寝返りをした時、女が目を覚まし、僕が起きていたことに気づいた。

「小鹿くん……眠れないの？」

「起こしちゃいましたね。すみません」

薄暗がりで僕が微笑み、女は無言で僕を抱き締めた。そのつるつるとした女の脚が、僕の脚に絡みついた。

6.

決戦の朝が来た。

エージェントの女と僕は交替でシャワーを浴びたあと、素肌にタオル地のバスローブをまとい、窓辺のテーブルに向き合ってルームサービスの朝食をとった。コンソメスープとパンと卵料理、カリカリに炒《いた》めたベーコンとボイルしたソーセージ、生野菜のサラダとトマトジュース、それにフルーツとコーヒーというメニューで、女はコーヒーの代わりに紅茶を飲んだ。

僕たちはほとんど口をきかず、時折、窓の外に目をやりながら、黙々と食物を口に運び続けた。昨夜はほとんど眠っていないせいで、目がヒリヒリと痛んだ。

きょうはあまり天気がよくなかった。鉛色をした重たそうな雲が、空のすべてを覆っていた。それでも、窓の向こうにはマカオ半島とそこに続く3本の真っすぐな橋が見えた。島と半島とのあいだの狭い海峡を、今朝もたくさんの船が行き交っていた。

今朝は湿度も高いようだった。マカオ半島は少し輪郭がぼやけて見えた。

「明日の朝も、こうしてふたりで食事ができたら素敵ね」

そっと紅茶をすすったあとで、女がひとり言のように呟《つぶや》いた。

頭にターバンのようにバスタオルを巻き付けた女からは、桃みたいな甘くて優しいにおいがした。

「そうですね。そうできるといいですね」

他人事《ひとごと》のように僕は頷《うなず》いた。

「もし、それができたら……もう、ほかに望むものは何もないわ」

女がまた、ひとり言のように呟いた。

けれど、僕には何を言っていいか、わからなかった。僕の望みは生きて戻ることではなかった。

今の僕の望みはただひとつ——。

それはジョン・ラムアを倒すことだった。ただ、それだけだった。

もし、負けたなら、生きていたいとは思わなかった。


僕たちが紅茶とコーヒーを無言で飲んでいると、サイドテーブルの電話が鳴った。

「誰だろう？」

立ち上がり、電話に向かって歩きながら僕は言った。だが、見当はついていた。ここに電話をして来るのは、ふたりの姉のどちらかしかいなかった。

『もしもし、嘉ちゃん』

電話の主は上の姉の葵だった。けれど、それはいつもの姉の声ではなかった。

「葵ちゃん、どうかしたの？」

受話器が軋《きし》むほど強く握り締めながら僕は訊《き》いた。強い尿意が膀胱《ぼうこう》を痺《しび》れさせた。

『翠が……翠が、殺されたの……』

喘《あえ》ぐように上の姉が言った。

僕は息を飲んだ。次の瞬間、頭の中が真っ白になった。

7.

その朝、上の姉の葵は、前日と同じように、僕の部屋にいるはずの妹の翠に電話を入れた。僕が出国してからはそうするのが習慣になっていたのだ。

だが、前日と同じように妹の翠は電話に出なかった。上の姉は今度は妹の携帯に電話をした。けれど、呼び出し音が鳴るだけで、やはり妹は応答しなかった。

きのうと同じように、携帯電話を置いて買い物か食事に出かけたのかもしれない。そうは思ったけれど、念のため、上の姉は電車を乗り継ぎ、妹がいるはずの僕の部屋に行ってみた。

部屋のドアには鍵《かぎ》がかかっていて、いくらインターフォンを鳴らしても応答はなかった。上の姉は僕から渡されていた合鍵を使って室内に入った。

たいして心配をしているわけではなかった。前日に会った時の妹はとても元気そうだったから。

だが、ドアを開けて中に入った上の姉は、玄関のたたきに男物の黒革製のローファーがあることに気づいた。その部屋の主《あるじ》である僕はローファーは履かなかったし、前日、上の姉が訪れた時には、そんな靴はなかったように思えた。

「翠……いるの？……翠……」

高鳴り始めた自分の心臓の鼓動を聞きながら、上の姉は室内に足を踏み入れた。そして、そこで驚くべきものを見てしまった。

そこにあったのは、キッチンの床に血まみれになって転がった妹の死体と、天井からぶら下がった妹の夫の死体だった。

下の姉の翠も、その夫である勤務医も、ふたりとも口をきけない死体に変わってしまった。だから、今となっては、マンション10階にある僕の部屋で何があったのか、本当のところは誰にもわからない。

けれど、綿密な現場検証をした警察は、その事件をこんなふうに推測した。

総合病院の内科に勤める下の姉の夫は、その夜、8時過ぎに仕事を終えると、勤務する病院の前からタクシーに乗った。そして、午後9時少し前に僕の住むマンションを訪れた。彼はそこに自分の妻が逃げ込んでいることを確信していたようだった。

もしかしたら、前に僕の部屋を訪れた時に、ドアポストを押し上げて室内をのぞき、そこに妻の姿を見たのかもしれない。あるいは、ドアの向こうから妻が何かを言ったのかもしれない。

姉の夫の内科医が僕の住むマンションに9時少し前に到着したことは、彼をタクシーで送り届けた運転手が証言している。エントランスホールとエレベーター内の防犯カメラにも記録されている。

防犯カメラの映像に残っていた姉の夫は、チェックのトラッド風のジャケットに、紺のパンツ、それに黒革製のローファーというのいつもながらのファッションで、手にはいつも通勤に使っていた革製のカバンを提げていた。

住み込みの管理人は姉の夫の姿は見ていないという。だが、エレベーター内の防犯カメラによれば、内科医の夫は9時3分前に僕の部屋のある10階でエレベーターを下りた。

廊下には防犯カメラは設置されていない。だが、時間的に考えて、エレベーターを下りた姉の夫は、真っすぐに僕の住居である『1008号室』に向かったはずだった。

夫は、『1008号室』のドアの前に立つと、インターフォンのボタンを押した。姉の翠は、ドアチェーンを外し、ロックを解除して玄関のドアを開けた。

僕があれほど開けるなと言っていたにもかかわらず、その晩、なぜ姉が夫を部屋に入れたのかは、わからない。インターフォンのボタンを押す直前に、内科医は妻の携帯に電話を入れた。妻はその電話に応じた。ふたりの携帯電話には、その記録が残っている。そして、その直後に、下の姉はドアの向こうに立っている夫のためにそれを開けたのだ。

僕の部屋のキッチンのテーブルに向き合って座って、内科医とその妻は10分ほど話し合いをした。僕の姉は夫のためにインスタントのコーヒーをいれた。

けれど、夫婦の話し合いは決裂したようだった。

何が切っ掛けだったのかは、もうわからない。だが、室内に入って10分ほどが経過した頃、内科医の夫は大声を上げて妻に襲いかかった。そして、小柄で無力な妻に、殴る蹴るの暴行を加え始めた。

僕の部屋の真下『908号室』に暮らす若い夫婦が、上から響く『どしん、どしん』という物音と、男の怒鳴り声と女の悲鳴を聞いている。それが始まったのは9時を10分ほどまわった頃で、その音は時間とともにどんどん激しくなっていったという。

『908号室』の夫婦は、管理人室に苦情の電話を入れようとした。階上からの物音は、眠っていた子供が目を覚ますほど激しかったのだ。

夫が受話器を持ち上げ、管理人室の電話番号をプッシュし始めた時、上階からの物音は急にピタリとやんだ。『908号室』の夫婦によると、悲鳴や怒鳴り声や物音がしていたのは5分ほど、長くても10分には満たないあいだだったという。ふたりは管理人室に電話するのをやめた。

この5分から10分のあいだ、内科医である夫は僕の姉に凄《すさ》まじい暴力を加えた。内科医は貧弱な体つきをしていたが、僕の姉はさらに無力だった。

内科医は姉の髪を鷲摑《わしづか》みにしてその顔を何度も殴り、その腹部に何度も拳《こぶし》や膝《ひざ》を突き入れた。そして、悲鳴を上げ続ける妻の小さな体を壁に投げ飛ばし、高く抱え上げて床に叩《たた》きつけ、髪を鷲摑みにしたまま床を引きずり、倒れて呻《うめ》く妻の頭をフローリングの床に繰り返し打ち付けた。

姉の肉体と僕の部屋には、内科医によるひとつひとつの暴行の痕跡《こんせき》が——床や壁に飛び散った血液が、床に吐き出された血の混じった吐瀉物《としゃ》が、人の形に破れた襖《ふすま》が、引き抜かれた何十本もの髪が、引き千切られた姉の衣類が——いたるところに残っていた。

内科医の中に殺意が芽生えたのがいつだったかは、わからない。最初から殺すつもりだったのかもしれないし、暴力を振るっているうちにそれが芽生えたのかもしれない。

5分から10分に及ぶ凄惨《せいさん》な暴力の末に、姉は失神しかけて床に倒れ伏した。内科医である姉の夫は、そんな妻の腹部に馬乗りになった。そして、両手を妻の細い首にまわし、それを力の限りに絞め上げた。

小さくて華奢《きゃしゃ》な姉の体には無数の内出血ができていた。可愛らしかった顔は、何度も殴られたために歪《ゆが》んで腫《は》れ上がり、無数の切り傷ができ、血まみれになっていた。鼻が折れ、頭のいたるところにコブができ、頭蓋《ずがい》骨にはひびが入り、左の肩を脱臼《だっきゅう》し、左の肋骨《ろっこつ》が2本も折れていた。そして、首の周りには絞められた時の赤黒いアザが、内科医の指の形にくっきりと残っていたという。

命を失う瞬間まで、姉は必死の抵抗を試みたようだった。内科医の手首には姉の爪が食い込んだことによってできた深い傷があった。おそらく、首を絞める夫の手を、姉は必死で振りほどこうとしたのだろう。

内科医は非力だった。だが、姉はさらに非力だった。骨張った夫の指は姉の首に深々と沈み込み、やがて、彼女の息の根を止めた。

命を失う瞬間、姉は何を見たのだろう？　何を思ったのだろう？　上の姉が発見した時、死体となった下の姉は、充血した目を見開いたままだったという。

　妻を殺害したあとで、姉の夫はどこかに電話をしようとしたらしかった。僕の部屋の電話の受話器には、血まみれになった彼の指紋がついていた。

　警察に電話をしようとしたのだろうか？　それとも、別のどこかだろうか？　けれど、結局、内科医はどこにも電話をしなかった。その代わり、彼はキッチンの冷蔵庫から冷たいビールを出し、キッチンの床に仰向けになって転がった妻の死体を眺めながら、ゆっくりとそれを飲んだ。その時に煙草も吸った（冷蔵庫の扉とビールの空き缶、それに煙草のフィルターに多量の血液が付着していたので、内科医がビールを飲み、煙草を吸ったのは妻を殺害したあとだと推測された）。

　ビールを1本飲み終えると、内科医は壁のコンセントから3メートルの延長コードを引き抜いた。そして、椅子の上に立って天井の通気口の格子に、二重にしたコードの一端をしっかりと結び付け、その反対側を自分の首にぐるぐると何重にも巻き付けた。

　首にコードを巻き付けたまま、どのくらいのあいだ内科医の夫が椅子の上に立っていたのかはわからない。そのあいだに、彼が何を見、何を考えていたのかも、わからない。

　彼の足元には、かつて愛した小柄な女が血まみれになって転がっていた。

　やがて、内科医は自分が立っていた椅子を勢いよく蹴倒した。そして、てるてる坊主のように天井に宙づりになった。

　その椅子が倒れた音については、下の階の夫婦が聞いている。それは怒鳴り声と悲鳴と物音がやんでから、10分以上たってからだったという。

電気コードで宙づりになって命を失うまでのあいだに、内科医は迫り来る死の恐怖におののいたようだった。あるいは、あまりの苦しみに、別の方法で死のうと考えたのかもしれない。

内科医の首に巻き付いたコードには、彼が必死になってそれを解《ほど》こうとした痕跡があった。けれど、何重にも巻き付けられたコードを解くことはできなかった。

すぐに首の骨が砕け、呼吸が止まった。数分後には心臓も、その鼓動を止めた。

天井からぶら下がった内科医は失禁し、足の先から滴り落ちた尿が床に広がり、そこに転がった姉の死体を濡《ぬ》らした。

わずか3年前、神の前で永遠の愛を誓った男と女は、そんなふうに血と尿にまみれて30数年の人生を終えた。


下の姉の夫は内科医としては優秀で勤勉で、患者の立場になって考える人で、残業や休日出勤を厭《いと》わず、人の嫌がることを進んでやり、誰にでも公平で、温厚で落ち着いていて、患者や同僚たちの信頼が厚かったらしい。

同僚の医師や看護師たちは、内科医と妻のいざこざについては何も聞いていなかった。

彼らによれば、ここ数日の内科医の様子に特に変わったことはなかったという。

病院の彼のデスクの上には数年前にハワイに旅行に行った時の、肩を寄せ合って微笑む夫婦の写真が飾られていた。

8.

電話の向こうで上の姉は泣いていた。

エージェントの女がいつの間にか僕の脇に立っていて、その細い眉《まゆ》を寄せ、受話器を耳に押し付ける僕を心配そうに見つめていた。

彼女は勘がいいから、何があったのかは、すでに察しているのだろう。下の姉が僕の部屋に逃げ込んで来ているということは、彼女には話してあった。

『嘉ちゃん、きょうの便で日本に帰って来られない？』

すすり泣きながら、上の姉が言った。

「きょう、これから？」

『そうよ。お願い……すぐに帰って来て。お父さんもお母さんもひどく取り乱しているし……お葬式の準備もあるし……警察やマスコミの人たちへの対応もあるし……』

「マスコミ？」

『ええ。異常な事件だから、新聞社やテレビ局の人たちがたくさん来てるの……だから、わたしひとりじゃ、どうしていいかわからないのよ……お願い、嘉ちゃん、戻って来て…

…お願い……』

姉の声を聞きながら、僕は唇を噛《か》み締めた。すぐ脇にいた加藤由美子が、僕の体にそっと触れた。

帰っていいわ。帰りなさい。

ルージュの塗られていない女の口がそういう形に動いた。

帰る？　ラムアと戦わずに帰国する？

もし、今すぐに僕が戻れば下の姉が生き返るというなら……そうしたら僕はすぐに帰国しただろう。何としてでも帰国しただろう。

けれど、そうではないのだ。

優しかった姉の翠は、もう死んでしまったのだ。たとえ僕が何をしようと、生き返ることはないのだ。

だとしたら……だとしたら、戻ることはできなかった。

そう。戻ることはできない。僕は今夜、アンダーグラウンドの格闘界の王者と戦わなくてはならないのだ。

「ダメだよ、葵ちゃん。悪いけど、それはできない……きょうは戻れない」

さらに強く受話器を握り締めて僕は言った。

『どうしてなの？　わたしがこんなに頼んでるのに……嘉ちゃん、どうして戻って来てくれないの？　翠が死んだのよ……あなたの姉が、あなたの部屋で殺されたのよ……それなのに……それなのにどうして帰って来てくれないの？』

泣きながら、上の姉は僕を責めた。

覚えている限り、僕が姉たちの頼みを断ったことは一度もなかった。僕は今まで、彼女たちの頼みは何でもきいていた。

けれど……これだけは譲れなかった。

そうだ。譲るわけにはいかないのだ。

戦うこと——それが、僕がこの世に存在する理由のすべてだった。生きる目的のすべてだった。

「ごめん、葵ちゃん。許して……でも、僕は戦わなきゃならないんだ」

すぐ目の前で、首を左右に振る加藤由美子の顔を見つめて僕は言った。「今夜、いちばん強いやつと、僕は戦わなきゃならないんだ……どうしても、そいつと戦わなきゃならないんだ……必ず勝って、明日の便で帰国するから……だから、それまで待ってて」

『でも、嘉ちゃん……』

姉が縋《すが》るような声を出した。けれど、僕の心は動かなかった。ただ……滲《にじ》み出た涙で、エージェントの女の顔がぼんやりと霞《かす》んだだけだった。


上の姉からの電話を切ったあとで、僕は加藤由美子に事情を話した。

姉と同じように、加藤由美子もまた、帰国を迫るだろうと僕は予想した。けれど、意外なことに、彼女はそうしなかった。

女がしたのは航空会社に電話を入れ、僕のために、明日の午前の成田行きの飛行機の予約を入れることだけだった（僕たちは午後の便で帰国することになっていた）。

「もうビジネスクラスは満席だったから、エコノミークラスよ。ちょっと窮屈だと思うけど、我慢してね」

航空会社への電話のあとで女が言った。化粧を落とすとソバカスが目立ったけれど、それさえもがチャーミングだった。

「エコノミーで充分です」

「いい？　必ずこの便に乗るのよ」

「はい。わかりました」

「何があっても、必ずこの便に乗るのよ」

僕を見つめて女が言い、僕は「ありがとう、加藤さん」と言って微笑んだ。

女は無言で頷《うなず》くと、無言で僕の体を抱き締めた。その首筋から石鹸《せっけん》のにおいがした。

ふと思う。

もし今夜、僕が殺されたとしたら、姉と僕の命日は同じ日になるのだろうか？

いや……姉が命を失ったのは日付が変わる前だったらしいから、一日違いということになるのだろう。

9.

退院する三浦美紗を迎えに行くために加藤由美子が出て行ったあと、僕は部屋にあった私物をスーツケースに詰め込んだ。

ああっ、もう僕は絶対に姉の翠には会えないのだ。たとえ何があろうと、もう二度と姉の笑顔を見ることはできないのだ。

上の姉からの電話が来るまで、僕はずっとジョン・ラムアのことばかり考えていた。けれど、今はそうではなかった。僕は殺されてしまった姉の翠のことを考えた。そのことばかり考え続けていた。

もし、僕がマカオになんか来なければ……そうすれば、姉を守ってやれたのだ。僕があの部屋にいれば、姉は今も生きていたのだ。僕が内科医を殴り殺すことはあっても、姉が殺されることはなかったのだ。

僕はサイドテーブルの時計のアラームを1時間後にセットした。それから窓辺のソファに座り、マカオ半島を眺めながら姉の翠のことを考えた。

いつの間にか、僕は泣いていた。次から次へと溢《あふ》れ出る涙のせいで、半島はぼんやりと霞んで見えた。

僕たちがまだ小学生だった頃、自宅の居間にデジタル式の置き時計があった。

何が切っ掛けだったのかは覚えていないが、ある頃から、姉たちと僕はそのデジタル時計が示す特別な『瞬間を見る』ことに夢中になった。

それはたとえば、デジタル時計が11時11分11秒を表示した瞬間だったり、22時22分22秒を表示した瞬間だったり、12時34分56秒を表示した瞬間だったり、23時59分59秒が00時00分00秒に変わった瞬間だったりした。

それらの表示を目撃するたびに、僕たちは『瞬間を見た』と言って大騒ぎをした。姉たちや僕につられて、母や父までが『瞬間を見た』と言って騒いだ。23時59分59秒が00時00分00秒に変わる瞬間を目撃するために、深夜に家族全員がそのデジタル時計を見つめていたこともあった。

あれはたぶん……僕が小学2年生の大みそかだった。あの晩も僕たち家族は居間に集まり、5人全員がデジタル時計を見つめていた。そして、23時59分59秒が00時00分00秒に変わった瞬間に、口々に「あけましておめでとう」を言い合った。

あのデジタル時計は正確ではなく、ラジオの時報より20秒近く遅れて年が改まったことを表示した(僕たちの家にはテレビはなかった)。けれど、僕たち家族にとってはラジオの時報よりも、そのデジタル時計が示す『瞬間』のほうが大切だったのだ。

それはとても子供っぽくて、とてもバカバカしくて、とてもくだらないことだった。そんな瞬間を目撃したからといって、誰が何を得するわけでもなかったのだから。

けれど、今になって思えば、やはりそれはとても大切なことだったのだ。

23時59分59秒が00時00分00秒に変わる瞬間は毎日必ず訪れたはずだ。けれど、あの日のあの瞬間は、もう永遠に訪れないのだから……だからあれは、一生に一度きりの貴重な瞬間だったのだ。僕たちが『瞬間を見た』と言って騒いだ瞬間は、いつもいつも、一生に一度きりの貴重な瞬間だったのだ。

涙に霞むマカオ半島を見つめながら……僕は小学生だった姉の翠が、眠っている僕をわざわざ起こしに来て、「22222を見に行こうよ」と、嬉しそうに誘った顔を思い出した。最近になって僕の部屋に避難して来てからも、電子レンジの時刻表示が11時11分や22時22分を表示するたびに、「嘉ちゃん、ほら、1並びよ」とか「嘉ちゃん、見て。2222よ！」と言っていたことを思い出した。

そんな時、僕はたいてい、呆《あき》れたような顔をして笑ってみせた。けれど、僕は間違っていたのだ。

姉の翠が言ったように、あの瞬間はとても貴重だったのだ。一生に一度きりの、かけがえのない瞬間だったのだ。

ああっ、なぜこんな時に姉を残してマカオになんて来てしまったのだろう？　僕は何て取り返しのつかないことをしてしまったのだろう?

マカオ半島を見つめて僕は涙を流し続けた。覚えている限り、そんなに涙を流したのは初めてのことだった。

1時間が過ぎ、セットしておいたアラームが鳴った。

手の甲で涙を拭《ぬぐ》うと同時に、僕は下の姉のことを頭の中から払拭《ふっしょく》した。

ゆっくりと立ち上がる。そして今度は、今夜、自分が戦う最強の男のことを考えた。

最終章

1.

僕がホテルのメインロビーに着いたのは、約束の5分前だった。

だが、予想どおり、エージェントの女はすでにそこにいた。

女はメインロビーの片隅の、鮮やかな花が咲き乱れる大きな真鍮《しんちゅう》製の花瓶の脇に、俯《うつむ》いたまま佇《たたず》んでいた。スカート丈の短いオフホワイトのスーツを着込み、踵《かかと》の高い白くて華奢《きゃしゃ》なパンプスを履いていた。ほっそりとしたその姿が、磨き上げられた大理石の床に映っていた。

少し離れたところに立って、何秒かのあいだ、僕は女を見つめていた。

彼女はどんな時でも颯爽《さっそう》としていて、気品と自信に溢れていた。けれど、きょうの彼女の姿は、どことなく儚《はかな》げで、どことなく不安げだった。

いつものようにメインロビーは雑然としていた。そこにいるほとんどの人が大陸からやって来た中国人の団体客だったが、休日の暇つぶしに来たらしい東南アジア人の出稼ぎの女たちの姿もあったし、カジノを拠点にしている売春婦の姿もちらほらと見えた。

どうして彼女がこんなところにいなくてはならないんだろう？　どうしてファイターのエージェントなんかしていなくてはならないのだろう？　どうして復讐《ふくしゅう》のためだけに人生を費やさなくてはならないんだろう？

雑踏に佇む女を見つめて、僕は思った。その雑然とした人込みと彼女は、あまりにも似つかわしくないように僕には感じられた。

僕の視線に気づいたのだろうか？　やがて女が顔を上げた。

「加藤さん、待たせちゃいましたか？　すみません」

ぎこちない笑顔を作って、僕は女に歩み寄った。

「大丈夫。まだ5分前よ」

細い手首に嵌《は》めたブランド物の時計を見て、女が力なく微笑み返した。

女はいつものように一分の隙もなく化粧をし、毛先がカールした長い髪を美しく整えていた。けれど、その顔は少し疲れているように見えた。

「さっ、それじゃあ、行きましょう」

もう一度、力なく微笑んで女が言った。

メインロビーを抜けて、僕たちはドアに向かおうとした。

その時、女の体が大きくよろけた。

「危ないっ！」

女が転ぶ直前に、僕は彼女の体を抱きとめた。

周りにいた人々が驚いて、いっせいにこちらに視線を向けた。

「大丈夫ですか？　どこか痛くしませんでしたか？」

華奢な女の体を抱きかかえるようにして僕は笑った。

「ありがとう。大丈夫よ」

女は僕を見上げ、少し頬を赤らめた。

そんなドジをするのは、彼女にしては珍しいことだった。ハイヒールなんて履き慣れているはずなのに、やはり、かなり疲れているのかもしれない。

大きなドアの脇には若くてハンサムなボーイが立っていて、僕たちのためにガラスのドアを開けてくれた。ボーイも今のを見ていたのだろう。訛《なま》りのある日本語で「大丈夫ですか？」と女に訊《き》いた。

「ええ。大丈夫よ。ありがとう」

少し恥ずかしそうに女がボーイに答えた。そして、僕の肘《ひじ》に縋《すが》りつくようにして再び歩き始めた。

「ところで、三浦さんの様子はどうでした？」

僕が訊いた。つまずいた時に足首をひねったのかもしれない。女は左の足を少し引きずるようにしていた。

「そうね……まだショックから立ち直れないでいるみたい」

女がその整った顔を僕のほうに向けた。そしてまた、力なく微笑んだ。「好きな人が殺されたんだから当たり前のことだけど、三浦さん、まるで抜け殻みたいになっちゃって……たぶん、あれから何も食べてないはずよ」

ホテル前のロータリーにも若いボーイがいて、僕たちのためにタクシーを呼び寄せてくれた。

「三浦さんの気持ちはわかるわ。わたしも経験があるから……」

走り寄って来たタクシーの後部座席に女が先に乗り、続いて僕が乗り込んだ。女の穿《は》いたスカートは、丈がとても短い上に、とてもぴったりとしているせいで、車の座席に座るのも一苦労だった。

「パンツが見えましたよ」

僕が笑い、女は「エッチね。見ないでよ」とスカートのすそを引っ張って笑った。けれど、やはりそれは、いつものような笑顔ではなかった。

「それで、三浦さん、今はホテルの部屋にいるんですか？」

タクシーが走り出してから、僕は女に訊いた。

「ええ。三浦さん、今夜、小鹿くんが戦うところを見たいって言ったんだけど……でも、とてもそんなことができる状態には見えなかったから、部屋で休んでいるように言い聞かせて来たの。きっと、昨夜はほとんど眠っていないはずだし……」

「心配ですね。三浦さん、そんな状態で明日、帰国できるのかなあ？」

「小鹿くん」

女がゆっくりと僕のほうに顔を向けた。もう微笑んではいなかった。「三浦さんのことより……あなたは大丈夫なの？　たった今まで泣いてたんでしょう？　目が真っ赤よ」

僕は反射的に目を擦《こす》った。部屋を出る前に浴室で鏡を見たが、自分の目が充血していることには気づかなかった。

「お姉さんが、あんなことになったっていうのに……本当に戦う気なの？　こんな時に、本当に戦えるの？」

「ええ。戦えます」

微笑みながら僕は答えた。

「小鹿くんにラムアと戦うなと言ってるわけじゃないのよ。本当は戦わせたくはないけど、でも、それはもう諦《あきら》めたわ……ただ、ラムアと戦うのは、マカオではなく次のマニラか、その次のクアラルンプールにしたらどうかと思って……」

「戦いを延期しろっていうことですか？」

「そうよ。何もお姉さんが亡くなったのを知った直後に、無理して戦うことはないでしょう？　事情を話せば、ラムアも納得してくれるはずだし……」

いつも人前ではそんなことはしないのに、女はまるで若い恋人のように僕の右腕をしっかりと抱き締めていた。

「加藤さん、僕は大丈夫です」

僕は答えた。それからまた、女を見つめて微笑んだ。

もちろん、僕はいまだに動揺していた。姉が殺されたことを聞いて、まだ数時間しかたっていないのだ。動揺するなと言うほうが無理だった。

けれど……それでも僕は今夜、ジョン・ラムアと戦うつもりだった。たとえ私生活で何があろうと、リングの上では自分がいつもと同じように戦えると信じていた。

「加藤さん、今夜、僕は戦います。そして、あなたの旦那《だんな》さんの仇《かたき》を討ちます」

僕は言った。

女は何かを言おうとした。ルージュに光る唇が微《かす》かに動いた。けれど、その口から言葉は出なかった。

タクシーは巨大リゾート施設の建築が続く埋立地を瞬く間に走り抜け、人々の住居が立ち並ぶタイパ・ビレッジと呼ばれる地区を走っている。古い石畳の道路のせいで車がガタガタと細かく揺れる。女の体が揺れ、僕の体も同じように揺れる。

僕は窓の外に目を向けた。

石畳の道の両脇に立ち並ぶミントグリーンの西洋風の建物や、建物と建物のあいだの小《こ》綺麗《ぎれい》な路地や、歩道に並ぶ洒落《しゃれ》た街灯だけを見ていると、アジアにいるのではなく、ヨーロッパの古い町並みの中に紛れ込んだような錯覚に陥る。擦り減った石畳の歩道を、制服姿の女子高生たちが歩いている。夕食の買い物の帰りらしい女が、幼い女の子の手を引いて歩いている。お手伝いさんらしい小柄な東南アジア人にすべての荷物を持たせ、自分は饅頭《まんじゅう》を食べながら歩いている男の子がいる。澳門大学の学生らしい若い男女が、抱き合うようにして歩いている。それらの影が、石畳の路上に長く伸びている。

空は相変わらず鉛色の雲に覆われてはいたが、そのわずかな隙間から、今、強い光が差し込んでいた。

「もし、今夜……わたしがひとりでタクシーに乗ってホテルに戻ることになったら……もし、そんなことになったら……そうしたら、わたし……小鹿くんを許さない……」

僕の腕を抱き締めた女が、囁《ささや》くように言った。

「大丈夫です。帰りもふたり一緒ですよ」

「約束できる？」

「はい。できます」

窓の外を見つめたまま、僕はそう言って頷《うなず》いた。


タクシーはあっと言う間に狭い島を走り抜け、今は半島へと続く長い橋を渡っている。前方に聳《そび》えるマカオタワーが、少しずつこちらに近づいて来る。

雲のわずかな隙間から差し込む太陽が、橋の下の海を斜めから照らしている。ゆっくりと橋に近づいて来る漁船の周りを、カモメのような鳥が無数に飛び交っている。たった今、マカオ空港を離陸したばかりの旅客機が、轟音《ごうおん》を上げて雲の中に突入して行く。

女はもう何も喋《しゃべ》らずに、僕の右腕にしがみついている。

僕もまた何も喋らずに、窓の外を見つめている。

道が石畳でなくなってからも、女の体は震えている。それが腕に伝わって来る。

けれど、僕はもう震えてはいない。

僕は今、光の世界に向かっているのだ。自分の行くべき場所に向かっているのだ。だとしたら、いったいどこに震える理由があるというのだろう。

目を閉じる。そして、リングに満ちた目映《まばゆ》いほどの光を思い浮かべる。

朝日を待ちわびるアサガオの花のように、僕の皮膚は今、その光を待ちわびている。

楽しみだな、エイリアン。早く戦いたいよ。

2.

男はその狭い部屋にひとりきりでいる。すべての明かりを消した狭い部屋の床に、ひとりきりで両膝《ひざ》を突いてうずくまっている。

いや、分厚い鉄のドアの外にいる女には、部屋の中の様子はわからない。けれど、彼がそうしていることはわかっている。

戦いの前のいつもの儀式――真っ暗な部屋の床にひざまずき、彼女の息子はいったい何を考えているのだろう？　暗がりを見つめているのだろうか？　それとも、目を閉じて、神に祈りを捧《ささ》げているのだろうか？

女はいつものように、彼の部屋のドアの前に佇《たたず》み、誰かがそのドアを開けたり、ノックしたりしないように見張っている。

彼が今、どんな気持ちでいるのかは、母親である彼女にもわからない。けれど、女はいつものように、息子の身を案じていた。

戦いの前はいつもそうなのだ。女は彼のことが心配でたまらないのだ。早く息子にこの仕事から足を洗ってほしいのだ。

息子がとてつもなく強いということは知っている。だが、たとえどれほど強くても、いつかは必ず負ける時が来る。その時が来る前に、彼には生きたままリングを下りてもらいたかった。

けれど、少なくとも今夜はそんなに心配する必要はないだろう。

女はそう考えていた。

今夜、息子が戦うバンビと呼ばれている男は、元プロボクサーの日本人だった。バンビはこれまで、アンダーグラウンドでのすべての戦いに勝利して来た強豪ではあったが、彼女の息子より40キロ近くも体重が少ないミドル級のファイターだった。どう考えても、そんな小さな日本人に息子が負けるとは思えなかった。

大丈夫。心配することはない。きょうもジョンは勝つ。絶対に勝つ。

鉄のドアの前に佇んで、女は自分に言い聞かせた。

コジカ・ヨシノリ——。

戦いの会場にスピーカーで拡声されたアナウンスが響いた。同時に、観客たちの歓声が響き渡った。女の耳はそれらの音を聞き取った。

そうだ。たった今、息子の今夜の相手であるバンビの名が告げられたのだ。

「ファラさん、そろそろ時間です」

顔見知りの若い中国人の男が近づいて来て、ドアの前に佇む彼女にそう告げた。「ラムアさんに、入場の準備をするようにお伝えください」

女は無言で頷くと、錆《さび》の浮いた分厚い鉄のドアを見つめた。それから、そのドアを遠慮がちにノックし、ドアの向こうの床にうずくまっているはずの息子に声をかけた。

「ジョン……」

応答はなかった。

けれど、最愛の男には聞こえているはずだった。

数秒後に、ドアの向こうから人が立ち上がる音がした。それに続いてロックが外され、分厚い鉄のドアがこちら側にわずかに開いた。

「もう……時間なのかい？」

ドアの隙間から顔を出した息子が、青く澄んだその目を眩《まぶ》しそうに細めて言った。

「ええ。そうよ」

息子の顔を見上げて女は頷いた。思っていたとおり、部屋の中は真っ暗だった。

「ファラ……ちょっと中に入ってくれないか？」

ためらいがちに息子が言った。

「だけど、ジョン……もう入場の時間なのよ。みんな、あなたを待ってるわ」

「ほんの少しだけでいいんだ。ほんの少し……ふたりきりになりたいんだ」

相変わらず眩しそうな目をして息子が言った。

小さく頷くと、女はドアの向こう側にその細い体を滑り込ませた。

息子がすぐにドアを閉め、元通りにロックをした。そうすると、狭い部屋の中は真っ暗になった。

鍵《かぎ》を閉めるとすぐに、息子は暗がりの中で彼女を抱き寄せ、強く抱き締めた。

「どうしたの、ジョン？」

女は戸惑った。戦いの前に彼がそんなことをしたことはなかったから。

けれど、息子は何も言わなかった。無言のまま、筋肉の張り詰めたその腕で、母の華奢《きゃしゃ》な体を骨が軋《きし》むほど強く抱き締め続けた。

女も息子の裸体に腕をまわした。それは少し汗ばんでいて、ひんやりとしていた。

息子が腕にさらに力を入れた。

「痛いわ、ジョン……」

女が訴え、彼は彼女から手を放した。

女は背後の壁を手探りし、そこに電気のスイッチを見つけ、部屋の明かりを灯《とも》した。

天井からぶら下がった裸電球が、剝き出しのコンクリートに囲まれた狭い部屋を照らした。

息子がまた眩しそうに目を瞬《しばた》かせた。

これから戦いのリングに向かう息子は裸で、下半身に黒いショーツをまとっているだけだった。裸電球の硬質な光が、その肉体の筋肉の陰影を美しく浮き上がらせていた。

「どうしたの、ジョン？」

女はさっきと同じ言葉を繰り返した。

「別に……何でもないんだ」

息子が少し照れ臭そうに言った。それから、少し考え、「愛してるよ、ファラ」と、やはり照れ臭そうに言った。

女は息子をまじまじと見つめた。そして、下腹部に微《かす》かな不安が、透き通った水に垂らした黒インクのように、ゆっくりと広がっていくのを感じた。

愛していると言われて不安を覚えたのは初めてだった。

「わたしも愛してるわ」

ぎこちなく微笑みながら女は言った。けれど、下腹部に広がった不安は立ち去ってはくれなかった。目の前に立つ息子は、いつもの戦いの前とは明らかに様子が違っていた。

「大丈夫よ、ジョン。あなたは勝つわ」

自分が産み落とした男の顔を見上げて女は言った。

「ああ、俺は勝つよ」

男が笑った。

けれど、やはりその笑顔は、いつもの戦いの前の笑顔とは違うものだった。

「大丈夫、勝つ……俺は勝つ」

自分に言い聞かせるかのように息子が繰り返した。それから、もう一度、彼女を抱き寄せ、さっきと同じように強く抱き締めた。

女は息子の背に腕をまわし、筋肉に覆われたその体を思い切り抱き締め返した。けれど、下腹部に広がった不安は、やはり消えなかった。

3.

強く、硬質な光が真上から僕を照らしている。

何物にも遮られずに降り注ぐその強い光が、僕の剝《む》き出しの皮膚を焼く。

僕は四角いリングの隅っこに立っている。裸の肉体に黒いショーツだけをまとい、リングの周りに張り巡らされたロープに寄りかかり、戦いの始まりを待っている。

ああっ、ここはなんて明るいんだろう。なんて華やかなんだろう。なんてシンプルで、なんてナチュラルで、なんて美しく、なんて確かなんだろう。

光、光、光──。

僕は今、光の中にいる。光合成をする植物のように、僕の皮膚は今、その強い光を夢中になって吸収している。

ロープに背を預けたまま、首をひねってリングの下を見る。そこにエージェントの女がいる。子供のように骨張った膝《ひざ》を揃え、女は薄汚れたパイプ椅子に座っている。

まるで生きている僕を見るのはこれが最後だとでもいうように、女は瞬きさえ惜しむように、その大きな目でじっとこちらを見上げている。

僕は女を見つめて微笑む。けれど、女は微笑みを返さない。剝き出しの腿《もも》の上で両手を握り締め、今にも泣き出しそうな顔で僕を見つめ続けている。

やがて、場内アナウンスが、もうひとりのファイターの入場を告げる。

ジョン・ラムア──。

直後に、アンダーグラウンドの格闘界で最強の男が会場に姿を現す。強烈なスポットライトが、その男の皮膚を輝かせる。

スーパースターの登場に、会場が割れんばかりの歓声に包まれる。その歓声に応《こた》えるかのように、男が腕を高く突き上げる。

ラムア！　ラムア！　ラムア！　ラムア！　ラムア！

何人もの人が男の名を叫んでいる。

ラムア！　ラムア！　ラムア！　ラムア！　ラムア！

人々は立ち上がり、天に向かって拳《こぶし》を突き上げ、声の限りに最強のファイターの名を叫び続ける。

そんな人々のあいだを縫うようにして、アンダーグラウンドの格闘界の帝王——ジョン・ラムアが、僕のいるリングに近づいて来る。いつものように男の背後には、小柄な中年女が寄り添うように歩いている。

ラムア！　ラムア！　ラムア！　ラムア！

人々がさらに大きな声で男の名を叫ぶ。地元だということもあり、マカオと香港では彼の人気は特に高い。

ジョン・ラムアは悠然と歩き続ける。堅く引き締まった彼の肉体からは、オーラが立ち昇っているかのようにさえ感じられる。

リングからほんの数メートルまで来たところで、エイリアンが足を止める。その青く澄んだ目で、じっとこちらを見つめる。

僕を見つめた男が、整った顔を歪《ゆが》めるようにして笑う。その口が微かに動く。

けれど、大歓声にかき消され、その声は聞こえない。

ラムア！　ラムア！　ラムア！　ラムア！

人々が熱狂的なまでに男の名を叫んでいる。それはまるで、ここにいるすべての人が彼の勝利と僕の死を願っているかのようだ。

そう。今、このリングの周りは僕の敵ばかりだ。ラムアにとってマカオはホームで、僕にとってはアウェイなのだ。

けれど、そんなことはどうでもいい。

リングの上では、僕たちはふたりきり、一対一だ。

僕の皮膚の下に息づく凶暴な生き物が、その最強の男を打ち負かすべく嬉々《きき》として身構える。

さあ、来い、エイリアン。ここに上がって来い。ここは僕たちだけの場所だ。

4.

小柄なレフェリーを挟んで、ジョン・ラムアと僕はリング中央で向かい合っている。

ついにこの時が来た。ついに僕は、ジョン・ラムアと同じリングに立った。

目の前に立つと、エイリアンはとても大きな体をしている。背は僕より10センチ以上高く、首も腕も胸まわりも、僕より遥《はる》かに太い。

レフェリーがラムアと僕に形式的な注意をし、僕たちは形式的に頷《うなず》く。

ラムアが視線を上げ、青く澄んだ目で僕を見つめる。

睨《にら》んだのではない。とても自然な視線で、まるで小鳥でも見ているかのように見つめたのだ。

ジョン・ラムアはこんなにもハンサムな男だったのか。こんなにも悲しげな顔立ちをしていたのか。

もし今夜、ここで僕を殺したら……その時、やつはまた、涙を流すのだろうか？　泣きながら、僕の死を悼むのだろうか？

レフェリーが握手を促し、僕が右手を突き出す。ラムアが一歩踏み出し、わずかに汗ばんだ手で、僕の手を握り締める。白い歯を見せて笑う。

瞬間、凄《すさ》まじい威圧感が僕にのしかかった。

ジョン・ラムアはこんなに大きかったのか……僕はこれから、こんなに大きなやつと戦わなくてはならないのか……。

男が発する強烈な威圧感に僕は脅《おび》えた。

脅えた？

いや……そうではない。脅えてなどいない。ただ、僕の肉体が、ラムアの威圧感に震えただけだ。

大きくて骨張った男の手を握り返し、僕も笑った。

ラムアが何かを言った。けれど、『バンビ』という単語以外には、何を言ったのかわからなかった。

「気をつけたほうがいいですよ、ミスター・ラムア」

男の手を握ったまま、今度は僕が言った。「今夜、死ぬのは、僕ではなく、あなたかもしれませんよ」

その日本語が理解できたかどうかは、わからない。だが、僕の言葉を聞いたラムアはゆっくりと頷いた。それからもう一度、顔を歪めるようにして笑った。

握手を終えると、僕たちはそれぞれのコーナーに戻った。そして、そこで、戦いの始まりのゴングを待った。

「小鹿くん……」

背後から女が僕の名を呼んだ。その声に僕は振り向いた。

「死なないで……殺されないで……」

細く描かれた眉《まゆ》を寄せ、今にも泣き出しそうな顔でエージェントの女が言った。けれど、その声は会場を包んだ大歓声にかき消されて僕の耳には届かなかった。ただ、唇の動きで、それがわかっただけだ。

美しく整った女の顔を見つめて、僕は深く頷いた。それから、右の拳を顎《あご》の辺りで握り締めて笑って見せた。

いつものように、ロープに寄りかかって目を閉じる。そして、いつものように、両腕をだらりと下げたまま、戦いの始まりのゴングを待つ。

ラムア！　ラムア！　ラムア！　ラムア！

耳を聾《ろう》するほどの歓声が、狭い会場に響き続けている。だが、それに混じって、僕の名を叫ぶ人の声も微《かす》かに聞こえる。

僕は静かに息を吐く。そっと唇をなめる。

ふと、姉の翠の笑顔を思い浮かべてしまい、慌てて頭の中を空っぽにする。

そうだ。余計なことは考えてはいけない。今は戦うことだけに——このリングにいるもうひとりのファイターを倒すことだけに集中しなければならない。

頭を垂れ、深く、ゆっくりと、呼吸を繰り返す。すべての音が小さくなり、僕は自分自身の中に、深く深く沈み込んでいく。

もう何も考えない。何も思わない。

脅えはない。気負いもない。迷いもない。思い悩むことは、もはや何もない。

やがて……鈍い音を立ててゴングが鳴った。

さあ、戦いの始まりだ。

いつものように、僕はゆっくりと顔を上げた。そして、いつものように、閉じていた目を静かに開いた。

光、光、光——。

僕は今も光の中にいた。そして、僕の敵もまた、そこにいた。

『力』の優れた者だけが善とされる、シンプルで、ナチュラルで、美しく、確かな世界——僕たちふたりは今、間違いなく、そこに立っていた。

ラムアの肉体は完全だった。完璧《かんぺき》だった。美しくて気高い野獣のようだった。

自分のコーナーを離れた最強の男が、僕に向かってゆっくりと歩み寄って来た。その完全な肉体が——完全な首が、完全な肩が、完全な腕が、完全な胸部が、完全な脚部が——磨き上げられたピアノのように光った。

僕はロープに寄りかかるのをやめた。真っすぐに背筋を伸ばし、胸の前に両拳を掲げると、ラムアと同じようにゆっくりと前方に足を踏み出した。

美しく、気高い野獣は無防備に、僕に真っすぐに近づいて来た。

えっ？

これまでに対戦したファイターたちは誰も、僕の拳の射程距離内に入ることをためらった。けれど、この野獣はそうではなかった。彼は何のためらいもなく真っすぐに、ガードもせずに無防備に、僕の拳の射程距離内に侵入して来たのだ。

この機会を逸するわけにはいかなかった。

無防備なジョン・ラムアの顔面に向かって、僕は左の拳を突き出した。

それは相手にとっては予測可能なパンチだった。だが、普通のファイターなら、予想はしていても、それを避けることはできないはずだった。

僕のパンチはそれほどに早いのだ。それほどに鋭いのだ。たいていの男たちには、そのパンチを見ることさえできないはずなのだ。

ジョン・ラムアは僕の左をかわさなかった。その代わり、突き出された僕の左手首を、両手でがっちりと捕まえたのだ。

あっ。

次の瞬間、ラムアは僕に背中を向け、握り締めた左手首を自分の右肩に担ぐようにしてねじった。

僕の左腕はまるで雑巾《ぞうきん》のようにねじれ、筋肉が引きつり、骨が軋《きし》んだ。

ああっ、腕が折れる——。

あまりの痛みに、僕の口から無意識の悲鳴が漏れた。

5.

小柄なレフェリーを挟んで、ジョン・ラムアとバンビはリング中央で向かい合った。

ラムアが思っていたとおり、バンビの肉体は輝いていた。月のようにではなく、太陽のように輝いていた。

けれどラムアは、目の前に立つ男以上に、自分が輝いているのを感じた。

そうだ。彼は今も輝いているのだ。

こうして向かい合って立つと、バンビは本当に小さかった。そして、その体は本当に華奢《きゃしゃ》だった。

つい数秒前まで、彼はバンビを恐れていた。いや、少なくとも、最近ではいちばんの強敵になるだろうと考えていた。

けれど、それは彼の思い違いだったのかもしれない。弱い男たちとの戦いに倦《う》んだ彼の心が、勝手に作り上げた幻想の強敵だったのかもしれない。

そうなのだ。彼には強敵などいないのだ。このアンダーグラウンドのリングは、彼のためだけに存在するのだ。

俺はなぜ、こんな小さな男と戦おうとしていたのだろう？　なぜ、こんな男を恐れていたのだろう？

自分自身に、彼はそう問いかけた。

これまでにラムアは、このアンダーグラウンドのリングで50回以上も戦って来た。そして、そのすべてに勝利して来た。そんな彼に恐れるべき相手がいるはずはなかった。もちろん、バンビも例外ではないはずだった。

恐れるべき者などいない——。

だが、たったひとつ、注意しなければならないのは、プロボクサーだったバンビの左だった。あの左の拳《こぶし》には一撃必殺の破壊力が秘められていた。もし、あの左をこめかみに、あるいは顎の先に、彼がまともに受けるようなことがあったら、その時は、どうなるかわからなかった。

だが、懸念すべきはそれだけだった。ほかには何ひとつ心配はなかった。何度シミュレーションを繰り返しても、彼には自分が負けるシーンを思い描くことはできなかった。

レフェリーがふたりのファイターに形式的な注意をし、彼らは形式的に頷《うなず》いた。それからラムアは視線を上げ、これから彼に殺されることになる男の顔をじっと見つめた。

そう。ラムアは殺すつもりだった。小鳥のように俊敏な、けれど、小鳥のように脆《もろ》そうなこの日本人ファイターから、その命を永遠に奪ってしまうつもりだった。

俺がバンビを殺したら、カトウ・ユミコは泣くのだろうか？　そして、残りの人生のすべてを、俺を憎悪することに費やすのだろうか？

夫を殺された上、恋人までも殺されることになる女――けれど、ラムアは女を哀れみはしなかった。それは神に立ち向かおうとした者に与えられる、当然の報いだった。

レフェリーが握手を促し、これから彼に殺されるはずの男が右手を突き出した。ジョン・ラムアは一歩踏み出し、その手を握り締めて笑った。

「こんにちは。バンビさん。せっかく会えたけど、これでお別れです。さようなら」

広東語で彼は言った。

小柄なバンビが彼の手を握り返した。そして、彼と同じように笑いながら、日本語らしき言葉で何かを言った。

握手を終えると、ジョン・ラムアは自分のコーナーに戻った。そして、そこで、戦いの始まりのゴングを待った。

ジョン・ラムアはロープに寄りかかって目を閉じた。

ラムア！　ラムア！　ラムア！　ラムア！

狭い会場に耳を聾するほどの歓声が響き続けていた。それに混じって、バンビの名を叫ぶ人の声も微かに聞こえた。

「ジョン、勝ってね」

背後から女の声がした。

ラムアは振り向き、リング下にいる最愛の女を見つめた。それから、大丈夫だというふうに深く頷き、女に向かってウィンクしてみせた。

そう。恐れるべきものなど、何もなかった。いつものように、彼は勝つのだ。

やがて鈍い音を立てて、戦いの始まりのゴングが鳴った。

いつものようにラムアは無造作にコーナーを離れた。そして、いつものように敵に向かって真っすぐに進んだ。

ロープに寄りかかっていたバンビが、それをやめた。そして、背筋を伸ばし、胸の前に両拳を掲げると、彼と同じように前方に足を踏み出した。

これまでにバンビと対戦した男たちは誰も、バンビの拳の射程距離内に入ることをためらった。けれど、ラムアはそうではなかった。

彼は帝王だった。皇帝だった。ためらわなくてはならない敵などいなかった。

何のためらいもなく真っすぐに、ジョン・ラムアは前進を続けた。そして、ガードもせずに無防備に、バンビの拳の射程距離内に侵入した。

その瞬間、彼の無防備な顔面に向かってバンビが左の拳を突き出した。

来たっ！

それはとても早く、とても鋭いパンチだった。だが、もちろん、それは彼の予想の範囲内だった。

振り下ろされた日本刀を両掌《りょうて》のあいだで受け止める日本の武士のように、彼は突き出されたバンビの左手首を、両手でがっちりと捕まえた。

よしっ！

次の瞬間、バンビの手首を握り締めたまま、ジョン・ラムアは敵に背中を向けた。そして、握った敵の左手首を右肩に担ぐようにしてねじった。

バンビの左腕がよじれ、肘《ひじ》の骨が折れ曲がって軋んだ。

激痛を受けたバンビの口から、哀れな悲鳴が漏れた。

折れろっ！

ラムアは渾身《こんしん》の力を込めて、バンビの華奢な腕をねじり続けた。その腕をねじり折ってしまいさえすれば、バンビはもはや、翼をもがれた小鳥と同じだった。

ラムアは肩に担いだ左腕をねじり、ねじり、ねじり……そして、関節の付近でそれをへし折った。

その感触が、ラムアの手に伝わった。

バンビが再び悲鳴を上げた。

その瞬間、ジョン・ラムアは勝利を確信した。

6.

最大の武器である左腕を折られたら、僕にとっては致命傷だった。逆に言えば、僕の左さえ封じてしまえば、ジョン・ラムアにとっては勝利を手中にしたも同然だった。だから、ラムアは捕まえた僕の左腕を、何としてもねじり折ろうとしていた。

僕の腕は雑巾のようにねじり上げられ……不自然な形にひん曲がり……歪《ゆが》み、しなり、よじれ……そして、その関節の付近でついに折れた。

想像を絶する痛みが僕の左腕を襲った。息が止まるほどの激痛だった。

「ああっ!」

僕は再び悲鳴を上げた。みっともないとはわかっていたが、その声を抑えることはできなかった。

「いやーっ!」

すぐ背後でエージェントの女が叫んだ。その声が聞こえた。

ラムアにも僕の左腕が折れたことがわかったのだろう。その瞬間、彼は僕の左腕を摑《つか》んでいた手から力を抜いた。僕はへし折られた左腕をしゃにむに引き抜き、大きく背後に飛びのいた。

ロープに背を擦《こす》りつけるように立って、僕はだらりと垂れ下がった左腕を右腕でさすった。それはズキン、ズキンと激しく脈打ち、まるでポンプのように凄《すさ》まじい痛みを全身に向かって放出していた。もはやパンチを繰り出すどころか、動かすことさえできそうになかった。

ジョン・ラムアはリングの中央に立って、そんな僕を見つめていた。その顔には、勝利の笑みが浮かんでいた。

左腕は僕の唯一絶対の武器だった。そして、ジョン・ラムアはその最大の武器を僕から奪ったのだ。彼が勝利を確信したのは、当然のことだった。

ジョン・ラムアが僕に向かって何かを言った。

さようなら——。

たぶん、そんな意味の言葉だろう。

そう。彼は明らかに僕を殺すつもりだった。

翼をもがれた小鳥に等しい僕に向かって、僕の息の根を止めるために——再びジョン・ラムアが前進を開始した。

反射的に僕は後ずさろうとした。けれど、僕にできたのは、さらに強くロープに背を押し付けることだけだった。

「逃げてっ！　小鹿くん、逃げてっ！」

加藤由美子の甲高い叫び声が聞こえた。

ジョン・ラムアは前進を続けた。さっきと同じように、いや、さっき以上に、何のためらいもなく真っすぐに、ガードもせず無防備に前進を続けた。

ラムアが僕を殺す――。

そう誰もが思っていただろう。そのことを疑う者は、もはや誰もいなかっただろう。

けれど、僕は慌ててはいなかった。

そう。慌てる必要などないのだ。これが僕の作戦なのだ。

ラムアが目の前まで来た瞬間、僕は低く腰を落とした。そして、敵の無防備な左脇腹に――いちばん下の肋骨《ろっこつ》の付近に――右の拳《こぶし》を、強く、深く、激しく、ねじり込むように叩《たた》き込んだ。

ばちん。

鈍い音が響いた。

「ぐふっ……」

ジョン・ラムアの口から、声にならない呻《うめ》きが漏れた。

7.

僕の武器は左拳しかない。おそらくジョン・ラムアを含め、ほとんどの者がそう考えていたはずだった。

けれど、実際にはそうではないのだ。僕の右は左に負けないくらい早いのだ。左に負けないくらい強いのだ。プロボクサーだった頃には何度も、敵は僕の右のパンチにぐらついたのだ。ただ、これまでのアンダーグラウンドの戦いでは、僕はあえて右を隠し、左の拳に頼り切っているような戦い方をしていただけなのだ。

ここは、殺すか殺されるかの紙一重の世界だった。そんな世界で戦い続けるためには、いざという時の『隠し剣』が、どうしても必要だった。

僕の左腕をねじり折ったことで得意になるあまり、ラムアは僕の右腕の存在を忘れた。そして、そのパンチをまともに受けた。

僕の拳がめり込んだ瞬間、ラムアの左肋骨が少なくとも2本——もしかしたら3本——折れて砕けた。僕の右拳は、間違いなくそれを感じた。

嵌《は》められた——。

きっとラムアはそう思っているのだろう。

そのとおりなのだ。僕はラムアを嵌めたのだ。

肋骨と引き換えに、最初から左腕はラムアにくれてやるつもりだった。たとえ左腕を折られても、敵に致命傷を与えられれば、右腕だけで勝てると僕は考えたのだ。

不用意に突き出した左腕は、その餌だった。大きな魚を釣るためには、おいしい餌が必要なのだ。正直者のエイリアンは、飢えた魚のようにその餌に食いついたのだ。

それは汚い策略かもしれなかった。けれど、体はラムアのほうが遥《はる》かに大きいのだから、僕がこれぐらいの策を考えるのは当然のことだった。

左脇腹を痛打されたラムアは、ふらふらと何歩か後ずさった。体を左側に傾けるようにして立ち止まり、苦痛に顔を歪めて僕を見つめた。そして、悔しそうに唇を嚙《か》んだ。

はっきりとはわからないが、もしかしたら、折れた肋骨が肺を傷つけているのかもしれない。もしそうなら、この美しき野獣の力は半減しているはずだった。

手負いの野獣を見つめながら、僕は折れて力をなくした左の腕を撫《な》でた。そこは相変わらず、燃え盛るような激痛を発していた。


体を左に傾けるように立っているエイリアンに、僕はゆっくりと慎重に近づいた。左脇腹を押さえながら、ラムアが後ずさった。

その瞬間、ジョン・ラムアの端整な顔に、わずかな脅《おび》えの色が浮かんだ。それを僕は、確かに見た。

あの気高い野獣が脅えている？

それは信じられない光景だった。どうやら僕の拳は、僕が予想していたより遥かに大きなダメージをラムアに与えたようだった。

僕はゆっくりと前進を続け、ジョン・ラムアは左脇腹をかばいながら、右にまわるようにして後退を続けた。

僕が踏み込み、ラムアが後ずさる。僕が踏み込み、ラムアが後ずさる。

そんなことが、しばらく続いた。

その時、ラムアが急に咳《せ》き込んだ。

1度、2度、そして3度……咳とともにジョン・ラムアの口から飛び散った唾液《だえき》には、赤い血液が混じっていた。

そうだ。折れたラムアの肋骨は、間違いなくやつの肺に突き刺さったのだ。

いったい今、ジョン・ラムアは何を考えているのだろう？　この窮地をどのようにして脱しようとしているのだろう？

だが、それは僕が考えることではなかった。

ラムア！　ラムア！　ラムア！　ラムア！

悲鳴のような大喚声が続いていた。ラムアのコーナーのリング下では、やつのパートナーの女が、今にも泣きそうな顔で何かを叫んでいた。

僕が踏み込み、ラムアが後ずさる。僕が踏み込み、ラムアが後ずさる。

こんな追いかけっこをいつまで続けていてもしかたなかった。

ラムア！　ラムア！　ラムア！　ラムア！

人々の大喚声を聞きながら、僕はこれまでよりさらに大きく踏み込んだ。そして、エイリアンの肋骨をへし折った右拳を、今度は敵の顔面に向かって鋭く繰り出した。

最初の右をラムアは腕でガードした。次の右も防いだ。けれど、僕が次に放った右を防ぐことはできなかった。

たぶん、ラムアには見えなかったのだろう。プロボクサーのパンチはそれほどに早いのだ。

ばちん。

僕の右拳はラムアの腕の下をかい潜り、その顎《あご》に矢のように突き刺さった。

その瞬間——やつの顎の骨が砕けた。

たとえ僕がボクシング用の6オンスのグローブを嵌めていたとしても、その右ストレートは一発で相手をノックダウンするのに充分なパンチだった。まして、ジョン・ラムアはグローブなしの素手の拳を、顎にまともに受けたのだ。

どう考えても、立っていられるはずがなかった。

8.

顎を砕かれたエイリアンは、よろよろと後ずさった。そして、背後のロープにもたれるように寄りかかった。そこは僕のコーナーのすぐそばで、ラムアの背後ではエージェントの加藤由美子が手で口を押さえながらこちらを見上げていた。

ラムアが倒れる。

僕はそう確信した。リング下の加藤由美子も、そう考えたに違いなかった。

だが、驚いたことにエイリアンは倒れなかった。やつはロープに背を預け、ファイティングポーズを取ったのだ。

そう。ラムアはまだ戦うつもりだった。

たいしたものだ。さすがはエイリアンだ。

僕は思った。

けれど、プロボクサーだった男の前で棒立ちになっているのは得策ではなかった。まして、今の一撃で、ラムアはひどい脳震盪《しんとう》を起こしているに違いなかった。

ようやく立っているだけという状態のエイリアンに、僕は再び襲いかかった。

まず僕はラムアの顔面に数発の軽いパンチを出した。

右、右、右、そして、また右……。

今度、顔面にパンチを受けたら、もう立ち続けてはいられない。それはジョン・ラムアにもわかっているはずだった。だから、ラムアは上体を前傾させ、顔の前に掲げた太い腕で三角形を作るようにしてそのパンチをガードした。

だが、ガードが上がったことによって、腹部に隙ができた。プロボクサーだった僕が、それを見逃すはずがなかった。

直後に僕は、ラムアの左脇腹に──ちょうど折れた肋骨の辺りに、強烈な右フックを叩き込んだ。

ばちん。

肉が軋《きし》むような音がした。

「うふっ……」

体をふたつに折りながら、エイリアンが苦しげに呻《うめ》いた。

おそらく、折れた肋骨がさらに深く肺を突き刺したはずだった。

さしものエイリアンも、もはや立ち続けていることはできなかった。左脇腹を抱えるようにしたまま、ジョン・ラムアがついにマットに膝《ひざ》を突いた。

瞬間、ラムアは僕の顔を見上げた。僕もラムアの顔を見下ろした。口から泡のような血を吹き出したラムアの表情には、もはや力が残ってはいなかった。

アンダーグラウンドの帝王は両膝をマットに突いたまま、しばらくそのままの姿勢でいた。それから、ゆっくりゆっくり、まるでスローモーションのように、前のめりにマットに倒れた。

凄《すさ》まじい悲鳴と喚声が会場を包み込んだ。

9.

倒れたラムアの背後のリング下に座っていたエージェントの女が、弾《はじ》けるように立ち上がった。そして、意味不明のことを叫びながら、僕の目の前に駆け寄って来た。

「殺すのよっ！」

リングの角にしがみつくようにして女が大声で叫んだ。「殺してっ、小鹿くんっ！　ラムアにとどめを刺してっ！」

マットに仰向けに倒れたラムアと、絶叫するエージェントの女を交互に見下ろして、僕はそっと唇を噛んだ。

アンダーグラウンドの格闘界の帝王は、僕のすぐ足元で、まるで神に祈りを捧《ささ》げるイスラム教徒のような姿勢で意識を失っていた。

「殺してっ！　小鹿くんっ！　ラムアを殺してっ！」

エージェントの女はなおも叫び続けていた。

殺す？　この美しくて気高い野獣を僕が殺す？

そうするべきなのだろう。ラムアを葬り去るために人生を捧げて来た女のためにも、僕は彼を殺してしまうべきなのだろう。ラムアはこれまでリング上で、何人もの男たちを殺して来たのだから、自分が逆の立場に立たされても文句は言えないはずだった。

そうだ。殺すのだ。戦いに勝った戦国の武将たちが敵の大将の首を取ったように、僕もラムアを殺すのだ。

僕は女に向かって小さく頷《うなず》いた。それから、ジョン・ラムアにとどめを刺すために、慎重に歩み寄った。

殺すのだ。僕は彼を殺すのだ。

ほんの少しためらったあとで、僕はまたラムアの左脇腹に狙いを定めた。そして、ペナルティキックを蹴《け》るサッカー選手のように渾身の力を込めて蹴り上げた。

ばすっ。

僕の足がラムアの脇腹にめり込み、肉がよじれるのが見えた。

「うぐっ……」

苦しげな呻きとともに、ラムアが鮮血を吐いた。それが白いマットに飛び散った。

肉体を襲う激痛に、ラムアにはもう失神していることさえできなくなったようだった。

次の瞬間、彼は朦朧《もうろう》となりながら意識を取り戻した。そして、瀕死《ひんし》のイモムシのように苦しげにマットの上をのたうちまわった。

もはや対抗手段を持たない男を殺害するために、僕は再びラムアに近づいた。そして今度は、その頭部に狙いをつけた。

さようなら、ジョン・ラムア——。

その時、すぐ背後で女の叫び声が聞こえた。

反射的に振り向く。

そこにラムアのパートナーの女がいた。

いつの間にリングに這《は》い上がったのだろう？　女は凄まじい形相で僕を見つめて、何かを叫びながら僕に摑《つか》みかかろうとしていた。小柄なレフェリーがそんな女を背後から抱きかかえ、リング下に連れ戻そうとしていた。

羽交い締めにされながら、ラムアのパートナーは髪を振り乱して何かを叫び続けていた。

濃く化粧が施された女の顔は、涙と鼻水と唾液《だえき》でひどいことになっていた。

「殺してっ！　小鹿くん、早くラムアを殺してっ！」

リングの下では加藤由美子が絶叫を続けていた。

レフェリーに抱えられて泣き叫ぶ中年の女と、リング下で声を張り上げるエージェントの女とを、僕は交互に見つめた。それから、僕の足元で悶《もだ》え苦しむ男を見下ろした。

ラムアは断末魔の苦しみに悶えていた。顔は苦痛に歪み、口からは血の混じった赤い泡が絶え間なく溢《あふ》れ続けていた。

急に、姉の翠のことを思い出した。

僕の姉の最期もこんなふうだったのだろうか？　キッチンの床に倒れ、失神しかけ、それでもさらに、凄惨《せいさん》な暴力を受け続けたのだろうか？　なす術《すべ》もなく、夫に殴られ続けたのだろうか？

姉の夫が妻にしたのは、不正な暴力だった。それに対して、今、僕がジョン・ラムアにしているのは正しい暴力だった。

正しい暴力？　不正な暴力？

いや……あの内科医が妻にしたことと、僕がラムアにしていることは、まったく同じことだった。それはどちらも、無抵抗の相手を叩《たた》きのめすことだった。

僕は頭上を振り仰ぎ、リングを照らすライトを見つめた。

光、光、光――。

ああっ、ここはなんて明るいんだろう！　なんて賑《にぎ》やかなんだろう！　なんて華やかで、なんて美しいんだろう！

僕はふーっと長く息を吐き出した。

できなかった。ジョン・ラムアのような美しくて気高い野獣から——もはや抵抗する術を持たない男から、その命を奪い取ってしまうことは、僕にはやはりできなかった。

僕は加藤由美子を見つめ、首を左右に振った。それから、リングの下にある審判席のほうに目をやり、もう戦う意志がないということを示すために、右腕を頭上に掲げた。

直後に、戦いの終わりを告げるゴングが鈍く鳴り響いた。

そう。これで終わりだった。

僕は再び右腕を頭上に高く突き上げた。そして、この戦いを見ているすべての人々に、たった今、アンダーグラウンドの格闘界に新たな王者が誕生したことを知らしめた。

エピローグ

タクシーの中にいる。その後部座席に、エージェントの女と並んでいる。そう。来る時に約束したとおり、僕たちはふたりでタクシーに乗ってホテルへと向かっている。

凄《すさ》まじい夜の雨が車のルーフを、太鼓のように叩いている。ワイパーがほとんど意味をなさないような、ものすごい豪雨だ。そのせいで、窓の外のすべてのものが夢の中にいるかのように霞《かす》んで見える。

運転手によると、この豪雨は1時間ほど前に急に降り始めたようだった。

応急処置を受けた左腕は相変わらず激しく疼《うず》いていた。医師の診断によれば、全治までには数ヵ月を要するらしかった。けれど、今、僕はその疼きを親しく感じていた。そして、僕のために犠牲になってくれた左腕を、いとおしく思っていた。

タクシーの後部座席で、来た時と同じように、エージェントの女は僕の腕を抱いている。ジョン・ラムアを倒した右腕――まるで母猿にしがみつく子猿のように、そこにしっかりとしがみついている。

「小鹿くん、勝ったのね……あのラムアに、本当に勝ったのね……」

僕の右腕にしがみついたまま、呟《つぶや》くように女が言った。戦いが終わった直後から、彼女はずっと泣いていた。

「でも、ラムアを殺せなかった。殺すことはできたのに、殺せなかった……すみませんでした」

僕は言った。そして、戦いの直後のジョン・ラムアの顔を思い出した。

担架に乗せられてリングを下りたラムアは、近づいて来た僕を見上げ、顔を歪《ゆが》めるようにして笑った。そして、低く呻《うめ》くように、「おめでとう」と英語で言った。

「いいのよ、そんなこと……もうどうでもいいの」

女が膝《ひざ》の上のバッグからハンカチを取り出した。そして、それを自分の目に押し当てた。どうやら、涙の量が一段と増えたらしかった。

「加藤さん、僕が勝てないと思ってたんでしょう?」

ハンカチに涙を吸わせ続けている女を見つめて僕は笑った。

「ええ。そうよ……勝てないと思ってたの」

ハンカチで目を押さえたまま女が言った。「わたし、小鹿くんはラムアに負けて、殺されてしまうと思ってたの……」

「でも、勝ちましたよ」

「そうね。勝ったわね……」

　女が顔を上げた。そして、真っ赤な目で僕を見つめて笑った。その大きな目から、また涙が溢れ出た。

　僕はまた姉の翠のことを思い出した。そうしたら、僕も涙が出そうになり、慌てて頭の中を空っぽにして窓の外に顔を向けた。

　タクシーは今、半島と島とを結ぶ長い橋の上を、猛烈な豪雨に叩かれながら走り続けている。僕のすぐ脇の窓ガラスの外側を、雨が滝のように流れている。その窓から、雨に煙る夜の海と、そこを行き交う船舶の光がぼんやりと見える。タイヤが深い水たまりを踏むたびに、車は右へ左へと滑るようによれる。

「加藤さん……」

　窓の外を見つめたまま僕は女を呼んだ。

「なあに？」

「僕は勝ったんだから、あの……今夜は約束を果たしてくださいね」

「約束って？」

　湿った女の息が僕の耳をくすぐる。

「まさか、忘れたわけじゃないでしょうね？」

　振り向いて僕が笑い、女が僕の腕をさらに強く抱き締めた。

「そんな腕で大丈夫なの？」

「大丈夫ですよ。腕なんか使いませんからね」

「いいわ。約束だもんね……何でもしてあげる」

涙声で女が言った。

「楽しみだな」

笑いながら、僕はふと、昨夜の売春婦を思い出した。

彼女は今夜、僕に賭《か》けたのだろうか？　そして、人生が変わるほどの大金を手にすることができたのだろうか？　それとも急に気が変わってラムアに賭け、あの金のすべてを失ってしまったのだろうか？

叩き付けるような豪雨に洗われながら、タクシーは走り続けている。

耳に吹きかかる女の息を感じながら、僕は目を閉じた。そして、今度は、高層ビルの清掃作業のことを考えた。

腕が折れてはしばらく仕事はできない。だが、それでも、きっと山男たちも僕の帰国を喜んでくれるだろう。


光、光、光――。

僕はこれからも、あの光の中に立ち続ける。

いつか、より優れた『力』が僕をマットにねじ伏せるまで……。

あとがき

小学生だった頃、僕のクラスの男の子たちは、しばしば夢中になって、「誰がいちばん喧嘩《けんか》が強いのか」という話をしたものだった。

この学年で誰がナンバーワンで、誰がナンバーツーなのか。それじゃあ、ナンバースリーは誰なのか。多くの子供たちが目を輝かせて、結論の出ないそんな話に興じていた。

僕が通った市立の中学校では、3つの小学校出身の子供たちが一緒になった。すると、男の子たちはまた話し合った。

この3つの小学校出身の3人の番長の中では誰がいちばん強いのか。第一小出身の小室なのか、第二小出身の安西なのか、それとも第三小出身の林田なのか――。

けれど、高校生になった頃には、「この学校で誰がいちばん喧嘩が強いか」なんていうバカバカしい話をする者たちは、もう誰もいなくなっていた。

腕力が強いことになど、何の意味もない。

大きくなれば、誰もがそれに気づくのだ。

喧嘩が強いことなんかより、社会的な地位や名声のほうが、あるいは安定した収入のほうが、人生においては遥《はる》かに重要なことなのだ、と。喧嘩が強い男より、お金のある男のほうが女の子にずっともてるのだ、と。

確かに、その通りだ。喧嘩が強いことになど、実生活ではほとんど何の意味もない。

「喧嘩が強くなるのと、大金持ちになるのと、どちらかが選べるとしたら、どっちがいい？」

もし、そう訊《き》かれたら、ほとんどの男たちが金持ちになるほうを選ぶだろう。今では小学生でさえ、たぶんそう答えるのだろう。

それは賢明な選択だ。この世界は腕力ではなく、金や権力が動かしているのだから。

けれど、もしかしたら……腕力が強いということは、本当はとても大切なことなのではないか。それは、生物としての人間の——特にかつて狩猟に従事していた男という性の、もっとも根源的な資質なのではないか。

最近、僕はそんなふうにも思っている。

たとえば、世界でいちばん喧嘩が強い男には、ノーベル賞を受賞した化学者や物理学者に負けない価値があるのではないか。

世界でいちばん腕力が強い男は、世界一の資産家と同等に、あるいはそれ以上に讃《たた》えられるべきなのではないか。

彼らもまた、神によって祝福されるべき者なのではないか。

力が力を支配する世界――。

腕力の優れた者が正義で、腕力の劣った者は悪であるという世界――。

そんな単純で、バカバカしくて、愚かしくて……けれど確かで、根源的で、美しい世界を、僕はこの本で描いてみようと考えた。

この曖昧《あいまい》で、ルールもシステムもよくわからない社会に生き続けていると、そんな世界がとても懐かしく感じられるのだ。

アンダーグラウンドの世界の格闘家たちの必死の眼差《まなざ》しを、彼らの肉が打ち据えられる音を、彼らの皮膚から飛び散る血や汗を、彼らの骨が軋《きし》み砕けていく音を、そして、彼らの断末魔の叫びを、読者のみなさまがリアルに感じていただければ幸いである。


お気づきの方もいるかもしれないが、本文中の『大友会長』は、プロボクシングのライト級の元東洋太平洋チャンピオンである大友巌氏をモデルにした。

僕はボクシングには無関心だった。だが、ある時、友人に連れられてたまたま彼のタイトルマッチを見に行った。そして、体の奥底に眠っていた狩猟本能を揺さぶられるような衝撃を受けた。

その後は大友氏が引退するまで、僕は後楽園ホールで試合があるたびに必ず足を運び、瞬《まばた》きさえ惜しんで、そのすべてを見つめようとした。

大友氏のファイトはどれも素晴らしかった。まるで神が、そこで戦っているかのようでさえあった。

もし、彼のファイトと出会わなければ、この本を書くことはなかっただろう。大友氏に心から感謝を捧《ささ》げたい。


本文中の『瞬間を見た』という挿話は、以前に新聞に掲載されていた投書を思い出しながら書いたものです。一度読んだだけで、ずっと忘れていたのですが、この本を書いている時に急に思い出しました。投書された方に感謝致します。それから、もし、「誰が書いたのか知っている」という方がいらしたら、ぜひ、ご一報ください。朝日新聞か毎日新聞に掲載された女性の投書だったように記憶しています。


最後になりましたが、角川書店のホラー文庫編集長の立木成芳氏と僕の担当の佐藤愛歌氏、そして、いつものように佐藤秀樹氏に感謝します。

僕のような凡庸な作家にとって、編集者は宝石です。みなさまに支えられることによって、僕はなんとか書き続けていられます。立木さん、愛歌さん、秀樹さん、これからもよろしくお願い致します。

二〇〇八年十二月

大石　圭

本書は書き下ろしです。

人間処刑台《にんげんしょけいだい》
大石《おおいし》　圭《けい》

角川ホラー文庫　　H お1-11　　15488

平成20年12月25日　初版発行

発行者——井上伸一郎
発行所——株式会社角川書店
東京都千代田区富士見2-13-3
電話/編集(03)3238-8555
〒102-8078
発売元——株式会社角川グループパブリッシング
東京都千代田区富士見2-13-3
電話/営業(03)3238-8521
〒102-8177
http://www.kadokawa.co.jp
印刷所——旭印刷　製本所——BBC
装幀者——田島照久

ISBN978-4-04-357218-2 C0193

角川文庫発刊に際して

角川源義

第二次世界大戦の敗北は、軍事力の敗北であった以上に、私たちの若い文化力の敗退であった。私たちの文化が戦争に対して如何に無力であり、単なるあだ花に過ぎなかったかを、私たちは身を以て体験し痛感した。西洋近代文化の摂取にとって、明治以後八十年の歳月は決して短かすぎたとは言えない。にもかかわらず、近代文化の伝統を確立し、自由な批判と柔軟な良識に富む文化層として自らを形成することに私たちは失敗して来た。そしてこれは、各層への文化の普及滲透を任務とする出版人の責任でもあった。

一九四五年以来、私たちは再び振出しに戻り、第一歩から踏み出すことを余儀なくされた。これは大きな不幸ではあるが、反面、これまでの混沌・未熟・歪曲の中にあった我が国の文化に秩序と確たる基礎を齎らすためには絶好の機会でもある。角川書店は、このような祖国の文化的危機にあたり、微力をも顧みず再建の礎石たるべき抱負と決意とをもって出発したが、ここに創立以来の念願を果すべく角川文庫を発刊する。これまで刊行されたあらゆる全集叢書文庫類の長所と短所とを検討し、古今東西の不朽の典籍を、良心的編集のもとに、廉価に、そして書架にふさわしい美本として、多くのひとびとに提供しようとする。しかし私たちは徒らに百科全書的な知識のジレッタントを作ることを目的とせず、あくまで祖国の文化に秩序と再建への道を示し、この文庫を角川書店の栄ある事業として、今後永久に継続発展せしめ、学芸と教養との殿堂として大成せんことを期したい。多くの読書子の愛情ある忠言と支持とによって、この希望と抱負とを完遂せしめられんことを願う。

一九四九年五月三日